Tatort Veedel

Brigitte Glaser, Jahrgang 1955, stammt aus dem Badischen und lebt und arbeitet heute in Köln.
Bei Emons erschienen die Katharina-Schweitzer-Romane »Leichenschmaus«, »Kirschtote« und »Mordstafel«.
Carmen Strzelecki, 1973 in Lörrach geboren, lebt und arbeitet als freischaffende Grafikerin und Illustratorin in Köln.

Handlung, Personen und manche Orte sind frei erfunden. Ähnlichkeiten mit lebenden oder toten Personen sind rein zufällig.

Brigitte Glaser

Tatort Veedel

33 Fälle von Orlando und List

Mit Illustrationen von Carmen Strzelecki

Bibliografische Information der Deutschen Bibliothek
Die Deutsche Bibliothek verzeichnet diese Publikation in der Deutschen Nationalbibliografie; detaillierte bibliografische Daten sind im Internet über http://dnb.ddb.de abrufbar.

Gestaltung / Illustrationen: Carmen Strzelecki
Druck und Bindung: Rasch, Bramsche
Printed in Germany 2007
ISBN 13: 978-3-89705-487-5
In Zusammenarbeit mit dem Kölner Stadt-Anzeiger
www.ksta.de

Inhalt

Vorwort

Noch nie in der Kriminalliteratur war der Ort des Verbrechens so reizvoll wie heute. Wurde in den Anfängen des Krimis vor allem die Tatwaffe oder das Tatmotiv ins Zentrum der Aufmerksamkeit gerückt, so hat der Tatort in den vergangenen Jahren eine bemerkenswerte Karriere hingelegt. Davon zeugen die zahlreichen Regionalkrimis, die landauf und landab ihre Leser finden, in Bayern ebenso wie in Norddeutschland oder in der Eifel. Der Reiz dieser Geschichten liegt auf der Hand, und man fragt sich, warum der Boom so lange auf sich warten ließ. Die Kriminalfälle sind auf einem Terrain angesiedelt, das der Leserschaft vertraut ist. Ein Mord in der eigenen Stadt – was für ein Lesestoff! Da prickelt die Lektüre noch ein wenig mehr als bei einem Mordfall in einem englischen Schloss, auf den Straßen der Bronx oder in einem nordschwedischen Moor mit unaussprechlichem Namen.

Dieses Prinzip hat Brigitte Glaser mit ihren Kurzkrimis »Tatort Veedel« auf eine sehr erfolgreiche Weise verfeinert. Ihre Geschichten, die seit Jahren einen festen Platz in der Wochenendbeilage »Moderne Zeiten« des »Kölner Stadt-Anzeiger« haben, wählen einen noch kleineren Ausschnitt. Sie führen direkt hinein in den Stadtteil, ins Veedel: Der Tatort liegt jetzt in der unmittelbaren Nachbarschaft – in der Kneipe um die Ecke, wo man abends vielleicht sein Bier trinkt. Im Kölner Dom oder in den Gassen der Altstadt.

Glasers humorvolle Veedel-Kurzkrimis sind einmalig in der deutschen Krimiszene. Freilich bieten sie viel mehr als »nur« vergnügliche Episoden und fesselnde Szenen. Denn die Autorin erweist sich auch als kundige Fremdenführerin und intensiv recherchierende Stadthistorikerin, indem sie uns jene Bauten und Plätze, Wege und Abwege näherbringt, in denen ihre Detektivinnen Orlando und List ermitteln. »Tatort Veedel« sind Krimis mit kulturgeschichtlichem Mehrwert, die hier erstmals in einer kompakten Sammlung vorliegen und einen Stadtführer der etwas anderen Art darstellen. Wer sich auf die Fälle von Orlando und List einlässt, kann Köln auf eine ganz neue und faszinierende Art entdecken. Geboten werden dreiunddreißig Stadtrundgänge, bei denen Spannung garantiert ist.

Petra Pluwatsch, »Kölner Stadt-Anzeiger«

Orlando & List
Privatdetektei
Kalle
halte verbot

Der erste Fall

Auf Festen oder Familienfeiern gerate ich regelmäßig an einen entfernten Großgroßcousin oder den Freund eines Freundes, an eine mir unbekannte Nachbarin oder an eine Mitschülerin aus der Grundschule, die ich niemals mehr wiedererkannt hätte, und irgendeiner davon quatscht mich an und fragt:

»Und was machst du jetzt so beruflich?«

Nach jahrelangen Erfahrungen mit dieser Frage wette ich, bevor ich antworte, mit mir selbst, zu welcher Fraktion mein Gegenüber gehört, und meistens habe ich recht. Da gibt es auf der einen Seite die Voyeure, die mit gierigem Blick darauf brennen, intime Details aus den Ermittlungen zu erfahren.

»Die Fotos müssen doch eindeutig sein, oder? Erzähl doch mal, was du so alles zu sehen bekommst! Sadomaso-Spielchen am Wohnzimmertisch? Liebesspiele im Whirlpool? Orgien im Swingerclub?«

Nicht weniger schrecklich als die Voyeure sind die Verfechter ordentlicher beruflicher Karrieren. Die verziehen das Gesicht, wenn ich »Detektivin« sage, so als hätte ich sie gerade aufgefordert, mein verrotztes Taschentuch vom Fußboden aufzuheben.

»Es muss doch schrecklich sein, im Privatleben anderer Menschen herumzuwühlen! Und so langweilig, jemanden beobachten zu müssen! Alt werden kannst du in dem Job bestimmt auch nicht! Außerdem, kommst du da nicht ganz schnell mit dem Gesetz in Konflikt?«

Meist höre ich mir dieses Geschwätz nicht lange an, sondern wende mich Tante Fini oder Vetter Freddy zu, die mal wieder wissen wollen, ob mein Sohn Pepe immer noch in Sankt Petersburg studiert. Wenn ich nicke, seufzt Tante Fini bekümmert und murmelt: »Wat will dä Jung mit Russisch?«, und Freddy beklagt, dass Pepe seine mögliche Fußballerkarriere für dieses Russlandabenteuer an den Nagel gehängt hat. Wenn dann aus der Runde die Frage kommt, ob Henning wenigstens anständig für den Jungen zahlt, wo er sich doch nie um ihn kümmert, dann schaue ich zu, dass ich schnell jemanden finde, mit dem ich über harmlose Themen plaudern kann.

Ganz selten wird auf solchen Feten die Frage gestellt, wie ich zu diesem merkwürdigen Beruf gekommen bin, und noch seltener beantworte ich sie. Wenn ich aber darüber rede, kann ich sicher sein, dass sich die Rosamunde-Pilcher-Fraktion der Familie zu meinen Zuhörern gesellt, denn diese Tanten lieben nichts mehr, als mein Leben mit ihrem Senf anzureichern.

»Sie musste Orlando an diesem Frühlingstag begegnen«, bekräftigt Tante Käthe jedes Mal.

»Et wor Schicksal, dat se usjerechnet an dem Daach em Alt Neppes e Kölsch drenke wor«, seufzt dann Tante Fini.

»Und wenn man bedenkt, wie lang es schon hält!«, betont Tante Ännchen. »Sind doch jetzt bestimmt zehn Jahre! So lang hat sie noch nie an einer Stelle gearbeitet!«

»Und die ganze Boxerei!«, ergänzt Tante Käthe. »Wir waren doch immer so dagegen, dass das Mädchen boxt! Aber für diesen Beruf hat es sich wirklich gelohnt.«

»Außerdem hat sie nie mehr einen solchen Unfall gebaut wie damals mit Kalles Taxi!«, schiebt Ännchen dann ein. Diese Geschichte schmiert sie mir besonders gern aufs Butterbrot.

»Schön wär, wenn et mit enem Mann jenauso jeklapp hätt!«, kann sich Tante Fini nie verkneifen zu sagen, vertieft das Thema aber nach einem bösen Blick von mir nicht weiter.

Von wegen Schicksal! Dieses Wort würde ich niemals in den Mund nehmen. Viel zu schwergewichtig, viel zu bedeutungsschwanger! Reiner Zufall war's, dass ich Detektivin geworden bin. Der gleiche Zufall, durch den ich in all meine Jobs hineingestolpert bin.

Als Kind entwickelte ich, im Gegensatz zu meiner Schwester Gisela, die schon mit vier Jahren kleine Additionsaufgaben lösen konnte und diese Fähigkeit gradlinig über gute Mathenoten, Banklehre und eine Anstellung bei der Stadtsparkasse fortsetzte, keinerlei besondere Begabung. Ich schleppte mich mit Durchschnittsnoten durch die Schulzeit und landete nach der Höheren Handelsschule im Sekretariat der Gaffelbrauerei. Ich ertrug die herrschsüchtige, hakennasige Chefsekretärin und den Gestank der Biermaische nur deshalb zwei Jahre lang, weil ich in Manni verliebt war, der dort seine Bierbrauerlehre machte. Als die Sache mit Manni zu Ende war, habe ich das Biergeschäft schnell hinter mir gelassen und bin in einem Secondhandladen gelandet. Vom Weinladen übers Fitnessstudio bis zum Taxifahren war danach alles dabei. Lange bin ich nirgendwo geblieben, entweder weil ich oder weil die anderen nicht wollten. Dazwischen gab es den halbjährigen Trip mit Jürgen nach Indien und die Motorradfahrt mit Wolf durch Südamerika. Der Vollständigkeit halber erwähne ich die vier Monate Biobauernhof in der Eifel. Der Typ hieß Friedemann und erwies sich als schrecklicher Irrtum. Das sowie makrobiotische Kost und Heimweh brachten mich schnell wieder nach Köln zurück.

Kurzum, sieht man mal von der Tatsache ab, dass ich meine Haare schon mit sechzehn hennarot färbte und dies heute immer noch tue, begleitet mich wenig Beständiges durch mein Leben.

Dabei war es wirklich nicht so, dass ich keinen sicheren Job haben wollte, gerade nach der Geburt von Pepe hätte ich viel dafür gegeben, aber die Zeiten waren nicht danach. So schlug ich mich mit Stretching- und Fitness-Kursen für Schwangere und Boxtraining für Kinder durch und schob nachts Wache im Altenheim.

Pepe habe ich übrigens allein bekommen und großgezogen. Henning, sein Vater, zog es vor, die Biege zu machen, nachdem ich erzählt hatte, dass ich schwanger war. Er nahm eine Stelle im Rauschgiftdezernat Essen an und ist seither auf der Hierarchie-Leiter der Polizei immer weiter nach oben gerutscht. Neben meinem Sohn gibt es heute nur noch eine Sache, für die ich ihm dankbar bin: Durch ihn habe ich einige gute Kontakte zur Kölner Polizei. Ein Kapital, das für Privatdetektive von unschätzbarem Wert ist. Ohne Beziehungen läuft in diesem Job wenig und in Köln absolut gar nichts.

Seine Alimente hat er halbwegs regelmäßig bezahlt, ein Vorteil gegenüber vielen anderen Alleinerziehenden, aber es war auch der einzige. Stinkbeleidigt, weil ich das Kind nicht abtreiben ließ, verweigerte er jede Form des Kontakts. Als Pepe fünf war und seinen Vater unbedingt kennenlernen wollte, musste ich Himmel und Hölle in Bewegung setzen, damit der Herr Kommissar sich herabließ, seinen Sohn zu treffen. Kaum erwähnenswert, dass das Treffen eine mittlere Katastrophe war. – Schnee von gestern.

Heute ist Pepe zweiundzwanzig und so ehrgeizig, wie seine Mutter niemals war und niemals sein wird. Wenn er mit seinem Slawistikstudium in Sankt Petersburg fertig ist, will er in Brüssel ein BWL-Studium anhängen und sich dann um eine Stelle bei der EU bemühen.

Zu dem Zeitpunkt, als ich Orlando kennenlernte, war er von so hochfliegenden Plänen noch weit entfernt. Damals gab es für den Zwölfjährigen nur eine große Leidenschaft, und die hieß Fußball. Gemeinsam mit seinem Freund Sergej spielte er im Mittelfeld bei Grün-Weiss Köln-Nippes und liebte nichts mehr als die Frühjahrs-Trainingcamps, zu denen der Verein mit seinen Jungfußballern regelmäßig fuhr …

* * *

In diesem Jahr starteten die Grün-Weißen an einem diesigen Frühlingstag. Den Himmel bedeckte eine weißgraue Wolkenschicht, die im Laufe des Tages schon ein paar Portionen Nieselregen nach unten geschickt hatte, aber die milde Luft roch nach Sommer. Deshalb waren die Straßentische von »Kappes« und »Alt Neppes« so kurz vor Ladenschluss gut besetzt.

Schlug das Herz von Nippes vormittags auf dem Markt am Wilhelmplatz, so verlagerte es sich um diese Zeit genau hierher, wo die U-Bahn nach einem langen Arbeitstag die müden Nippeser in ihr Veedel zurückbrachte, hierher, wo man sich nach den hektischen Abendeinkäufen auf ein Feierabendkölsch traf. Ich hatte Glück, noch ein Zweiertischchen vor dem »Alt Neppes«, direkt an der Neusser Straße, zu ergattern.

Seit einer halben Stunde saßen Pepe und Sergej im Bus Richtung Eifel, um dort Taktikspielchen und Tore schießen zu üben, und ich hatte drei Tage kinderfrei! Ich war zweimal zum Boxtraining verabredet, wollte joggen gehen, ein paar alte Bekannte treffen und endlich den Keller aufräumen, aber für den heutigen Abend hatte ich mir nichts vorgenommen. Gar nichts. Es war sehr lange her, als ich das letzte Mal einen ungeplanten freien Abend hatte. Mit Kindern wurden die selten und kostbar und reichten nie aus, um all die Leute zu sehen, die man sehen wollte oder um etwas zu unternehmen oder beides. Ich ließ es offen, ob der nächste Nieselregen mich zu einer Jazzsession in den Stadtgarten, ins Kino oder nach Hause bringen würde, und bestellte mir ein Kölsch.

Aus dem U-Bahn-Schacht quoll eine neue Fuhre Heimkehrer, und über den Zebrastreifen vor dem Schreibwarengeschäft schoben sich die Nippeser mit ihren Einkaufstüten, während die wartenden Autos die Luft verpesteten. Der Fischhändler Ecke Einheitsstraße klappte seinen Verkaufsstand ein und nickte einer entnervten Mutter zu, die ihr plärrendes Dreijähriges in Richtung Mauenheimer Straße zerrte. Was war ich froh, dass diese Zeiten vorbei waren! Am Tisch neben mir packte ein junger Mann eine kleine Kiste aus und begann, mit seinem Nachbarn Schach zu spielen. Die Bedienung stellte mir ein zweites Kölsch hin. Ecke Scharnhorststraße fuhr ein Taxi weg. Vor der Apotheke gegenüber stritten sich zwei Autofahrer um einen freien Parkplatz, und ich freute mich, dass ich meinen alten Alfa 33, der genau dahinter stand, heute nicht mehr bewegen musste.

»Darf ich?«

Die Fragerin wartete meine Antwort nicht ab, sondern setzte sich sofort. Sie war groß und knochig schlank. Kinnlange, glatte graue Haare und eine schmale Brille unterstrichen die Strenge ihres Gesichts.

Sie trug einen Hosenanzug in Anthrazit und darunter eine schwarze Bluse mit dünnen weißen Streifen, nichts von C&A oder H&M, sondern aus teureren Läden. Die Art Mode, die meine Schwester Gisela und ihre Bankkolleginnen zu tragen pflegten. Insgesamt repräsentierte sie den Typ Frau, mit dem ich überhaupt nichts anfangen konnte.

Ich überlegte, ob ich ihre Unverschämtheit damit parieren sollte, zu sagen, dass der Platz bereits besetzt war, aber dann registrierte ich, dass ihre Beine zitterten und sie mit einem sehr gehetzten Blick ein Wasser bestellte, und ließ es. Aus irgendeinem Grund schien es der Frau nicht gut zu gehen, außerdem wirkte sie so, als ob sie gleich wieder aufspringen und weiterlaufen würde.

An der Fußgängerampel stand jetzt Olga, Sergejs Mutter, die vollgepackt mit d-c-fix-Rollen auf die nächste Grünphase wartete. Ich winkte ihr zu, und sie rief zurück, dass es bei Plus sehr preisgünstiges d-c-fix gebe, wovon sie zwanzig Rollen in Birke-Imitat gekauft hatte. Sie konnte nicht wissen, dass mich das Material stark an die misslungenen Versuche meines Vaters erinnerte, der Anfang der siebziger Jahre die Sperrholzschränke unseres Mädchenzimmers damit aufzumöbeln versuchte. Olga erzählte, dass ihre Schwester in Nischni Nowgorod ganz verrückt danach war.

Die Frau an meinem Tisch bekam ihr Wasser serviert, das sie sofort bezahlte. Hastig trank sie drei Viertel des Glases leer und atmete danach tief durch. Sie beachtete mich überhaupt nicht, ihr Blick wanderte zwischen einem der Biertische im »Kappes« auf der anderen Straßenseite und dem Schachspiel am Nebentisch hin und her. Immer wieder fixierte sie den gleichen »Kappes«-Tisch – es war einer der großen, ich zählte acht Stühle –, der von einer reinen Herrenrunde besetzt war, alle in feinen Zwirn gekleidet und offensichtlich guter Dinge. Banker oder Anwälte, der Filialleiter oder Kanzleichef gibt einen aus, dachte ich, vielleicht galt es, einen erfolgreichen Vertragsabschluss zu begießen, vielleicht feierten sie einen Geburtstag, denn vor einem von ihnen lag ein prächtiger Blumenstrauß von Rosinski, der teuersten Adresse, um in Nippes Blumen zu kaufen.

Ich bemerkte, dass es der Mann mit dem Blumenstrauß war, den meine Nachbarin beobachtete. Ich sah ihn mir auch genauer an. Groß, schlank, grau gesprenkelte Haare, ein glattes Jungengesicht, das es schwer machte, sein Alter zu schätzen. Ich tippte auf Mitte vierzig. Je länger ich den Typen betrachtete, desto klarer wurde mir, dass ich ihn schon mal gesehen hatte. Ich habe ein miserables Namensgedächtnis und kann mir keine Telefonnummer merken, aber meine Erinnerung an Gesichter ist eins a.

Am Nebentisch ärgerte sich einer der Schachspieler über einen schlechten Zug, und in meinem Kopf ratterte meine persönliche Erinnerungsmaschine und suchte nach Anlass oder Ort, der zu dem Typen am »Kappes«-Tisch passte. Nach ein paar Minuten war das fehlende Erinnerungssteinchen gefunden: Ich kannte ihn aus Poll. In Poll hatte ich gewohnt, als Pepe ganz klein war, eine Zeit, an die ich sehr ungern zurückdenke, weil es viel schwieriger gewesen war, allein mit einem Baby klarzukommen, als ich es mir vorgestellt hatte. Außerdem hatte ich in der Zeit verdammt wenig Geld, nur schlecht bezahlte Jobs, und dann war mir noch mein Auto verreckt. Ohne Auto lief aber beruflich gar nichts, also hatte ich bei der Stadtsparkasse, bei der ich, dank meiner Schwester Gisela, ein Leben lang Kundin war, einen Kleinkredit beantragt, um mir einen neuen gebrauchten Alfa kaufen zu können. Der Kredit wurde, trotz Gisela, abgelehnt. Von dem Typen mit dem Blumenstrauß. Er war damals Filialleiter in Poll gewesen.

»Der Kerl ist ein Arschloch!«, sagte ich zu meiner Nachbarin.

Die sah mich einen Augenblick erstaunt an und fragte dann: »Um wie viel hat er Sie betrogen?«

»Um dreitausend Mark, die ich vor elf Jahren dringend gebraucht hätte!«

Sie nickte leicht und abwesend, so als wären dreitausend Mark für sie Peanuts.

»Und Sie?«, fragte ich. »Um welche Summe geht es bei Ihnen?«

»Drei- bis vierhunderttausend Mark Schwarzgeld auf einem Liechtensteiner oder Luxemburger Konto. Zudem hat er zwei Frauen auf dem Gewissen. – Leider fehlen mir noch ein paar Details, um es zu beweisen«, sagte sie ganz ruhig und ohne den Tisch aus den Augen zu lassen.

Wahrscheinlich entstellte in diesem Augenblick ein ziemlich dämliches Grinsen mein Gesicht, ähnlich dem, das ich immer aufgesetzt hatte, wenn ich nach einer Standpauke des Klassenlehrers nicht genau wusste, ob ich nun versetzt wurde oder nicht. Entweder war der Poller Filialleiter ein viel größeres Arschloch als das, für das ich ihn bereits hielt, oder die Frau neben wir war durchgeknallt, oder sie wollte dem Banker etwas wirklich Übles oder beides. Schließlich hatte sie Instetten – jetzt fiel mir sogar der Name wieder ein! – gerade des Doppelmordes und der Unterschlagung bezichtigt! Ziemlich starker Tobak!

»Polizei?«, fragte ich vorsichtig, weil mir das eine halbwegs logische Erklärung schien.

»Verdammt noch mal, nicht schon wieder!«, regte sich der Schachspieler am Nebentisch auf.

»Dame auf B6«, empfahl ihm meine Nachbarin, nach einem kurzen Blick auf das Schachbrett und ohne auf meine Frage zu reagieren.

Den dankbaren Blick des Fast-Verlierers und den bösen Blick des Fast-Gewinners bekam sie nicht mehr mit, zu sehr war ihr Augenmerk auf den Herrentisch im »Kappes« konzentriert, wo Instetten sich zu verabschieden schien. Mit dem großen Blumenstrauß in der Hand schlenderte er eine halbe Minute später gemächlich über den Zebrastreifen, an der kleinen Reinigung und dem Sanitätsfachgeschäft vorbei, direkt auf den Taxistand an der Scharnhorststraße zu, wo im Augenblick nur ein einziger weißer Wagen wartete.

Meine Tischnachbarin sprang auf und schnappte sich ihre riesige Handtasche, für mich eindeutige Zeichen, dass sie dem Banker folgen wollte. Aber sie suchte nach keinem Autoschlüssel, und ihr entsetzter Blick auf das einsame Taxi an der Scharnhorststraße, wo normalerweise immer mindestens drei warten, zeigte mir, dass sie ein Problem hatte.

»Der nächste Taxistand ist an der Merheimer, Richtung Innere Kanalstraße«, sagte ich. »Bis Sie da sind, ist der Kerl über alle Berge. – Mein Alfa steht genau gegenüber!«

Wenn meine Neugier groß ist, ist mein Mund manchmal schneller als mein Verstand, und das war eindeutig eine solche Situation. Da bot ich einer wildfremden, mir tendenziell unsympathischen Frau an, sie einem möglicherweise schwer kriminellen Banker hinterherzufahren! Frag mich bloß keiner, warum! Spätestens beim Zurückkommen, wenn ich stundenlang nach einem Parkplatz suchen musste, würde ich diese Spontanentscheidung bereuen! Bestenfalls konnte ich Pepe übermorgen von einem interessanten Abend erzählen!

»Ich zahle Ihnen den Taxisatz!«, sagte meine Nachbarin, bevor ich mein Angebot zurückziehen konnte. »Machen Sie schnell! Er steigt schon ein.«

Sie legte ein paar Geldstücke für meine zwei Kölsch auf den Tisch und wartete an der Ecke, bis ich den Alfa gewendet hatte. Vor dem Buchladen rollte die neue Besitzerin die grüne Markise hoch, und der Abstand zwischen uns und dem Taxi war auf zwei Wagen geschrumpft.

»Ich heiße Lore Orlando«, sagte sie, damit beschäftigt, meine und Pepes Sportklamotten vom Boden aufzuheben und in den hinteren Teil des Wagens zu befördern. Ein Blick zur Seite zeigte mir, dass sie alles fein säuberlich faltete, bevor sie es auf dem Rücksitz sorgfältig stapelte. Eine Ordnungsfanatikerin! Wie meine Schwester.

»Ich arbeite in einer Anwaltskanzlei. Wir sind auf Versicherungsbetrug spezialisiert!«

»Elena List. Ich arbeite in einer Weinhandlung, bin aber auf nichts spezialisiert!«

Das erste Mal sah ich aus dem Augenwinkel so etwas wie ein Lächeln auf dem Gesicht meiner Begleiterin.

»Vor elf Jahren«, meinte Lore Orlando, »war Alexander Instetten Filialleiter der Stadtsparkasse in Poll. Bei der Summe, die Sie genannt haben, vermute ich, dass er Ihnen den Dispo-Kredit gestrichen hat.«

»So was Ähnliches!«, bestätigte ich.

»In der Zwischenzeit hat er nicht nur die Bank, sondern auch das Metier gewechselt. Er arbeitet jetzt für die B&B Finanzgruppe und hat sich auf Immobiliengeschäfte spezialisiert. Seine Baufinanzierungen macht er hauptsächlich über Lebensversicherungen.«

Der Wagen vor mir bog an der Inneren Kanalstraße rechts ab, hinter dem Taxi fuhr jetzt nur noch ein silberner Golf. Die Fahrt ging weiter geradeaus. Vor einer roten Ampel auf der Höhe der Agneskirche musste Instettens Wagen anhalten, genau wie wir.

»Die Versicherungsgruppe, über die er seine Lebensversicherungen abschließt, ist ein guter Kunde unserer Kanzlei«, erzählte sie weiter. »Im letzten halben Jahr musste diese zwei dicke Lebensversicherungen auszahlen, weil zwei Frauen, beide Kundinnen von Instetten, bei Badeunfällen den Tod fanden. Die eine in der Karibik, die andere in Kenia. Bei so viel Geld wird jede Versicherung misstrauisch, also kam unsere Kanzlei ins Spiel. Und bei uns klingelten sämtliche Alarmglocken, als wir herausfanden, dass beide Erben die Wohnungen der Toten über Instetten weiterverkauft hatten.«

»Instetten bringt Frauen um, damit er deren Wohnungen noch mal verkaufen kann?«, fragte ich ungläubig.

In der Zwischenzeit war das Taxi am Ebertplatz auf den Ring abgebogen. Vor Saturn passte ich einen Augenblick nicht auf, und schon hatte sich ein frecher kleiner Fiat zwischen mich und den Golf geschoben.

»Nein, er macht sich persönlich die Hände nicht schmutzig«, antwortete Orlando. »Für den perfekten Unfalltod mussten schon die direkten Erben sorgen. Das sind in beiden Fällen Männer, mit denen die Toten nicht lange liiert waren. – Beides übrigens Frauen um die fünfzig, die davor sehr lange allein waren. Die erste Frau war ein halbes Jahr, die zweite sogar nur vier Monate mit dem Mann zusammen, den sie vor der großen Reise als Erben eingesetzt hatte, von der sie dann nie mehr zurückkehrte.«

»Klingt wie eine besonders perverse Form von Heiratsschwindel«, murmelte ich und kam ins Stocken.

Im Residenz-Theater lief »Die Brücken am Fluss« mit Clint Eastwood, ein Film, den ich mir eigentlich gerne ansehen wollte. Aber ich hatte keine Zeit, darüber nachzudenken, ob Kino nicht doch das bessere Programm für diesen Abend gewesen wäre, denn am Friesenplatz gerieten wir in das übliche Ring-Chaos. Vor uns parkten mehrere Mantas und Golfs in der zweiten Reihe, gleichzeitig versuchten drei Jugendliche in Kamikazemanier die Straße zu überqueren, eine Aktion, die mit wütendem Gehupe rechts und links quittiert wurde, aber einen Opel Corsa nicht hinderte, blitzschnell zwischen der linken und rechten Spur zu wechseln, weil er glaubte, so schneller vorwärtszukommen. Um es kurz zu machen: Der Abstand zwischen uns und Instetten wurde größer, denn der silberne Golf ließ es zu, dass sich auf der Höhe der Limburger Straße zwei weitere Wagen zwischen das Taxi und den Alfa quetschten, und ich musste all meine Fahrkünste aufbieten, dass mir das nicht auch passierte. Ich fuhr Stoßstange an Stoßstange mit dem kleinen Fiat und trat scharf in die Bremsen, als dieser vor der orangefarbenen Ampel stoppte. Dann sahen wir tatenlos zu, wie das Taxi in die Maastrichter Straße abbog und aus unserem Blickfeld verschwand.

* * *

»Gar nicht so einfach, an einem Auto dranzubleiben!«, meinte Orlando.

Na wunderbar! Da kutschierte ich sie freiwillig durch die Stadt, und sie hatte nichts Besseres zu tun, als mich beim ersten Fehler zurechtzuweisen!

»Sie können das bestimmt besser!«, schnaubte ich.

»O nein, im Gegenteil«, beeilte sie sich zu sagen. »Ich kann überhaupt nicht Auto fahren. Ich fahre nur Fahrrad, und wenn es sein muss, nehme ich ein Taxi.«

Wenn es sein muss, nehme ich ein Taxi! Wie luxuriös! Ich fuhr mit der Bahn, wenn mein Auto streikte. Taxifahrten konnte ich mir nicht leisten!

Die Ampel schaltete auf Grün, und ich musste entscheiden, wie die Fahrt weiterging. Orlando neben mir starrte die Maastrichter Straße hinunter, als könnte sie mit ihrem Blick das verschwundene Taxi zurückholen. Ich verfluchte mein vorschnelles Mundwerk und meine Neugier, die mir diesen Fahrdienst eingebrockt hatten, und bog rechts ab.

»Am Brüsseler Platz ist ein Taxistand«, fiel mir ein. »Falls der Fahrer Instetten hier irgendwo herausgelassen hat, wartet er vielleicht dort auf seine nächste Fuhre.«

»Gute Idee«, murmelte die Frau neben mir leise und starrte weiter die Straße hinunter. Mit ihren Gedanken schien sie sehr weit weg zu sein.

Am Brüsseler Platz zählte ich vier wartende Taxen. Die Fahrer lehnten wie schon zu meiner Zeit als Taxifahrerin an einem Mäuerchen und warteten rauchend auf neue Kundschaft. Die Außentische des Cafés Hallmackenreuther links dahinter waren gut mit jungem Volk besetzt, und auf der Bank vor der Kirche spendierte ein Penner seinen Kumpels ein Sixpack Billigbier. Ich stieg aus und quatschte mit den Fahrern. Bernie, einer von ihnen, war schon zu meiner Zeit Taxi gefahren, deshalb gaben er und die anderen der »alten Kollegin« bereitwillig Auskunft. Keiner hatte gerade einen Fahrgast aus Nippes entlassen.

»Wir könnten den Wagen über Taxiruf suchen lassen«, schlug ich Orlando vor, die in der Zwischenzeit auch ausgestiegen war.

»Noch nicht! Die Gefahr, dass Instetten bemerkt, dass er verfolgt wird, ist zu hoch!«, sagte sie schnell. »Außerdem … Kann sein, ich weiß, wo er hinwill!«

Durch die Brüsseler Straße näherte sich ein weiteres Taxi der Haltestelle, und ich erkannte beim Näherkommen die schwarze Schiebermütze von Kalle Potowski. Ausgerechnet mein alter Schulkamerad Kalle! Dem wollte ich jetzt auf gar keinen Fall begegnen! Kalle glaubte immer noch, dass ich ihm Geld schuldete, weil ich vor ein paar Jahren, als ich noch für ihn Taxi fuhr, einen nagelneuen Benz zu Schrott gefahren hatte. Ein Arbeitsunfall, aber Kalle sah das etwas anders. Dabei war es wirklich nicht meine Schuld, dass er den Wagen zu dem Zeitpunkt noch nicht versichert hatte. Ich klemmte mich also schnell hinter das Steuer, aber Orlando stieg nicht ein.

»Ich möchte Ihre Hilfsbereitschaft nicht ausnutzen«, sagte sie. »Ich kann mir hier ein Taxi nehmen.«

Natürlich erkannte Kalle meinen Alfa sofort, und der finstere Blick, den er mir beim Anhalten zuwarf, zeigte mir, dass seine Wut auf mich noch nicht verraucht war. Ich fuhr vor auf die Brüsseler, damit er mich nicht zuparken konnte.

»Der Abend ist eh gelaufen«, sagte ich zu Orlando. »Also steigen Sie schon ein!«

Drohend wie die Fieslinge aus Pepes Actionfilmen schob sich Kalles wuchtige Gestalt aus dem Wagen und kam auf mich zu. Erst jetzt reagierte Orlando. Sie setzte sich schnell neben mich, und ich konnte endlich losfahren.

»Was will der von Ihnen?«, fragte sie.

»Ist 'ne alte Geschichte«, sagte ich und überzeugte mich im Rückspiegel, dass Kalle mir nicht folgte. »Also: Wo soll's hingehen?«

Die Fahrt ging weiter geradeaus. In den Straßen rechts und links hier im Belgischen Viertel war die großbürgerliche Pracht des Fin de Siècle in vielen perfekt restaurierten Altbauten zu bestaunen, wenn man Zeit und Muse dafür hatte. Beides ging uns definitiv ab, denn Orlando drängte, und ich musste erst mal Kalles Auftritt verdauen. Auf der Aachener Straße ließ Orlando mich hinter einem steinalten Datsun in der zweiten Reihe anhalten, und ich sah, dass Instettens Taxi zwei Autos vor uns wartete. Instetten war ausgestiegen und lief ärgerlich oder nervös – das ließ sich aus unserer Position nicht erkennen – den Bürgersteig vor einem mit elegantem Marmor verkleideten Neubau auf und ab. Große Messingschilder vor dem Eingang wiesen das Haus als Sitz diverser Firmen aus.

»Media-Visionen«, sagte Orlando und deutete auf eines der Schilder. »Clara von Sternheim, Instettens Frau, arbeitet da als Chefin der PR-Abteilung.«

»Sie wissen wohl alles über den!«, sagte ich und sah immer wieder in den Rückspiegel. Ein großer Bus aus Hillesheim parkte vor dem Millowitsch-Theater und spuckte eine Ladung Eifeler Hausfrauen aus. Kalles Taxi tauchte nicht auf.

»Gut kenne ich nur seine Schokoladenseite, das, was er gerne der Öffentlichkeit präsentiert«, meinte sie bedauernd. »Seine illegalen Geschäfte weiß er geschickt zu tarnen, sonst müsste ich jetzt nicht wie ein Spürhund hinter ihm herrennen.«

»Wir rennen hinter ihm her«, korrigierte ich sie und kaute immer noch an der Geschichte mit Kalle herum. Eigentlich wollte er mir den neuen Wagen damals nicht geben, schließlich hatte ich gerade meinen alten Alfa zu Schrott gefahren, aber irgendwie konnte ich ihn dazu überreden. Bei der Probefahrt landete ich nach einem riskanten Überholmanöver im Straßengraben, die ganze Beifahrerseite musste erneuert werden. Kalle wollte mir die Reparaturkosten in Raten vom Gehalt abziehen, ich sagte Nein und war meinen Job los. Danach ging es mir finanziell so beschissen, dass ich bei der Stadtsparkasse den

Kleinkredit beantragen musste, womit ich wieder bei dem Mann auf dem Bürgersteig und beim Thema Geld gelandet war. Letzteres war bei mir immer noch knapp.

»Wie hoch ist die Summe, die Sie von der Versicherung kassieren, wenn Sie Instetten das Verbrechen nachweisen können?«, fragte ich Orlando.

»Ganz passabel«, sagte sie.

»Wie sieht es mit einer Beteiligung aus, wenn wir den Kerl heute festnageln können?«

»Zehn Prozent«, schlug sie vor. »Wir haben schon viel Arbeit in den Fall investiert, mehr ist nicht drin.«

»Sagen wir fünfzehn«, meinte ich.

»Zwölf«, sagte sie nach einiger Zeit, und wieder glitt dieses leichte Lächeln über ihr Gesicht und machte mir sie zum ersten Mal sympathisch.

Auf dem Bürgersteig herrschte lebhafter Betrieb. Hier kreuzten sich die, die gerade Feierabend machten oder die letzten Einkäufe erledigten, mit denen, die schon mit einem Kölsch oder Cocktail in einer der vielen Bars und Kneipen den Abend einläuteten, denn in der Gegend tobte zu späterer Stunde das Kölner Nachtleben. Ein Blick in den Rückspiegel sagte mir, dass Kalle mich immer noch nicht verfolgte, dafür rückte eine Knöllchentante, die alle Parker der zweiten Reihe mit Strafzetteln versorgte, unerbittlich näher. Instetten lief weiterhin ungeduldig auf und ab.

»Gleich gibt es ein kleines Problem«, sagte ich zu Orlando, die die nahende Frau in Blau noch nicht gesehen hatte.

Aus der hohen Glastür des Marmorbaus wehte jetzt eine schmale Brünette in einem schicken, hellen Frühlingskostümchen. Sie begrüßte Instetten mit einem flüchtigen Kuss, den dieser nicht erwiderte, sondern mit einem Blick auf die Uhr parierte. Dann redete er wütend auf sie ein, was die Frau mit einem schnippischen Schulterzucken quittierte. – Die Politesse war bei dem Wagen hinter uns angelangt.

»Eine Prinzessin«, erklärte Orlando. »Der Vater ist ein großer Immobilienhai. Eine gute Partie, wie man früher sagte. Durch sie hat Instetten Kontakt zu Leuten, für die er früher höchstens die Mäntel getragen hätte.«

Das Paar debattierte immer noch auf dem Bürgersteig, als die Vollstreckerin der Knöllchen an mein Fenster klopfte. Sie hatte die Figur einer russischen Ringerin.

»Meiner Freundin ist schlecht geworden«, sagte ich. »Sie hätte sich erbrochen, wenn ich nicht angehalten hätte.«

»Was glauben Sie, was ich den ganzen Tag über an Ausreden höre«, leierte sie mit gelangweilter Stimme herunter und zückte ihren Block.

In diesem Augenblick setzten sich Instetten und seine Frau endlich in das Taxi, das sofort startete und sich an der Moltkestraße auf der Linksabbiegerspur einordnete.

»Meiner Freundin geht es schon viel besser«, sagte ich und ließ den Motor an.

»Sie warten, bis ich mit dem Protokoll fertig bin«, befahl die Walküre.

Die Ampel an der Moltkestraße glitt auf Grün.

»Na, los!«, drängelte Orlando.

Ich schoss mit einem gewagten Ruck auf die Fahrbahn, der die Politesse erschreckt auf die Straße hüpfen ließ, die Ampel schaltete auf Rot, als ich um die Ecke fuhr. Im Rückspiegel sah ich, wie die Verkehrs-Walküre sich meine Nummer aufschrieb.

»Das Knöllchen kommt mit auf die Rechnung«, sagte ich.

Orlando sagte nichts. Ihr Blick klebte fest an Instettens Taxi, das jetzt in die Richard-Wagner-Straße einbog und langsam in Richtung Neumarkt fuhr.

»Irgendeine Ahnung, wohin die Fahrt jetzt geht?«, fragte ich.

Sie schüttelte den Kopf und fing wieder an zu brüten.

Die Fahrt ging am Neumarkt vorbei, immer weiter geradeaus. Vor dem klotzigen Maritim-Hotel bog das Taxi rechts in Richtung Rheinufer ab.

»Es gibt keine Beweise«, sagte sie unvermittelt. »Das macht die Sache so schwierig. Auf beiden Todesscheinen steht Tod durch Ertrinken. Sowohl die Behörden in Tahiti als auch in Kenia haben keinerlei Untersuchungen über andere Todesursachen eingeleitet, und beide Leichen wurden auf Wunsch der Angehörigen verbrannt. Sonja Kunz, die Frau, die zuerst starb, ist mit ihrem Freund Thomas Hinz aufs Meer hinausgeschwommen. Laut Aussage von Hinz haben die beiden eine aufziehende Wolkenfront und den damit verbundenen starken Wellengang unterschätzt, und nur Thomas Hinz konnte sich mühsam ans Ufer retten.«

»Der Freund meiner Tante ist genauso gestorben«, sagte ich. »Sie leidet bis heute darunter, dass sie ihn nicht hat retten können.«

»Auch Hinz leidet. Oder tut so. Ist seit der Sache in psychiatrischer Behandlung, weil er nicht mehr schlafen kann.«

»Hinz und Kunz! Da hatten sich ja die richtigen zwei gefunden!«

»Das sagt mein Mann auch immer!«

Nach einem wehmütigen Lächeln verhärteten sich ihre Züge, und sie sprach nicht weiter. Sie starrte aus dem Fenster ins Nirgendwo. Dicke Luft, dachte ich. Knatsch in der Ehe, so was kann richtig wehtun.

»Ist Ihr Mann auch Anwalt?«, fragte ich.

»Ich bin keine Anwältin«, sagte sie schnell. »Obwohl ich mal Jura studiert habe. – Hab's nicht zu Ende gebracht.«

»Oh!«

Das überraschte mich. Die Frau wirkte so klar und gradlinig, so als ob sie alles zu Ende bringt, was sie angefangen hat. Aber nun ja. Wer weiß, welche Stolpersteine das Leben ihr in den Weg geworfen hatte? Von ihr würde ich so schnell nichts darüber erfahren. Sie zählte nicht zu den Leuten, die vor Fremden gerne ihre Geschichte ausbreiten. Wieder starrte sie stumm geradeaus. Das Taxi fuhr ohne Hast die Rheinuferstraße in Richtung Süden. Über dem Fluss kreischten ein paar Möwen. Sie begleiteten einen Dampfer der Köln-Düsseldorfer, der sich gemächlich flussabwärts schob. Ein Zug mit Güterwaggons, der grollend über die Südbrücke rumpelte, erschreckte die Vögel, ließ sie in alle Richtungen davonfliegen.

»Gibt es denn eine Verbindung zwischen diesem Hinz und Instetten?«, griff ich den unverfänglichen Faden unseres Gesprächs wieder auf.

»Sieht man mal davon ab, dass er sein Erbe über ihn weiterverkauft hat, nein«, antwortete sie. »Im zweiten Fall sind wir da schon ein bisschen weiter.«

»Ah ja?«

»Seifert, der Erbe des zweiten Opfers, und Instetten waren gemeinsam bei der Bundeswehr.«

»Ist dieser Seifert auch mit dem Opfer nach draußen geschwommen?«, wollte ich wissen.

»Nein. Aber wir haben uns Bilder von dem Strand angesehen. Eine zerklüftete Felsküste mit vielen kleinen Buchten. Für einen erfahrenen Schwimmer wäre es ein Leichtes gewesen, zur nächsten Bucht zu laufen und der Frau von dort aus zu folgen. Schon einen Kilometer vom Strand entfernt hätte er sie unter Wasser drücken können, ohne dass irgendjemand das hätte beobachten können.«

Je mehr ich von dieser Geschichte erfuhr, desto mehr bekam ich den Eindruck, dass die nicht Fisch, nicht Fleisch war. Zwei Badeunfälle, zwei über den gleichen Banker abgewickelte Hausverkäufe. Ein paar merkwürdige Zufälle. – Mehr nicht. Die Frau verrannte sich. Meine Hoffnung auf ein bisschen schnell verdientes Geld sank rapide.

»Interessant ist, dass sowohl Instetten als auch Seifert behaupten, sich nicht zu kennen«, fuhr Orlando fort und zog damit geschickt einen Trumpf aus dem Ärmel, mit dem sie mich wieder neugierig machte. »Instetten sagt, dass er mit der Bundeswehrzeit nur grauenvolle Erinnerungen verbinde und sich an nichts und niemanden erinnere. Seifert erzählt, dass er ein schlechtes Namens- und Personengedächtnis habe …«

»Das liegt doch mindestens zwanzig Jahre zurück«, warf ich ein. »Könnten Sie sich an jeden Ihrer Mitschüler erinnern?«

»Die zwei haben zeitweise auf der gleichen Stube gelegen. Außerdem wirkte Instetten ziemlich nervös, als wir ihn auf Seifert angesprochen haben.«

»Kann es sein, dass die beiden Fälle überhaupt nichts miteinander zu tun haben?«, fragte ich. »Haben Sie sich das schon mal überlegt?«

»Natürlich!«, erwiderte sie.

In ihrer Stimme schwang leichte Empörung mit. Empörung darüber, dass ich glauben könnte, sie hätte diese Möglichkeit nicht bedacht?

»Das ist im Augenblick sogar die Variante, die ich für die wahrscheinlichste halte«, fuhr sie fort. »Ich gehe davon aus, dass Frau Kunz wirklich durch einen Unfall starb und Herr Hinz zufällig den Verkauf der Wohnung über Instetten abwickelte. Durch diesen Zufall kommt Instetten auf die Idee, wie er zusätzliches Geld machen könnte. In seiner beruflichen Karriere hat er immer wieder bewiesen, dass er auch vor »ungewöhnlichen« Wegen nicht zurückschreckt. Allerdings braucht er dafür einen Partner. Seifert, ein gut durchtrainierter Schönling, der in seiner Bundeswehrzeit durch besonders skrupelloses Verhalten aufgefallen war, ist seit Langem arbeitslos. Die beiden beschließen, gemeinsame Sache zu machen. Seifert macht sich an eine von Instetten ausgewählte Kundin heran, überredet sie zu einer Abenteuerreise und zu einem Testament, in dem sie ihn als Erben einsetzt. Er ersäuft die Frau und lässt es wie einen Badeunfall aussehen. Dann löst er die Lebensversicherung aus – immerhin vierhunderttausend Mark – und verkauft die Wohnung, die nach gängigem Marktpreis zwischen vier- und fünfhunderttausend bringen muss. Wenn man das teilt, kommt für jeden ein nettes Sümmchen heraus.«

»Klingt ein bisschen gewagt, aber nicht unmöglich«, gab ich zu. »Aber dafür müssen Sie beweisen, dass Seifert und Instetten sich kennen.«

»Bingo!«, antwortete sie. »Nur dann wird die Polizei die Kontobewegungen der beiden prüfen. Genau deshalb beschatte ich ihn!«

»Sie glauben, er trifft Seifert heute Abend? Gemeinsam mit seiner Frau?«, fragte ich wieder sehr ungläubig.

»Ich denke nicht, dass sie mit drinsteckt«, meinte Orlando, »aber man kann nie wissen.«

In Rodenkirchen drang vom Rhein der Lärm der Discoschiffe auf die Straße. Bestimmt wurde auf der »Alten Liebe« wie so oft eine Hochzeit gefeiert. Das Taxi fuhr auf den Militärring in Richtung Autobahn. Mein Tankanzeiger glitt auf Rot, noch Sprit für fünfzig Kilometer. Wenn die Instettens auf dem Weg zu einer längeren Autobahnfahrt waren, würde unsere Verfolgungsjagd schnell zu Ende sein.

* * *

Am Forstbotanischen Garten bog das Taxi links ab. Ich drosselte den Alfa, fiel hundert, hundertfünfzig Meter hinter Instettens Wagen zurück, um den Taxifahrer nicht auf mich aufmerksam zu machen, denn hier herrschte wenig Verkehr. Der frühlingsfrische Wald zu beiden Seiten roch nach Moos und feuchter Erde. Jogger drehten in diesem weitläufigen Grün ihre Runden. In Nippes erstreckte sich meine Laufstrecke entlang dem schmalen Grünstreifen an der Inneren Kanalstraße. Eine so schöne, große Grünfläche wie hier im reichen Süden der Stadt suchte man im Norden vergebens.

Auf der Bonner Landstraße bog das Taxi nach Hahnwald ab und hielt wenig später Im Hasengarten. Die Sternheim schlenderte lässig zu dem großen weißen Tor und bediente die Glocke. Instetten bezahlte derweil das Taxi, reichte dem Taxifahrer das Papier des Blumenstraußes zur Entsorgung und folgte seiner Frau. Das Stahltor fuhr mit einem leisen Summen zur Seite und gab kurz den Blick auf eine riesige Gartenlandschaft frei, auf der sich unter weißen Segeltüchern Leute mit Sektgläsern tummelten. Hinter dem Paar schloss sich das Tor wieder. Nur ein leises Murmeln, unterbrochen von gelegentlichem Lachen, drang auf die Straße, Geräusche, die die Spatzenschar in den Buchen am Wegrand mit ihrem Gezirpe um ein Vielfaches übertönten.

Ich war hier noch nie gewesen. In Hahnwald hatten Kölner mit Geld nach dem Krieg ihre Villen gebaut, drum herum großzügige Gärten angelegt und diese mit hohen Mauern umgeben. Der Nachkriegsgeldadel wollte sich von Nachbarn oder Spaziergängern weder in die Tasse spucken noch in die Karten gucken lassen. Deshalb bestand dieses in den Wald gebaute kleine, feine Viertel aus vielen Trutzburgen, bewehrt mit hohen Betonmauern oder Schutzhecken, beobachtet von unzähligen Überwachungskameras, bewacht von bissigen Hunden und einem privaten Wachdienst.

Als das Taxi davongefahren war, stieg Orlando aus und studierte das Namensschild an der Stahltür.

»Hugo Gambari.«

Bei dem Namen klingelte etwas in meinem Hinterkopf. Hatte der nicht irgendwas mit Karneval zu tun?

»Er produziert Talkshows. Media-Vision ist seine Firma. Clara von Sternheim arbeitet für ihn.«

»War der letztes Jahr der Prinz im Dreigestirn?«, fragte ich.

Orlando runzelte die Stirn und sagte: »Von Karneval habe ich keine Ahnung!«

Genauso sah sie aus! Wie der typische Karnevalsflüchtling. Bestimmt hatte sie sich noch nie in ihrem Leben Weiberfastnacht et Trömmelsche umgehängt, bestimmt war sie nie mit Freundinnen singend von Kneipe zu Kneipe gezogen, mit Sicherheit war sie nie Karnevalsfreitag neben einem ihr unbekannten Typen aufgewacht. Sie wirkte wie eine, die sich nicht gehen lassen konnte, wie eine, die nur mit einer Korsage aus Kontrolle und Disziplin lebte. Manche sagen, dass es genau die Typen sind, die Karneval besonders über die Stränge schlagen, aber das stimmt nicht. Die lassen sich gar nicht drauf ein! Die absolvieren Weiberfastnacht mit dem gleichen Gefühl wie eine Weihnachtsfeier und sind dann froh, wenn sie ein paar Tage im protestantischen Holland am kalten Nordseestrand herumlaufen dürfen.

»Können Sie da hochklettern?«

Orlando deutete auf eine der Buchen am Straßenrand. »Von da aus müsste man einen guten Blick auf das Treiben in Gambaris Garten haben.«

»Sie glauben, dass Instetten Seifert hier trifft?«, fragte ich ungläubig.

»Nein. Er wird ihn irgendwo treffen, wo ihn keiner kennt. Zudem verkehrt Seifert nicht in diesen Kreisen«, sagte sie.

»Dann können wir doch auch im Auto auf ihn warten!«, schlug ich vor.

»Um einen Typen wie Instetten festzunageln, ist jede Information hilfreich«, meinte sie entschieden. »Also: Kommen Sie da hoch?«

Der Baum war nicht das Problem. Ich bin gut durchtrainiert, und als Kind ist mir kein Baum zu hoch gewesen. Die Buche hätte wirklich keine Herausforderung dargestellt. Aber als gestandene Frau von über vierzig in Hahnwald auf einen Baum klettern? Damit hatte ich ein Problem.

»Sie müssten mich dann hochziehen«, fuhr Orlando fort. »Ich bin nicht sehr geübt im Klettern.«

Ich sah nach rechts und links. Seit sich das Tor hinter Instetten und seiner Frau geschlossen hatte, waren wir die Einzigen auf der Straße. Wahrscheinlich führte man hier nur morgens und abends den Hund aus oder ging joggen, erledigte alle Einkäufe mit dem Auto und blieb ansonsten in seiner Festung. Mein Alfa parkte als einziges Auto in der Straße und wirkte mit den rostigen Radkappen und seiner weinroten Farbe, die schon lange nicht mehr up to date war, wie ein Fremdkörper. In den Carports und Garagen dieser Straße standen hauptsächlich Wagen der A-Klasse. Orlando sah mich erwartungsvoll an. Immer noch standen wir als Einzige auf der Straße. Ich griff mir also den untersten Ast und zog mich den Stamm hoch. Es war kein Problem, wie gesagt. Dann klammerte ich mich wie ein Affe an den untersten festen Ast und reichte Orlando den Arm. Die stellte sich ziemlich dämlich an. Sie kraxelte immer nur einen Meter hoch, dann rutschte sie wieder nach unten. Als sie endlich ein Bein um den untersten Ast geschlungen hatte, bog der Wagen einer Catering-Firma um die Ecke und hielt exakt unter unserer Buche. Orlando ließ das Bein wieder runter, nickte dem Fahrer zu, während ich immer noch affengleich am Baum hing.

»Sie hat gerade einen Abenteuerurlaub in Brasilien hinter sich und zeigt mir, wie sie sich im Dschungel fortbewegt hat«, erklärte Orlando.

Der Fahrer schüttelte stumm den Knopf, drückte auf die Klingel und fuhr in das sich langsam öffnende Tor.

»Das ist Schwachsinn!«, sagte ich und ließ mich vom Baum runter.

»Wenn wir beide oben stehen, beachtet uns kein Mensch«, beharrte Orlando. »Keiner sieht nach oben!«

Hartnäckig, wie ich vermutet hatte. Eine, die nicht aufgibt. Beim zweiten Kletterversuch ließ ich ihr den Vortritt und schob von hinten kräftig nach. Mit einem Riss in der schicken Hose und hochrotem Kopf landete sie nach etlichen Versuchen auf einem sicheren Ast. Ich reichte ihre große Handtasche hinauf und folgte ihr. So wackelig der Sitzplatz, so brillant war die Aussicht. Gambaris Garten lag uns zu Füßen, von der Sektbar in der einen Ecke des Gartens bis zu der kleinen Combo, die in der anderen Ecke zum Tanz aufspielte, hatten wir alles im Blick. Orlando zog ein Fernglas aus ihrer Tasche und reichte es mir. Sie selbst benutzte eine Spiegelreflex mit weitem Zoom. Alle Achtung, sie hatte wirklich an alles gedacht! Jedes Mal, wenn Instetten mit jemand Neuem plauderte, machte sie ein Foto. Ich betrachtete die Gäste durch das Fernglas.

»Und? Jemand dabei, den Sie kennen?«, wollte ich wissen.

Sie schüttelte den Kopf, und mir fiel auf, wie müde sie wirkte.

»Seit wann beschatten Sie ihn?«, fragte ich.

»Seit drei Tagen.«

»Und warum löst Sie Ihr Mann nicht ab?«

»Das geht nicht!«

Wieder diese Wehmut im Blick. Wieder dieses eisige Schweigen, das signalisierte: Bloß nicht weiterfragen!

»Arbeiten Sie nicht in derselben Kanzlei?«, machte ich trotzdem weiter.

»Doch! Es ist seine«, presste sie kurz heraus und wackelte an ihrem Ast.

Dann rutschte sie ab. Ich griff nach ihrem Arm, bevor sie weiter nach unten schlittern konnte. Mit zittrigen Knien fand sie mit den Füßen auf einem tiefer liegenden Ast wieder Halt und schnaufte schwer. Instetten stand immer noch mit denselben Leuten wie vor fünf Minuten zusammen.

»Legen Sie sich ein bisschen aufs Ohr!«, sagte ich und deutete auf den Alfa.

Nach einem Blick auf die Gartengesellschaft reichte sie mir die Kamera und nickte. Ich half ihr nach unten, warf ihr den Autoschlüssel hinunter und sah zu, wie sie den Beifahrersitz nach hinten drehte und dann die Tür zumachte.

Ich spielte mit dem Zoom der Kamera. Instetten schlenderte mit zwei Gläsern Sekt auf eine Frau zu, die allein bei einem Fliederbusch hinter der Combo stand. Sah so aus, als hätte sie schon auf ihn gewartet.

Er reichte ihr eines der Sektgläser und küsste sie vertraut auf die Wange. Nach dem gelegentlichen Lachen und den heiteren Mienen der beiden zu urteilen, schien die Unterhaltung angenehm zu sein, zudem sah ich, wie sich ihre freien Hände immer wieder wie zufällig trafen. Der Kerl ließ nichts anbrennen! Ich schoss ein paar Bilder, setzte dann die Kamera ab und suchte seine Frau. Die tanzte mit einem älteren Herrn und schien sich weit weniger gut zu amüsieren. Nach dem Tanz eilte sie zum Büfett und drapierte sich einige Kanapees auf ein Tellerchen, die sie dann lustlos aß.

Mir lief dabei das Wasser im Mund zusammen, denn ich hatte seit Stunden nichts gegessen. Zumindest mit Flüssigkeit wurde ich versorgt, denn der frühe Nachthimmel schickte einen kräftigen Schauer auf die Erde, der die Partygäste unter den Segeltüchern Schutz suchen ließ, während das Blätterdach der Buche großzügig den Regen zu mir hindurchließ. Durch ein nassverschmiertes Fernglas beobachtete ich, wie Instetten jetzt mit seiner Frau redete, ein Gespräch, das sie, nach ihrer eisigen Miene zu urteilen, nicht erfreute. Dann verschwand er im Inneren des Hauses. Vielleicht wollte er aufbrechen, vielleicht in dunklen Räumen weiterflirten, was auch immer, auch ich wollte hier nur noch verschwinden, wollte nicht noch nässer werden und entschied mich, nach unten zu klettern und im trockenen Auto zu warten.

Leider kam ich nicht so weit.

Der Regenschauer hatte das letzte Licht aus dem Sommernachthimmel vertrieben, und weiter fielen dicke Tropfen auf Hahnwald. Die Leuchtkraft der Straßenlaternen reichte nicht aus, um die jetzt glitschigen, regennassen Äste zu erkennen. Also tastete ich mich mühsam Stück für Stück nach unten. Als ich vom untersten Ast springen wollte, hörte ich ein bösartiges Knurren. Unter mir blitzten die scharfen Zähne eines nassen Schäferhundes, und dahinter glänzte die blaue Wachsjacke eines Wachmannes.

»Komm sofort da runter«, befahl der.

Der Hund bleckte die Zähne, Geifer lief aus seinen Fängen. Der Wachmann zerrte am Halsband.

»Ist doch nicht verboten, auf Bäumen zu sitzen«, sagte ich.

»Noch frech werden, was?«, schnalzte der Wachmann. »Los, spuck's schon aus! Auf wen von Herrn Gambaris Gästen hast du's abgesehen?«

Typen wie den habe ich gefressen! Wichtigmacher, die mit einem Schäferhund an der Seite jeden vermeintlich Schwächeren duzen und die mindestens Schlagring und Betäubungspistole, wenn nicht schärfere Waffen, in der Tasche haben!

»Gambari wird dich gleich zurechtstutzen, wenn du mich nicht in Ruhe lässt«, schnauzte ich ihn an. »Ich mache ein paar Fotos von der Party für ihn. Nur von hier oben krieg ich den ganzen Garten aufs Bild. – Und jetzt zisch mit deinem Köter ab und lass mich meine Arbeit tun!«

»Außenfotos? Bei dem Wetter? Dass ich nicht lache! So was würde uns Herr Gambari mitteilen, damit wir informiert sind. Also, komm schon runter, oder …«

Er ließ die Leine des Hundes gefährlich locker, der hopste sofort am Stamm hoch, während der Wachmann das Walkie-Talkie aus der Tasche zog.

»Ist 'ne peinliche Geschichte, Herr Wachtmeister«, hörte ich da Orlando sagen, die, ohne dass ich es bemerkt hatte, aus dem Wagen gestiegen war. Sie ging auf den Wachmann zu, der sofort die Hundeleine wieder enger zog, und zwinkerte ihm vertraulich zu. »Kann gut verstehen, dass sie es Ihnen nicht sagen will, aber es ist besser, Sie wissen Bescheid.«

Sie stand jetzt genau neben ihm und fuhr dem Hund mit einer beruhigenden Geste über den Kopf. »Ihr Freund arbeitet bei der Catering-Firma«, flüsterte sie dem Wachmann zu und machte mir von ihm unbemerkt ein Zeichen, vom Baum zu kommen, »die heute Abend bei Gambari serviert. Sie hat den Verdacht, dass er sie mit einer knackigen, jungen Serviererin betrügt, deshalb sitzt sie da oben.«

Der Wachmann blickte Orlando an und dann mich und dann die Straße runter auf ein Taxi, das langsam näher und vor Gambaris Stahltor zum Stehen kam. Der Fahrer stieg aus, warf einen Blick auf uns drei und den Hund, stieg aus und klingelte.

»Was'n hier los?«, fragte er blöd.

Ich nutzte die Gelegenheit, um endlich vom Baum zu kommen. Der Hund fixierte mich knurrend, der Wachmann wütend. Doch beide schienen wie festgewachsen. Ich beeilte mich, den Wagen zu erreichen, Orlando warf mir den Schlüssel zu und stieg ebenfalls ein. Ich startete den Alfa. Gambaris Stahltor öffnete sich.

»Hey«, keifte der Wachmann und wurde wieder lebendig. Er zerrte den Hund auf die Straße. »So einfach kommt ihr mir nicht davon.«

Ich gab Gas, die zwei sprangen zur Seite, und im Rückspiegel sah ich, wie der Typ wütend in sein Walkie-Talkie spuckte, während gleichzeitig Instetten allein in das Taxi stieg.

»Noch mal Schwein gehabt«, sagte Orlando.

Sie wirkte ganz ruhig.

»Schwachsinn! Diese ganze Aktion ist ein einziger Schwachsinn!«, brüllte ich sie an und merkte, wie meine Hände auf dem Lenkrad zitterten. »Wenn du unbedingt wissen willst, was dieser Instetten treibt, beauftrage ein Detektivbüro, die wissen, wie so was geht. – Mein Nervenkostüm ist nicht dafür gemacht!«

»Es war ziemlich klasse, wie du einfach ins Auto gestiegen und losgefahren bist«, meinte sie ungerührt. »Geistesgegenwärtiger kann auch ein Profi nicht reagieren.«

»Zudem hasse ich Hunde«, schrie ich weiter. »Ich hasse Hunde!«

Meine Hände taten immer noch nicht, was ich wollte, und so schlich ich mit zwanzig zurück auf die Bonner Landstraße. Der Regen trommelte mit wachsender Heftigkeit gegen die Fenster. Das Taxi überholte uns kurz vor der Autobahnauffahrt und sprühte einen zusätzlichen Schwall Wasser auf die Windschutzscheibe. Ich verlor kein Wort darüber, dass Instetten in dem Wagen saß.

»Hör zu«, sagte Orlando mit großer Eindringlichkeit. »Ich muss das tun. Ich muss beweisen, dass es eine Beziehung zwischen Instetten und Seifert gibt, das bin ich jemandem schuldig.«

»Bisschen deutlicher geht es nicht?«

Sie schüttelte sanft den Kopf, wieder war diese Wehmut in ihrem Blick. Der Abstand zwischen uns und dem Taxi wurde größer und größer.

»Hat es was mit deinem Mann zu tun?«

Sie nickte unmerklich.

Die Rücklichter des Taxis verschwanden auf der Auffahrt zur Autobahn in Richtung Köln. Meine Hände hatten sich wieder beruhigt. Ich drückte aufs Gas und hoffte, dass das Taxi den Weg zurück in die Stadt nahm.

* * *

Zum Glück war ich schnell genug auf der Autobahn, denn die Taxe fuhr nicht, wie ich vermutet hatte, zum Bonner Verteiler, sondern auf die Rodenkirchener Autobahnbrücke. Ich beschleunigte den Alfa, und noch bevor wir auf die Brücke fuhren, konnte ich die Nummer des Taxis deutlich erkennen. Es war jetzt weit nach Mitternacht, nur noch wenige Autos drängte es über den Rhein. Die mächtigen Pylonen der Brücke glänzten regennass, und die Scheibenwischer hatten gut zu arbeiten. Neben mir klapperte Orlando mit den Zähnen, und auch mich schüttelte die Kälte. Ich stellte die Heizung auf Höchstleistung.

»Auf der Rückbank muss 'ne Decke liegen«, sagte ich. »Häng sie dir um!«

Ganz selbstverständlich waren wir beide zum Du übergegangen, etwas, das ich zu Beginn des Abends nicht für möglich gehalten hätte. Aber nach den gemeinsamen Stunden und der Sache mit dem Baum und dem Hund hielt ich alles andere für albern.

Hinter der Brücke setzte das Taxi den Blinker und fuhr auf die Siegburger Straße.

»Sein altes Revier«, stellte Orlando fest, als wir über die Poller Straßenbahnschienen rutschten. Sie stülpte das nasse Jackett sorgfältig über den Sitz und griff nach der Decke.

Meines auch, dachte ich und sah den altvertrauten Supermarkt, den Kiosk, den Bäcker vorüberziehen. Pepe konnte noch nicht laufen, da hatte ihm der Kioskbesitzer schon einen Lolli in die Hand gedrückt, immer wenn ich bei ihm eine Zeitung kaufte. Eines der wenigen erfreulichen Ereignisse meiner Poller Zeit. Da, die Abzweigung Allerseelen, von der man in den Immergrünweg abbog! Dort hauste ich in einer winzigen, dunklen Zweizimmerwohnung, und Pepe schrie Nacht für Nacht. Und Morgen für Morgen hatte ich den vorwurfsvollen Blick meiner Vermieterin und ihre Auslassungen darüber, dass die Kinder zu ihrer Zeit nie so viel geschrien hatten, zu ertragen. Und Tag für Tag mühte ich mich, zu kapieren, warum Henning das Kind nicht gewollt und mich im Stich gelassen hatte. – Alte Wunden, fest vernarbt. Verschwinden würden sie nie vollständig. Ich fror noch mehr, die nassen Jeans umklammerten meine Beine. Zudem meldete sich mein Magen mit immer gierigerem Grummeln.

Das Taxi raste weiter die Siegburger Straße entlang. Orlando kramte in ihrer Handtasche nach Nadel und Faden und flickte geschickt den Riss an ihrer Hose. Schon tauchte linker Hand die große Aurora-Mühle auf und auf der anderen Rheinseite hinter dem wuchtigen Turm von Groß Sankt Martin der angestrahlte Dom. Wie den meisten Kölnern ging mir bei seinem Anblick das Herz auf, und nachts wirkte er noch bombastischer, noch majestätischer als tagsüber. Es herrschte wenig Verkehr um diese Uhrzeit, und für den Taxifahrer schien Tempo fünfzig nicht zu existieren. Er sauste am Lufthansa-Hochhaus vorbei, ließ den Deutzer Bahnhof links liegen, nahm mit quietschenden Reifen die Kurve zur Messe. Ich immer hinterher, die rote Tankleuchte drohend vor Augen.

»Seifert wohnt in Ostheim«, murmelte Orlando. »Vielleicht fährt er direkt zu ihm.«

»Wär nicht der schnellste Weg«, meinte ich.

Aber was hieß das schon? Den hatte ich als Taxifahrerin auch nicht immer genommen.

»Er muss ihn heute treffen. Er muss!«

Orlando sagte dies mit verzweifelter Bestimmtheit. Zu gerne hätte ich endlich den Grund erfahren, warum ihr dies so wichtig war.

»Hast du Krach mit deinem Mann wegen der Geschichte?«, fragte ich.

»Nein, nein«, meinte sie hastig und schwieg wieder.

Nichts zu machen. Sie wollte nicht darüber reden. Das Ganze war nicht nur ein Job, den sie erledigte, da war ich mir ziemlich sicher. Bei der Sache steckte mehr dahinter.

»Was weißt du über diesen Seifert?«, fragte ich, da ich mit anderen Fragen nicht weiterkam.

»Schöner Mann, ein Womanizer«, sagte sie, sichtbar froh darüber, dass ich das Thema wechselte, und förderte aus den Tiefen ihrer Handtasche ein Foto zutage, das sie an die feuchte Windschutzscheibe klebte.

Dunkle Haare, dunkle Augen, Schmelz im Blick. Ein Latin Lover, einer, der Abgründe und Leidenschaften zu wecken wusste, wenn die Frau das zuließ. Mir wäre er nie gefährlich geworden. Ich fiel auf andere Typen rein.

»Hat mal als Stuntman beim Film gearbeitet, ist nach einem Motorradunfall arbeitslos geworden. Das ist schon ein paar Jahre her. Lebte danach allein in einer kleinen Sozialwohnung in Buchheim.«

»Geld konnte der bestimmt gut gebrauchen«, meinte ich. »Aber ein Auftragsmord? Eine kaltblütige, eine berechnende Tat?«

Wir ließen die Messe und die hell erleuchtete Aral-Tankstelle an der Auffahrt zur Zoobrücke hinter uns und folgten dem Taxi nach Mülheim.

»Wer weiß schon, wie lang oder kurz der Weg vom Gedanken zur Tat ist?«, sinnierte Orlando. »Wenn die Habgier groß genug ist oder der gesellschaftliche Abstieg droht? Die Qualen und Bedenken kommen erst hinterher, das wissen wir doch von Macbeth. Stell dir vor, wie er nachts aufschreckt, weil er davon geträumt hat, wie die Frau um ihr Leben fleht, während er sie noch mal und noch mal untertaucht. Stell dir vor, immer wieder träumt er dieses Bild, genau dieses Bild! Welcher Mörder kann sich von dieser Last frei machen?«

Doch nicht so ein Eisblock, wie ich gedacht habe! Ob den Mörder diese furchtbaren Erinnerungen heimsuchten, konnte ich nicht sagen, aber Orlando hatte sich diesen Mord mehr als einmal vor Augen geführt.

»So gesehen, müsstest du eher versuchen, Seifert zu knacken«, meinte ich. »Den müssen doch die grausamen Bilder verfolgen. Instetten war vielleicht der Anstifter, aber er hat den Mord nicht begangen. Der wäscht seine Hände in Unschuld, genau wie Lady Macbeth.«

Ich war sehr stolz, dass mir dieses Detail aus dem Englischunterricht wieder einfiel, wo ich ansonsten so ziemlich allen Schulkram vergessen hatte. Aber die Geschichte der Lady Macbeth hatte mich damals wirklich interessiert.

»Instetten wirkte bei unserem Gespräch nervös, nicht Seifert«, erwiderte sie mit Bestimmtheit.

Links neben uns glänzten die Pfeiler der Mülheimer Brücke. Im Nachthimmel drehte ein Flugzeug die Schleife zum Flughafen. Das Taxi sauste am Wiener Platz vorbei. Ich schätzte, dass noch Sprit für fünfundzwanzig Kilometer im Tank war.

»Instetten muss ziemlich tief in der Scheiße stecken, wenn es so gelaufen ist, wie du annimmst«, sagte ich.

»Instetten hatte immer ein Faible für risikoreiche Geschäfte. Skrupel kennt er keine. Dass mal was in die Hose geht, ist Teil des Geschäfts«, meinte Orlando. »Ich vermute, er hat sich an der Börse verspekuliert, wie so viele in den letzten Jahren. Wenn ich recht habe, sitzt er dick in der Tinte, denn er verfügt über keine finanziellen Reserven. Sprich, ohne zusätzliches Geld kann er seine Schulden nicht bezahlen. Und das muss er, denn niemand darf erfahren, dass er Schulden hat. Er hat hart dafür gearbeitet, nach oben zu kommen, und er würde alles tun, um nicht abzusteigen.«

Das Taxi verlangsamte sein Tempo und bog in die Keupstraße ein. Als wir die Kurve zur Schanzenstraße nahmen, stieg mir der Geruch von Döner und frisch gebackenem türkischem Brot in die Nase, und mein Magen knurrte in einer Lautstärke, die Orlando dazu bewog, in ihrer Handtasche zu wühlen. Sie reichte mir einen Müsliriegel. Ein schlechter Ersatz für einen herzhaften Döner. Während ich auf den gezuckerten Haferflocken herumkaute, fuhren wir an den mächtigen, aus rotem Klinker gebauten Industriehallen vorbei, riesenhaften, dunklen Kathedralen des 19. Jahrhunderts, zwischen denen mein Alfa wie eine Ameise wirkte.

In der Gegend war nichts, tote Hose, aber das änderte sich, als vor uns das alte E-Werk auftauchte. Dort und im direkt gegenüberliegenden Palladium tobte seit ein paar Jahren nachts der Bär. Nachdem anfangs nur die Stunker das E-Werk als Saal für ihre Sitzungen genutzt hatten, zog es nach und nach Musikveranstalter in die Industriehalle, und als ein paar Jahr später das Palladium als zusätzlicher Veranstaltungsort für Rockkonzerte und Discos eröffnete, schwirrten immer mehr Nachteulen aus allen Teilen der Stadt in das alte Industriegebiet.

Das Taxi fuhr langsamer. Aus dem Palladium krachte harte Rockmusik, auf der Straße davor schlenderten Punks mit Bierflaschen in den Händen, an den Wänden lehnten rotgesichtige, vom Tanzen erschöpfte Mädchen, und was die Leute in den dunkleren Ecken trieben, konnte ich aus dem Auto nicht erkennen.

Das Taxi hielt direkt vor dem Eingang.

»Hier kennt ihn wirklich keiner«, murmelte Orlando, als Instetten ausstieg und in der Halle verschwand.

»Los, hinterher!«, befahl ich. »Sieh zu, dass du an ihm dranbleibst! Ich parke den Wagen und komm nach.«

Mit ihrem teuren Hosenanzug und der eleganten, großen Lederhandtasche, die sie sich beim Aussteigen über die Schultern warf, wirkte sie in der Gegend so deplatziert wie ein norwegischer Pastor im Kölner Karneval. Aber um diese Uhrzeit sammelten sich in dieser Gegend merkwürdige Gestalten aller Art, und so hoffte ich, dass Orlando als suchende Mutter einer rotznasigen Tochter, die zu einem nächtlichen Ausflug ausgebüxt war, durchging.

Ich parkte den Wagen ein paar Meter weiter vor einer Ausfahrt, rieb mir mit meinem Sporthemd die Haare trocken und tauschte die nassen Trotteurs gegen meine Laufschuhe.

Im Eingangsbereich des Palladiums knubbelten sich Kölschtrinker und Raucher, unter denen ich aber weder Orlando noch Instetten erspähte. So blätterte ich an der Kasse einen Zehner hin und folgte ein paar verschwitzten Tänzern in die Halle, wo auf der Bühne zwei irische Rocker ihre Gitarren jaulen ließen und ein rastalockiger Schlagzeuger auf sein Instrument eindrosch. Auf der Tanzfläche zuckten im Licht der Discolampen unzählige Körper; auch als meine Augen sich an das blitzende Licht gewöhnt hatten, fand ich Orlando nicht. Ich inspizierte die Toiletten, die Flure, nochmals den Saal, alles Fehlanzeige. Keine Orlando, kein Instetten, kein Seifert. Irgendwann kehrte ich zum Eingang zurück. Feuchte Frischluft schlug mir entgegen, an den Wänden lehnten wieder verschwitzte Mädchen. Erneut kroch ein Taxi die Schanzenstraße entlang und hielt vor dem Palladium. Am Eingang tauchte wie aus dem Nichts Instetten auf, hetzte auf das Taxi zu und ließ es mit quietschenden Reifen losfahren.

Verdammt noch mal, wo war Orlando? – Hatte sie Instetten in dem Gewühle nicht gefunden oder ihn verloren? Sollte ich sie zurücklassen und selbst die Verfolgung aufnehmen? Wenn ich mich beeilte, konnte ich mich noch hinter die Taxe klemmen. Unsicher lief ich auf die Straße, und da sah ich Orlando aus einem Seitengässchen winken.

»Ich habe das Foto«, brüllte sie und schwenkte die Kamera.

Die Kamera schaukelte an ihrem ausgestreckten linken Arm hin und her, Orlando hielt sie wie eine Trophäe, in ihren Augen blitzte Befriedigung. In diesem Augenblick sah ich hinter ihr einen Typen auftauchen.

»Vorsicht«, schrie ich, aber zu spät.

Der Kerl stieß sie zu Boden und entriss ihr mit einem geübten Griff den Fotoapparat. Orlando versuchte seinen Fuß zu packen, aber er wich ihr geschickt aus, versetzte ihr mit seinem spitzen Cowboystiefel einen Tritt.

Scheiße, dachte ich und setzte mich in Bewegung. Der Typ lief tiefer in das schwach beleuchtete Werkgelände hinein.

»Den krieg ich!«, sagte ich beim Vorbeiziehen zu Orlando, die sich langsam aufrappelte.

Der Kerl hatte einen Vorsprung von vielleicht hundert Metern. Ich hörte seine Stiefel auf dem alten Pflaster klackern und beschleunigte mein Tempo. Dreimal die Woche zehn Kilometer. Um mich abzuhängen, musste er entweder sehr schnell oder sehr ausdauernd sein. Der Lärm der irischen Rocker wurde schwächer, genau wie das Licht. Zwischen den riesigen Kabelrollen und den Klinkerwänden der alten Hallen war niemand außer dem Dieb und mir. Ob das Seifert war, den ich da verfolgte, oder ein Junkie in Geldnot, fragte ich mich. Letzterer wäre wahrscheinlich ein einfacherer Gegner. Ich folgte dem Klackern der Stiefel, in der Dunkelheit konnte ich den Mann nur noch schemenhaft erkennen. Zum Glück tauchte links ein heller Glasbau auf, als Vorbau vor eine der alten Mauern gesetzt. Licht spendete eine Außenlampe, und in den Fenstern des Glasbaus spiegelte sich eine Reihe der wuchtigen Kabeltrommeln auf der rechten Seite. Plötzlich merkte ich, dass die Cowboystiefel verstummt waren.

Die Kabel, dachte ich. Ich wich vom Licht zurück in den Schatten und tastete mich langsam zu den großen Holzrädern vor, auf denen die Kabel aufgerollt waren. Meine Laufschuhe machten keinen Lärm, und auch meinen Atem hatte ich unter Kontrolle. So schlich ich den schmalen Gang zwischen den Holzrädern und der Wand entlang und sog den Geruch von nassem Holz und feuchtem Plastik ein.

Die Nische, in der er stand, konnte ich nicht sehen, und zu spät roch ich seinen nach Rauch und Bier stinkenden Atem. Da hatte er mir schon den Arm um den Hals gelegt. Ich stieß ihm den Ellenbogen in den Bauch und wirbelte herum, bevor er zudrücken konnte. Er hieb mir die rechte Faust hart ins Gesicht, Sternchen drehten sich um meinen Kopf, und die linke Backe begann zu glühen. Solche Schläge brachten mich beim Boxen regelmäßig in Rage, automatisch ballte ich die Faust und versetzte ihm einen oft geübten Schlag unters Kinn, so präzise, dass mein Boxlehrer gejubelt hätte. Mein Gegner taumelte kurz zurück und versuchte es dann mit Treten, aber ich wich geschickt aus, bot ihm keine Angriffsfläche.

»Rück die Kamera raus!«, drohte ich. »Sofort!«

»Hol sie dir doch«, antwortete er, griff blitzschnell nach dem Kameraband, das bisher an seiner Schulter gehangen hatte, und wirbelte die Kamera wie ein Kugelwerfer mehrmals um seinen Kopf herum, bevor er sie losließ und diese über die mannshohen Holzräder hinweg auf den erleuchteten Glasbau zuflog. Dann rannte der Typ los.

Meine Wange glühte, meine Faust klopfte, und meine Füße klebten bleischwer am Boden. Ich hörte schon das Glas splittern, die Alarmanlage heulen und sah mich den Rest der Nacht auf einer Polizeiwache sitzen, mit dem Versuch beschäftigt, diese ganze verrückte Beschattungsaktion zu erklären.

»Ich hab sie!«, hörte ich da Orlando rufen.

Kein Glasklirren. Der Wurf schien nicht bis zum Glasdach gereicht zu haben. In der Ferne das Klackern der Cowboystiefel.

»War das Seifert?«, fragte ich und bewegte mich endlich aus dem schmalen Gang heraus. Mein Atem fand langsam zu seinem üblichen Tempo zurück.

»Ja«, sagte sie, und ich sah, wie sie die Kamera in ihrer großen Handtasche verstaute und mich dann anschaute. »Was ist mit deiner Backe? Hat er dich geschlagen?«

»Mein Kinnhaken war besser. Habe noch nie so präzise getroffen«, meinte ich und merkte, wie mein Magen sich wieder laut und deutlich meldete.

»Kotelett und Bratkartoffeln im Großmarkt?«, schlug Orlando vor. »Einen Eisbeutel für deine Backe kann ich dort auch auftreiben.«

* * *

Um halb vier Uhr morgens bretterten wir über die Mülheimer Brücke zurück auf die andere Rheinseite. Das Schwarz der Nacht wich bereits langsam dem hellen Grau der Morgendämmerung. Zwei Taxen, von denen wir nun keines mehr verfolgen mussten, und mein Alfa, mehr Autos fuhren um diese Zeit nicht. Die Stadt schlief. Auf der Höhe des Zoos drang der scharfe Gestank von Kamel- und Elefantendung durch die Fensterritzen und leistete uns Gesellschaft, verflüchtige sich aber bei der Zoobrücke schon wieder.

»Seifert hat beim Kölschstand auf Instetten gewartet«, erzählte Orlando. »Mir ist ein Stein vom Herzen gefallen, als ich die zwei endlich gemeinsam vor Augen hatte! Vor lauter Erleichterung habe ich fast vergessen, ein Foto zu machen, aber dann konnte ich nicht mehr aufhören, auf den Auslöser zu drücken. Hab's wohl ein bisschen übertrieben, denn plötzlich sah Seifert zu mir herüber. Bin durch das Gewühle raus auf die Straße und dann ab in die dunkle Gasse. Dachte, ich hätte ihn abgehängt …«

Die Taxen verschwanden irgendwohin. Am frühen Morgen trug der Dom taubengrau, auf dem Rhein wiegten sich drei Hotelschiffe, und über die Hohenzollernbrücke holperte ein Nachtzug. Die Rheinuferstraße gehörte uns allein, ein seltenes Vergnügen in Köln.

»Morgen bringe ich Unterlagen und Fotos bei der Versicherung vorbei. Das Material reicht aus, um eine polizeiliche Ermittlung in Gang zu setzen«, fuhr Orlando erleichtert fort.

Ich nutzte die Grünphase und sauste durch den Rheinufertunnel. Hinter den Glasscheiben des neuen Schokoladenmuseums glitzerte der goldene Schoko-Brunnen im morgendlichen Zwielicht. Weiterhin nur grüne Ampeln.

»Danke, übrigens«, sagte Orlando. »Ohne dich hätte ich das nicht geschafft.«

»Wird deinen Mann bestimmt freuen, wenn jetzt ordentlich Knete in eure Kanzlei fließt«, meinte ich.

»Nicht mehr!«, sagte sie wieder in diesem eisigen Ton. Dann murmelte sie so leise, dass ich es kaum verstehen konnte: »Er ist vorletzte Woche bei einem Autounfall ums Leben gekommen. Auf der Rückfahrt von der Kaserne, in der Instetten und Seifert während ihrer Bundeswehrzeit stationiert waren.«

Ich schluckte trocken und hielt mit den Händen krampfhaft das Lenkrad umschlungen. Das also war die Geschichte hinter der Geschichte! Sie hatte wegen Instetten ihren Mann verloren! Deshalb war sie so besessen davon gewesen, Instetten die Beziehung zu Seifert nachzuweisen.

»Mein Beileid«, murmelte ich, weil ich nicht wusste, was ich sonst sagen sollte.

Ich sah, wie sie in ihrer Tasche nach Papiertüchern kramte. Trauer breitete sich im Wagen aus. Stumm rannen Orlandos Tränen, und stumm ließen wir die Südstadt und die Südbrücke hinter uns.

Es sollte in unserer langen gemeinsamen Geschichte das einzige Mal bleiben, dass ich Orlando weinen sah.

»Du musst dich an der Schönhauser rechts einordnen«, sagte Orlando dann.

Sie klang wieder gefasst, das Eis in der Stimme war verschwunden. Sie schnäuzte sich energisch, wischte die stummen Tränen ab. Kein weiteres Wort über den Tod ihres Mannes. Erst Jahre später sollte sie mir von ihm erzählen. Bis dahin hatte ich, obwohl ich täglich mit ihr arbeitete, nie ein Foto von ihm gesehen, erfuhr weder seinen Namen noch, was für ein Mensch er gewesen war.

Jetzt ließ sie keinen zweiten Blick in ihr Inneres zu, sie hatte wieder ihre Schutzwälle hochgefahren und redete über Belangloses. Darüber, wie merkwürdig das Frühlingswetter mit seinen vielen Gewittern war, darüber, was für eine Bausünde das Hochhaus Ecke Schönhauser Straße/Bonner Straße darstellte.

»Fahr rechts in die kleine Straße rein«, befahl sie. »Dann sind wir da!«

Ich tat wie geheißen. Kaum war ich in die kleine Straße abgebogen, fing der Alfa an zu stottern, und genau vor dem Wärterhäuschen des Großmarkts gab er seinen letzten Mucker von sich. Der Sprit war endgültig alle.

Orlando stieg aus und klopfte an das Wärterhäuschen. Sofort schoss ein kleiner, dicker Nachtwächter heraus, drückte sie freudig an sich und redete wie ein Wasserfall auf sie ein. Sie nickte, lachte, schüttelte den Kopf, löste sich irgendwann aus der Umarmung und kam zum Auto zurück.

»Hier auf dem Gelände steht eine Zapfsäule«, sagte sie. »Gib Willi deinen Autoschlüssel, er kümmert sich drum!«

»Lores Freunde sind auch meine Freunde«, meinte der kleine Dicke und fragte nach einem Ersatzkanister, den ich ihm aus dem Kofferraum holte.

»Und jetzt lass uns essen gehen!«, meinte sie und hakte sich bei mir ein.

Vor der monumentalen, parabelförmigen Markthalle, die milchig weiß im Zwielicht dampfte, kamen uns zwei holländische Lkws entgegen. Ein Stück weiter weg hupte ein türkischer Laster ärgerlich, weil ihm eine der wendigen Eidechsen, mit denen hier die Waren hin und her transportiert wurden, den Weg abschnitt.

Im Bordstein sammelte sich mit zwei zerrupften Kohlköpfen und einigen vermatschten Tomaten der erste Müll des frühen Tages. Überall herrschte Hochbetrieb.

»Lore! Lässt du dich auch mal wieder blicken«, grüßte einer der Eidechsenfahrer, der mehrere Paletten Erdbeeren geladen hatte, Orlando.

»Du bist hier ja bekannt wie ein bunter Hund«, meinte ich.

»Hab meine ganze Kindheit hier verbracht«, antwortete sie. »Mein Vater hat sein Geld mit Südfrüchten verdient. Unser Stand lag in der zweiten Reihe links.«

Sie schob mich mit sanftem Druck in die Halle hinein, wo uns der Duft von jungem Knoblauch in die Nase stieg und Kirschen, Himbeeren und Erdbeeren in prächtigen Rottönen interessierte Käufer betörten. Orlando wich gekonnt den hin und her sausenden Eidechsen aus und grüßte hie und da. Bald standen wir an der Treppe, die zum Restaurant hinaufführte. Die breite Wirtin drückte Orlando zur Begrüßung an den gewaltigen Busen, und ich landete ebenfalls dort. Sie versprach uns die knusprigsten Bratkartoffeln und die saftigsten Koteletts und wies uns einen Tisch an der breiten Glasfront zu, von der aus das Treiben in der Halle zu verfolgen war. Schnell kam sie mit zwei frischen Kölsch und einem Eisbeutel zurück.

»Un wat määht dr Vatter, Lore?«, fragte sie. »Jeht et em besser? An wat kann hä sich denn noch erinnere? Schlimm, dat Alzheimer-Jedöns, einfach schlimm!«

Während Orlando der Wirtin wortkarg antwortete, drückte ich den Eisbeutel auf die immer noch glühende Backe und nahm einen Schluck Kölsch. Ein toter Mann, ein kranker Vater. Kein leichtes Leben, aber wer hatte das schon? Der Alkohol rann durch meinen Körper, ließ ihn schwerer und schwerer werden. Müdigkeit stieg in mir auf. Was für eine Nacht!

Der Koch brachte uns höchstpersönlich das Essen an den Tisch, die Wirtin wünschte guten Appetit und widmete sich wieder ihren anderen Gästen. Schweigend begannen wir die gewaltigen Fleischstücke und die Bratkartoffeln zu vertilgen.

Zwischen den einzelnen Bissen beobachtete ich verstohlen Orlando. Die Art und Weise, wie sie mit exakten Schnitten ihr Fleisch sezierte und die Bratkartoffeln nach Größe sortierte, die Tatsache, dass ihr Business-Hosenanzug, trotz Riss und Kletterei, um diese Uhrzeit immer noch perfekt saß, die Erinnerung an die gefalteten Sportklamotten in meinem Auto, all dieses Exakte, Ordentliche, Gewissenhafte war mir ein Grauen.

Dennoch merkte ich, dass ich diese Frau mochte, dass sie mir in dieser erlebnisreichen Nacht ans Herz gewachsen war. Mir gefielen ihr Biss und ihre Geradlinigkeit, mir imponierte die Kraft, mit der sie das letzte Projekt, an dem sie mit ihrem Mann gearbeitet hatte, zu Ende brachte. Auch ihre Zurückhaltung mochte ich.

»Ist das nicht dein Freund?«, unterbrach Orlando meine Gedanken.

Ich folgte ihrem Zeigefinger. Tatsächlich! Zwischen dem prächtigen Rot der Früchte und dem frischen Grün des Gemüses, zwischen den gestreiften Markisen der Buden und dem leuchtenden Orange der Eidechsen, zwischen den hin und her wuselnden Händlern und den prüfenden Käufern erkannte ich die schwarze Schiebermütze. Ich wusste genau, dass Kalle Potowski nicht zum Erdbeerenkaufen durch den Markt lief, sondern, genau wie wir, mit leckerer Hausmannskost seinen Feierabend einläuten wollte. Die Schiebermütze kam näher und näher, und am Fuße der Treppe bemerkte ich, dass Kalle nicht allein unterwegs war. Ausgerechnet Wolle Berger stapfte mit ihm die Treppe hinauf. Wolle hatte Kalle schon in unserer Schulzeit zu mehr als einer Prügelei angestiftet, und Wolle war nicht ganz unschuldig daran, dass die Sache mit dem Benz zwischen Kalle und mir so böse geendet war. Dem Duo fühlte ich mich jetzt in keiner Weise gewachsen.

»Gibt's einen Hinterausgang?«, fragte ich, als die zwei durch die Eingangstür traten.

Kalle bemerkte mich sofort. Er knuffte Wolle in die Seite, und langsam näherten sie sich unserem Tisch.

»Lass mich machen!«, sagte Orlando, tupfte sich den Mund ab und stellte sich den beiden in den Weg.

Sie lud Kalle ein, ihr an den Tresen zu folgen, was Kalle auch tatsächlich tat, während Wolle die nächsten fünf Minuten ungeduldig von einem Bein aufs andere stapfte, dabei schadenfroh auf meine rote Backe starrte und mir gelegentlich ein dämliches Grinsen schickte. Ich sah, wie Orlando auf Kalle einredete und Kalle anfangs nur den Kopf schüttelte, gegen Ende aber nickte. Die zwei verabschiedeten sich per

Handschlag. Während Orlando bei der Wirtin die Rechnung beglich, wies Kalle Wolle zu einem kleinen Tisch neben dem Eingang. Ein Wunder! Er ließ mich tatsächlich in Ruhe!

Orlando kam zu unserem Tisch zurück.

»Alles in Ordnung«, sagte sie. »Wir können gehen.«

Als wir an Kalles Tisch vorbeigingen, nickte er mir kurz zu.

»Du weißt doch, dass ich in Zollstock die Laube habe«, sagte er dann. »Kannst ja mal mit Pepe vorbeikommen. Platz zum Fußballspielen ist genug!«

Vom Saulus zum Paulus. Ich traute meinen Ohren nicht.

»Was hast du mit dem gemacht?«, fragte ich Orlando, als wir die Treppe hinunterstiegen.

Sie lächelte vieldeutig und fragte: »Wer ist Pepe?«

Während wir wieder den Eidechsen auswichen und mit halbem Ohr hörten, wie die Händler die ersten Geschäfte des Tages abschlossen, während Orlando hie und da nach einer Erdbeere griff oder mir ein Pärchen Kirschen zuwarf, erzählte ich ihr von meinem Sohn und meinem Leben, und sie versprach, mir bei unserem nächsten Treffen zu verraten, wie sie Kalle verwandelt hatte.

Draußen war es in der Zwischenzeit hell geworden. Zarte weiß-rosa marmorierte Wolken verkündeten einen schönen Frühsommertag. Der Alfa stand auf dem Parkplatz hinter dem Wärterhäuschen, Willi brachte mir den Schlüssel, sagte, dass der Wagen vollgetankt war. Etwas unschlüssig standen wir nebeneinander.

»Soll ich dich irgendwohin mitnehmen?«, fragte ich.

»Nee«, meinte Orlando und schüttelte den Kopf. »Ich bleibe noch ein bisschen hier. – So ein altes Zuhause tut manchmal gut.«

»Na denn«, meinte ich und überlegte, ob ich sie umarmen sollte, ließ es aber dann. »Wir waren ein gutes Team heute Nacht!«, sagte ich stattdessen.

»Stimmt«, bestätigte sie. »Vielleicht können wir was draus machen, irgendwann!«

Sie reichte mir ihre Visitenkarte.

So was besaß ich nicht. Also schrieb ich ihr meine Telefonnummer auf einen halben Bierdeckel, den ich in meiner Jackentasche fand.

Orlando & List
Privatdetektei

»Vergiss die Bankverbindung nicht!«, meinte sie lächelnd. »Was hatten wir gesagt? Elf Prozent?«

»Sechzehn«, erwiderte ich.

Wir einigten uns auf dreizehn Prozent. Dann stieg ich in den Alfa.

* * *

Das Geld kam ein paar Wochen später. Ein stattliches Sümmchen, von dem ich uns einen neuen Kühlschrank kaufte und mit Pepe zwei Wochen Abenteuerurlaub buchte.

Dann hörte ich lange nichts von ihr. Aber irgendwann rief sie an und wollte sich mit mir Im Klapperhof treffen. Klapperhof, überlegte ich. Friesenviertel, 'ne Straße, die mal berüchtigt war. Heute eher ein bisschen Ring-Schickimicki. Sie wartete vor einem Nachtclub auf mich, der trotz der frischen Farbe ein Relikt jener wilden Zeit blieb. Sie sperrte eine Tür neben dem Lokal auf und führte mich in einen Büroraum in der dritten Etage. Zwei Telefone, Fax, Computer, Kaffeemaschine, was man so braucht in einem Büro. Was man nicht brauchte, war die Dartscheibe an der Wand.

»Ich habe mich mit der Lebensversicherung meines Mannes selbstständig gemacht«, erzählte sie, »und dachte, du steigst bei mir ein!«

Sie erzählte von ihrem Projekt, ich hörte aufmerksam zu, stellte hier und da Fragen. Klar war es ein Wagnis und für mich völlig unbekanntes Terrain. Aber wieso nicht, dachte ich, schließlich hatte ich in meinem Leben schon viele verschiedene Jobs gemacht, und spannender als Wein verkaufen war dieser allemal. Flexible Arbeitszeit, die sich mit dem, was man sonst noch erledigen muss, vereinbaren lässt, schlug Orlando vor. Das klang gut für mich. Zudem würde Pepe der Job gefallen, auch wenn er den einen oder anderen Abend allein sein müsste. Dafür wäre ich ab und an nachmittags da. Also stimmte ich zu.

Mit einem kleinen Lächeln öffnete Orlando eine der Schreibtischschubladen und holte ein Messingschild heraus.

»Orlando & List, Privatdetektei«, hatte sie darauf eingravieren lassen.

»Ich wusste, dass du mitmachen würdest«, sagte sie und förderte aus einer anderen Schublade Bohrer und Schrauben zutage. »Lass es uns draußen anbringen!«

Not in Nippes

Orlando und ich spielten in unserem Büro im Klapperhof Darts. Es war die einzige Sportart, in der Orlando besser war als ich, aber an diesem Tag hatte ich eine Glückssträhne, und so ärgerte ich mich, als es klopfte.

»Untreuer Ehemann oder verschwundener Teenager? Was tippst du, List?«, fragte Orlando wie immer, wenn neue Kundschaft kam. Ich setzte diesmal auf Teenager, und Orlando platzierte einen letzten guten Wurf, bevor sie »Ja, bitte« sagte.

Eine Dampfwalze mit dachziegelrotem Haar rollte herein. »Ich hab die Antonella gefunden, hat bei uns Ramschklamotten verkauft!«, sagte sie ohne Einleitung und hievte eine schwere Handtasche auf den Schreibtisch.

Die Dampfwalze hieß Hilde Bliersbach und verkaufte seit zwanzig Jahren Südfrüchte auf dem Nippeser Markt. Sie war stolz darauf, morgens immer die Erste zu sein. Aber vor zwei Tagen stand der VW-Bus von dieser Antonella schon da, als Hilde Bliersbach auf dem Markt eintraf. Das war so ungewöhnlich, dass sie sofort zum Bus ging. Dort fand sie Antonella, blutüberströmt. Sie war erstochen worden.

»Mord«, sagte Orlando, »ist Sache der Polizei!«

»Klar doch!«, bemerkte die Bliersbach unwirsch. »Die war auch da, mit Spurensicherung und allem. Aber seither: Funkstille. Können Sie sich vorstellen, was bei uns los ist? Da liegen die Nerven blank. Die Eifelbauern bringen ihren Wachhund mit, die Türken tuscheln nur noch unter sich, und Grünkohl-Freddy will einen Schutztrupp zusammenstellen.« Aus ihrer Handtasche förderte sie einen braunen Umschlag zutage. »Hab heute bei den Kollegen gesammelt. Dreitausend Mark dürften fürs Erste genügen. Wir wollen wissen, was mit Antonella passiert ist!«

Ich tauschte einen Blick mit Orlando. Mir war klar, dass sie den Fall übernehmen wollte, und spätestens seit die dreitausend Mark auf dem Tisch lagen, war auch ich damit einverstanden.

Am nächsten Morgen irrte ich auf der Suche nach einem Parkplatz durch die Nippeser Einbahnstraßen. Es war Viertel nach sieben, als ich auf dem Wilhelmplatz eintraf. Natürlich war Orlando schon da. Ihr Fahrrad parkte vor einer kleinen Weinhandlung mit einem breiten Whiskysortiment. Ich wusste, dass sie sauer war. Sie hasste Unpünktlichkeit, und sie hasste Autos. Bevor sie irgendetwas sagen konnte, fragte ich nach Paffrath. Paffrath war Gerichtsmediziner und hatte uns schon mit manchem Tipp geholfen. Orlando hatte gestern mit ihm Schach gespielt.

»Warte schon zwanzig Minuten«, meckerte sie, erzählte dann aber, dass Antonella als Kurier für die Russenmafia gearbeitet haben soll und der Mord unter Verschluss gehalten wurde, weil man kurz davor war, einen Coup gegen die Bande zu landen.

»Russenmafia? Meinst du nicht, wir sollten die Finger davon lassen?«, fragte ich.

»Quatsch!«, meinte Orlando. »Wir schauen uns erst mal auf dem Markt um!«

Dort wurden Lkws entladen und Handkarren mit Kleidern und Gemüse durch die Marktgassen geschoben. Frau Bliersbach stand mit Grünkohl-Freddy hinter ihrem Südfrüchtestand.

»Was ist das denn?«, fragte Orlando und deutete auf ein Betonungetüm am Kopfende des Marktes.

»Das Taj Mahal«, kicherte die Bliersbach, »braucht die Nippeser Bürgerwehr für Karneval!«

Grünkohl-Freddy wollte uns sofort herumführen, aber Orlando machte klar, dass wir unsere eigenen Wege hatten, das Terrain zu erkunden. Das gefiel ihm gar nicht. Die Bliersbach steckte mir, dass Freddy was mit Antonella gehabt hatte. Näheres könnte mir bestimmt Trudi erzählen. Trudi verkaufte Fische auf dem Markt und war mit Antonella befreundet gewesen.

Der Fischstand war verwaist, so ging ich ins »Maatstüffge« und folgte meiner Nase. Trudi hatte schwarze Knopfaugen, war kürbisrund und stank nach Fisch. Sie trank Korn und heulte.

»Kölsch?«, fragte mich der Wirt. Ich bestellte einen Kaffee und hievte mich auf den Barhocker neben Trudi.

»Die Detektivin, stimmt's?« Ich nickte stumm. »Seit die Bliersbach mir das heute Morgen erzählt hat, bin ich fix und fertig. Antonella war meine beste Freundin. Franz, tu mir noch einen!«

Während der Wirt ihr Schnapsglas wieder füllte, fragte ich sie nach einem Foto. Sie kramte in ihrem Portemonnaie. Antonella war eine blondierte Walküre mit sinnlichem Mund gewesen. Auf dem Bild stand sie neben Trudi und Trudis Freund Ibrahim. Er verkaufte Stoffe auf dem Markt. Irgendwie waren hier alle miteinander verbandelt. Ich fragte nach Antonella und Freddy.

»Freddy?«, schniefte Trudi, »der versucht's doch bei jeder. Nee, nee. Antonella war mit Igor zusammen. Der muss im Bett 'ne Wucht gewesen sein. Hat aber merkwürdige Geschäfte gemacht. Autos und so.«

Mehr war nicht aus ihr rauszukriegen. Sie musste plötzlich ganz schnell zu ihrem Fischstand zurück.

Ich folgte ihr.

»Wieso haben Sie erst heute von dem Mord erfahren?«, fragte ich.

Sie starrte mich mit ihren verheulten Augen an, bevor sie antwortete: »Ich war doch krank und gar nicht auf dem Markt!«

Ich traf Orlando auf den Treppen des Taj Mahals. Sie zeigte mir den Platz von Antonellas Stand, vis-à-vis von der Apotheke. »Miese Stimmung hier«, sagte sie. »Hab kaum was rausbekommen, außer dass Antonella immer wieder versuchte, ihren Stand zu verbreitern und deshalb Ärger mit diesem Freddy hatte. Den sollten wir uns mal vornehmen. Hab gehört, dass er sich abends hier in den Kneipen rumtreibt.«

»Sie war mit einem Russen befreundet«, sagte ich.

Orlando pfiff durch die Zähne. »Die Russenmafia! Paffrath ist heute Abend noch in der Gerichtsmedizin. Mal sehen, was ich über diesen Igor rausfinden kann.«

Wie immer blieb die Fußarbeit an mir hängen. Ich vertrieb mir also den Abend in Nippeser Kneipen. Im »Kornbrenner« spülten sich frustrierte Lehrer den Tagesstress hinunter. Im »Golde Kappes« schimpften Taxifahrer über die Raser auf dem Ring. Nirgendwo eine Spur von Freddy. Ich traf ihn Stunden später in einer Wohnzimmerkaschemme im Sechzigviertel. Er plierte mich aus versoffenen Augen an. Ich sagte nichts und bestellte zwei Kölsch.

»Ist doch sowieso klar, dass einer von den Kanaken sie umgebracht hat. Die waren doch alle scharf auf sie!«, lallte er.

»Wieso?«, fragte ich. »Sie war doch mit 'nem Russen zusammen.«

»Mit 'nem Iwan? Ich sag's ja, ein ordentlicher deutscher Mann wie ich war nix für die Schlampe!«

Mir wurde schlecht von so viel Blödheit. »Kann ich verstehen! Bei dem Spatzenhirn kann ja auch das Gehänge nicht groß sein!«, schlug ich zu. »Du hast sie umgebracht, weil sie nichts mit dir anfangen wollte!«

Er war zu besoffen, um gut zu treffen, und so verfehlte sein Schlag meinen Kopf und traf nur meine Schulter. Ich versetzte ihm einen gezielten Tritt ans Schienbein und suchte das Weite. Freddy stolperte hinter mir her. Trotz seines Alkoholpegels war er ziemlich schnell, hatte aber nicht meine Kondition. Ich steuerte auf den Wilhelmplatz zu und war außer Atem, als ich vor der Post stand.

Das »Kale II« war noch hell erleuchtet, ich stürzte hinein, ziemlich sicher, dass sich ein Typ wie Freddy nicht allein in ein türkisches Café traute. Ich bestellte einen Mokka, behielt die Tür im Auge und versuchte, wieder normal zu atmen. Es war zwei Uhr morgens, die Kneipe fast leer, aber an einem der Tische erkannte ich Ibrahim, Trudis Freund. Ich nickte ihm zu, aber er nahm mich gar nicht wahr und ging. Den Bierdeckel neben seinem Glas hatte er liegen lassen. Darauf stand ein einziges Wort, das aber mindestens zwanzig Mal: ANTONELLA!

Ich trat ins Freie. Der Wilhelmplatz war dunkel und leer. Ibrahim und Antonella? Was war mit Trudi? Vor dem hell erleuchteten Fenster der Apotheke kam mir eine Idee. Ich rief die Bliersbach an und fragte, ob eine der beiden Marktplatz-Apotheken am Mordtag Nachtdienst gehabt habe.

»Sicher. Die mit den goldenen Pflastersteinen hatte auf«, sagte sie.

Da ahnte ich, welchem Drama ich auf der Spur war.

Am nächsten Morgen verschaffte ich mir in der Apotheke Klarheit, bevor ich mich auf die Suche nach Trudi machte. Deren Fische waren so allein wie am Vortag, sie saß wieder im »Maatstüffge«.

»Ibuprofen!«, sagte ich, während ich mich zu ihr setzte. Sie starrte mich entsetzt an. »So heißt das Schmerzmittel, das Ihnen die Apothekerin am frühen Dienstagmorgen verkauft hat. Sie waren krank an dem Tag, aber trotzdem auf dem Markt. Von der Apotheke aus haben sie Antonellas Bus auf dem Markt stehen sehen. Wie lange läuft das schon zwischen ihr und Ibrahim?«

»Letzte Woche hat er mir versprochen, dass Schluss ist«, stammelte Trudi heulend, »und dann seh ich seine Jacke auf ihrem Beifahrersitz!«

»Da sind Sie durchgedreht«, sagte ich. »Woher hatten Sie das Messer?«

»Es lag im Wagen!«

In Trudis Schluchzen klingelte mein Handy. Es war Orlando. »Vergiss die Russenmafia!«, sagte ich. »Und schick mir einen Streifenwagen!«

Erschienen am 7./8. Juli 2001

Frage: Wo befinden sich die erwähnten goldenen Pflastersteine, und wofür stehen sie?

Zoff in Zollstock

Ich hatte eine Horde Hummeln im Hirn, und um mich herum herrschte völlige Dunkelheit. Als ich mich bewegte, hörte ich ein wütendes Knurren. Ich ahnte, wo ich war, und das sah nicht gut aus für mich. »Nur einen klitzekleinen Gefallen«, hatte Kalle Potowski gesagt, deshalb war ich zu ihm nach Zollstock gefahren.

Es war heiß, seit Tagen dampfte Köln unter einer schwülen Augusthitze. In Zollstock parkte ich den Alfa zwischen zwei Steinmetzbetrieben, Ecke Kalscheurer/Komar Weg, und schwitzte. Selbst vom Südfriedhof wehte kein frisches Lüftchen herüber, und auf den Grabsteinen der Steinmetze hätte man Spiegeleier braten können.

Ich wischte mir den Schweiß von der Stirn und hielt Ausschau nach Orlando. Sie kam mit hochrotem Kopf angeradelt.

»Die Ozonwerte«, japste sie. »Also, wo hat Kalle seine Laube?«

Mein alter Schulkamerad Kalle Potowski hatte eine Laube bei den Zollstocker Kleingärtnern. Versteckt hinter hohen Ligusterhecken erspähten wir Hollywoodschaukeln, Geranien und Zierteiche.

»Nett!«, meinte ich.

»Grauenvoll!«, murmelte Orlando.

Kalles Garten lag am Ende des zweiten Ganges. Oskar, sein Bernhardiner, begrüßte mich genauso überschwänglich wie sein Herrchen.

»Am besten, ihr hängt erst mal eure Füße ins Wasser!«, schlug Kalle vor und deutete auf ein Plastikbecken neben dem Campingtisch. Dann machte er uns mit einem langen Lulatsch bekannt, der auch in kurzen Hosen noch wie ein Buchhalter aussah.

»Das ist Wuttke, unser Kleingarten-Vorsitzender.« Orlando nickte lustlos und warf ein paar Pfeile auf die Dartscheibe am Birnbaum.

»Schieß los, Kalle!«, meinte ich. »Zum Planschen hast du uns bestimmt nicht herbestellt.«

Kalle wand sich ein Weilchen, bevor er uns erzählte, dass sie in der Gartenanlage seit Wochen Ärger hatten. Irgendjemand klaute Grillkohle.

»Grillkohle?« Orlando starrte Kalle fassungslos an. »Du bringst zwei Detektivinnen um ihr wohlverdientes Wochenende, weil bei euch Grillkohle geklaut wird?«

Kalle grinste gequält, aber Wuttke erzählte eifrig von gegenseitigen Verdächtigungen, von mieser Stimmung unter den Kleingärtnern und von Ruhe und Frieden, die wieder einkehren sollten.

»Kurzum«, unterbrach ihn Kalle, »ich dachte, ihr als Profis könnt uns bestimmt einen Tipp geben.«

»Wisst ihr was?«, sagte Orlando da plötzlich. »Ich mach 'nen kleinen Spaziergang!« Sie stülpte ihren Leinenhut über das graue Kurzhaar und verschwand. Wuttke sah ihr irritiert nach, und Kalle bedachte mich mit einem Hundeblick, unter dem ich schon in unserer Schulzeit dahingeschmolzen war.

»Aus alter Freundschaft schau ich mich mal um«, knurrte ich, »aber mehr ist nicht drin bei der Hitze und ohne Knete.« Kalle strahlte, Wuttke schüttelte mir dankbar die Hand, und ich zog bedauernd die Füße aus dem Wasser.

Ich strich also durch die Kleingärten, ließ mir erzählen, wo, wann und wie oft Grillkohle verschwunden war, trank viel Kaffee, fand drei Marihuanapflanzen, zwei Kinderschnuller und einen Schlüsselbund, aber nirgendwo Grillkohle. Wer klaute schon Grillkohle? Die Mittagshitze brannte immer unbarmherziger auf das Zollstocker Grün, und ich verfluchte Kalles Hundeblick, mein weiches Herz und die dämliche Grillkohle. Orlando hatte sich bestimmt ein schattiges Plätzchen gesucht und machte Siesta. Noch ein Garten, und dann war Schluss. Der war riesig, hatte glatt rasierten Rasen, eine Galerie Gartenzwerge und eine Blockhütte im bayrischen Stil. Das Gartentor stand offen.

»Wuttke ist grad mit den Kühltaschen los«, erklärte der Nachbar.

Der Garten passte zu Wuttke. Er war so exakt und langweilig wie sein Besitzer. Mich wunderte, dass der Buchhalter die Hecken im hinteren Teil des Gartens noch nicht begradigt hatte, und ich sah sie mir genauer an. Versteckt dahinter lag ein fensterloser Schuppen, der sicher verschlossen war. Ich wollte schon zurückgehen, als ich in den Büschen etwas blitzen sah. Es war eine kleine Audiobox, noch in Folie eingeschweißt. Ich kam nicht mehr dazu, sie mir genauer anzusehen. Ein Rottweiler, wie aus dem Nichts aufgetaucht, knurrte mich wütend an. Ich hatte Angst, mich umzudrehen, und das war ein Fehler, so merkte ich nur noch einen dumpfen Schmerz im Kopf, und dann wurde mir schwarz vor Augen.

Als ich im Schuppen wieder zu mir kam, merkte ich an dem wütenden Knurren, dass der Scheißköter noch da war. Es war dunkel, es roch nach Plastik und Hund und war unerträglich heiß. Ich redete beruhigend auf das Vieh ein und versuchte mich dabei langsam aufzurichten, als es plötzlich hell wurde. Ich sah, dass Wuttke in der Tür stand und der ganze Schuppen voller funkelnagelneuer kleiner Audioanlagen war.

»Nettes Lager«, meinte ich und griff mir einen kleinen Lautsprecher, »das Zeug ist bestimmt seine fünfzigtausend wert.«

Wuttke sah mich nur strafend an und packte dann hektisch so viele Anlagen wie möglich in seine mitgebrachten Kühltaschen.

»Regt sich wegen Grillkohle auf, klaut aber selbst im großen Stil«, machte ich weiter, »klar, dass man dafür Ruhe und Frieden braucht.«

»Schnauze!«, bleckte Wuttke. Dann ging er, und ich saß wieder in der Dunkelheit. Die Hitze und der Gestank waren unerträglich, und ich kochte vor Wut. Als er das nächste Mal kam, hieb ich ihm den Lautsprecher auf die Kniescheibe und schrie dann, so laut ich konnte, um Hilfe. Da hing mir der Köter am Hals. Wuttke pfiff ihn zurück und sperrte die Tür wieder zu. Beim dritten Mal kniete sich Wuttke für einen Augenblick zwischen mich und den Hund. Schnell griff ich mir ein weiteres Audioteil und warf es nach der Töle. Die drehte sich jaulend im Kreis, ich hechtete zum Ausgang, aber Wuttke war erstaunlich behände und erwischte mich am Fuß.

»Elena!«, hörte ich da Kalles Stimme ganz in der Nähe, und ich brüllte: »Pass auf, der Hund!« Da sauste der riesige Oskar schon an mir vorbei, gleichzeitig schubste Wuttke mich zur Seite und stürmte davon. Ich hinter ihm her. Er hatte sich schon durch die Büsche gezwängt, überquerte den Oberen Komar Weg und rannte Richtung Eisenbahngelände. Irgendwie hatte ich sein Knie gut erwischt, denn er zog das Bein ein bisschen nach. Mein Kreislauf war nicht in Hochform nach der Sauna in der Hütte, aber meine Wut trieb mich voran. Wuttke lief jetzt auf einen schmalen Steinweg, der sich entlang der Eisenbahn erstreckte, da sah ich plötzlich auf der Böschung Orlando und ein paar Kinder mit Grillkohlesäcken stehen.

»Schneide ihm den Weg ab!«, japste ich. Orlando stolperte nach unten, erwischte unterwegs einen Knüppel, warf ihn Wuttke vor die Füße, der strauchelte, ich war sofort über ihm und drehte ihm die Arme auf den Rücken.

»Was hat der damit zu tun?«, fragte Orlando irritiert, während ich nach Luft schnappte. »Es waren die Kinder, sie haben die Grillkohle geklaut!«

Nachdem wir Wuttke bei einer Streife abgeliefert hatten, lud Kalle uns zu einem Eis am Höninger Platz ein. Er konnte die Sache mit Wuttke immer noch nicht fassen, aber mich interessierte mehr, warum die Kinder die Grillkohle geklaut hatten.

»BSE!«, pappte Orlando zwischen zwei Löffeln Eis. »Sie hatten Angst, dass die Grillwürstchen giftiges Fleisch enthalten, weil ihre Eltern den Rinderwahn schon wieder völlig verdrängt haben. War gar nicht so schwer, ihnen auf die Schliche zu kommen …«

Weiter hörte ich ihr nicht mehr zu. Ich starrte auf das große Portal des Südfriedhofs, hinter dem sich ein paar große Platanen träge in der Sonnenhitze wiegten. Eine Linie 12 kam angerattert, und ich fragte mich zum wiederholten Mal, warum ich bei unserer Arbeit immer im Schlamassel landete und Orlando nie. Dann bestellte ich mir einen zweiten Eisbecher.

Frage: Wie heißt das bekannte Eiscafé am Höninger Platz?

Erschienen am 1./2. September 2001

Keine Knete für Kalk

Die SPD mochte zwar einiges für ihr altes Wählerviertel getan haben, aber an diesem nassen Oktoberabend war davon in Kalk wenig zu sehen. Der Wind trieb zerfetzte Reklameblätter und leere Pappbecher über die Trimbornstraße, und neben mir kackte der vierte Kampfhund in Folge auf den Bürgersteig. Seit ich im Sommer in Zollstock mit einem Rottweiler zusammengestoßen war, konnte ich Hunde nicht mehr leiden. Ich war froh, in meinem Alfa zu sitzen. Es regnete seit Stunden, meine Scheiben waren beschlagen, meine Füße kleine Eisklumpen, und Alex Kutzner war immer noch nicht aufgetaucht.

»Er zahlt grade!«, sagte Orlando, als sie die Tür öffnete und schnell zu mir in den Wagen stieg. »Hat schwer was gebechert.«

Mit ihr schwappte eine Welle warmen Kneipenmiefs ins Auto. Zwei Minuten später kam Kutzner heraus, schlug sich den Kragen seiner Lederjacke hoch und ging zu seinem mit nackten Frauen und Drachen bemalten Pick-up, der zwei Wagen vor meinem stand.

»Hoffentlich fährt er nach Hause«, knurrte ich, »dann können wir Feierabend machen!«

Eine Promenadenmischung mit buntem Halsband pisste neben dem Pick-up in den Rinnstein. Eine alte Frau schlurfte über die Straße zum Getränkeshop. Im türkischen Übersetzungsbüro wurde das Licht gelöscht. In Kutzners Wagen flammte ein Feuerzeug auf, er fuhr aber noch nicht los. Wahrscheinlich fand er das Zündschloss nicht.

Plötzlich puffte mich Orlando in die Seite. »Aus Kutzners Wagen steigt einer aus!«, sagte sie und rieb hektisch die Frontscheibe klar.

Wir spurteten schnell zu Kutzners Wagen. Ich öffnete die Fahrertür. Kutzner kam mir entgegen, sein Kopf kippte gegen meine Brust; aus seiner rechten Schläfe quoll Blut. Orlando fühlte sofort Puls und Halsschlagader und schüttelte nur noch den Kopf.

»Scheiße, Scheiße, Scheiße«, fluchte ich, während ich den toten Kutzner ins Auto zurückschob. Er stank nach Kölsch und Irisch Moos. Orlando griff zum Handy, und ich nahm die Trimbornstraße ins Visier. Weit hinten, schon fast an der S-Bahn-Station, sah ich schemenhaft eine Gestalt. Ich lief los. An der Haltestelle hatte eine S12 gerade ihre Fahrgäste ausgespuckt, die bei diesem Wetter eilig in alle Richtungen davonströmten. Der Typ, dem ich nachgelaufen war, war verschwunden. Ich ging zurück.

Der Regen rann mir in den Jackenkragen. In der Kneipe grölte einer: »Komm, bring mich nach Haus!« Orlando stand immer noch vor dem Pick-up.

»Paffrath hat Dienst«, sagte sie. Wenigstens das! Paffrath war Gerichtsmediziner und ein Freund von ihr. »Wir müssen rauskriegen, ob die Peschke mit drinhängt«, fuhr Orlando fort, »mach du das! Ich kümmere mich um die Kripo, die wird gleich da sein, die Jungs sitzen ja jetzt um die Ecke.«

Inge Peschke war unsere Auftraggeberin. Für sie hatten wir Alex Kutzner gesucht. Mit blondem Pferdeschwanz, einer Kippe im Mund und einem T-Shirt mit der Aufschrift »I'm no angel!« hatte sie vor ein paar Tagen bei uns im Büro gestanden.

»Alex ist der Vater von meinem Robin. Der Jung ist jetzt vier. Alex hat sich nie um ihn gekümmert, nie 'nen Pfennig für ihn bezahlt. Abgetaucht ist er, keiner wusste mehr, wo er war. Jetzt hab ich gehört, dass er sich wieder in Kalk rumtreibt. Soll 'nen teuren Schlitten fahren, muss irgendwie an Moneten gekommen sein. Ich will, dass Sie ihn für mich finden. Wenigstens einmal soll er für den Kleinen bezahlen.«

Wir hatten ihr den niedrigsten Satz berechnet. Ich wusste zu genau, wie das war, wenn die Väter das Weite suchten. Schließlich hatte ich meinen Pepe auch allein großkriegen müssen.

Ich setzte mich also mit den nassen Klamotten ins Auto und fuhr los. Die Kaffeebude vor der Kalker Post, in der Inge Peschke arbeitete, hatte schon lange zu. Der Waschsalon in der Post war hell erleuchtet, aber leer, nur ein paar Junkies lungerten vor den Telefonzellen herum. Ich war schnell in der Manteuffelstraße.

Fünfziger-Jahre-Siedlungen gibt es in Köln wie Sand am Meer, aber so grau wie diese hier sind nicht viele. Ich klingelte bei Peschke. Der Junge, der die Tür öffnete, war kräftig gebaut, hatte aber das Gesicht eines Einfältigen. Sein Alter war schwer zu schätzen. Er konnte siebzehn, aber auch fünfundzwanzig sein. Er trug den Kleinen auf dem Arm, der leise vor sich hin wimmerte.

»Meine Schwester ist zur Apotheke, was gegen den Husten kaufen«, sagte er und ließ mich im Flur stehen. Irgendwo jaulte ein Hund. Während das Babyface den Jungen ins Bett legte, rief ich Orlando an.

»Der Killer hat 'nen Schalldämpfer benutzt«, sagte sie, »sieht nach Profiarbeit aus. Mehr weiß ich noch nicht, die Jungs geben grade erst die Daten in ihr Gladis-Programm ein.«

Kurze Zeit später wurde die Tür aufgesperrt. Inge Peschke sah mich erstaunt an.

»Haben Sie Alex schon gefunden?«, fragte sie, während sie die nasse Jacke auszog und die Medizin auspackte. »Wo steckt der Penner?«

Die Erklärung war nicht einfach für mich. Die Peschke sackte auf einen Küchenstuhl und fingerte hektisch nach einer Zigarette.

»Ein schlechter Scherz, oder?«, meinte sie, aber ich schüttelte den Kopf. Sie hieb mit der Faust auf den Küchentisch. »Nichts als Ärger hab ich mit dem Typen, nichts als Ärger. Und die Knete kann ich mir jetzt auch abschminken!«

»Sei leise, sonst weckst du den Kleinen auf!« Der Junge war unmerklich zu uns gekommen. »Irgendeiner hat Alex umgelegt, Benno«, sagte sie. Der Junge gluckste stumpfsinnig und legte seinen Arm um sie. »Da hätte er uns einmal zu was nütze sein können, und dann so was.«

Ich brachte keine vernünftige Information aus ihr heraus, die Peschke war fix und fertig, weil ihre Hoffnungen auf das Geld von Kutzner zerplatzt waren. Ich versuchte gerade, den Jungen auszuquetschen, da rief Orlando an.

»Hatte ganz schön Dreck am Stecken, der Kutzner«, meinte sie, »diverse Einbrüche, zwei Raubüberfälle auf Tankstellen. Soll sich in letzter Zeit mit 'ner Italiener-Gang herumgetrieben haben. Die treffen sich gerne auf der Rolshover Straße oder der Vietorstraße. Ich schau mich da mal um. Komm nach, so schnell du kannst! Wenn die Jungs so drauf sind, wie Paffrath sagt, ist es besser, wir sind zu zweit.«

Die Peschke hatte sich in der Zwischenzeit ein Bier eingeschüttet, und Benno wiegte jetzt unentwegt den Oberkörper hin und her. Ich ließ die beiden allein und stieg wieder in den Alfa.

Die Vietorstraße war regennass und leer. Einsam ragte der Wasserturm aus der Brache der alten chemischen Fabrik, dahinter konnte man in weiter Ferne die Lichter der Kölnarena und die beleuchteten Domspitzen sehen. Ich fuhr weiter. Auf der Rolshover Straße machte sich mit glitzernden Bürogebäuden das neue Kalk breit. Ecke Johann-Mayer-Straße hingen ein paar junge Männer herum, Orlando sprach mit zweien. Noch hatten die mich nicht gesehen, und das war gut so. Ich hörte, wie das Gespräch lauter wurde und die Herumlungernden sich aufrichteten.

»Alex war unser Kumpel, warum hätten wir ihn umnieten sollen?«

»Hey, Alte, was geht dich die Kacke an, hör auf, hier herumzuschnüffeln!«

Ich rannte zurück zum Auto. Das Telefon klingelte, es war Inge Peschke, die sagte, ihr Bruder sei verschwunden. Ich vertröstete sie auf später und startete den Wagen. Mit quietschenden Reifen fuhr ich auf die Gruppe zu. »Orlando!«, schrie ich, und schon war sie im Wagen. Die Kerle starrten uns verdutzt hinterher.

»Dass du mit deiner Autofahrerei immer so angeben musst!« Typisch Lore Orlando! Selbst in so einer brenzligen Situation meckerte sie über das Autofahren. »Die Italiener haben mir übrigens erzählt, dass sich Kutzner heute Abend mit dem Bruder seiner Ex treffen wollte.«

»Mit Benno?« Ich rief die Peschke an. »Wo könnte Ihr Bruder denn hingelaufen sein?«, wollte ich von ihr wissen.

»Keine Ahnung«, stammelte sie, »nachdem Sie weg waren, war er auf einen Schlag so komisch, dann hat er seinen Hund geschnappt und ist ab in die Nacht. Das macht er sonst nie!«

»Was denn für 'nen Hund?«

»So 'nen Mischling mit 'nem bunten Halsband«, sagte die Peschke, und mir schwante Furchtbares. So einen Köter hatte ich doch vorhin in der Trimbornstraße gesehen.

»Wo geht er denn sonst hin?«, fragte ich so ruhig wie möglich.

»In den kleinen Park an der Kalker Hauptstraße, da dreht er öfters 'ne Runde!«

Ich trat aufs Gas und fuhr auf die Kalker Hauptstraße. Der Park war zugesperrt, aber beim SPD-Bürger-Büro konnten wir über das Gitter klettern. Die Wege waren aufgeweicht, es gab keine Beleuchtung. Wir hörten einen Hund jaulen, dann sahen wir Benno. Er hockte auf einer der Bänke. Als er uns sah, griff er in seine Jacke und holte eine Pistole heraus. Ich hielt die Luft an. Wortlos verständigte ich mich mit Orlando. Die ging, ohne Benno aus den Augen zu lassen, auf den Hund zu und streichelte ihn. Ich setzte mich neben Benno auf die Bank.

»Du wolltest deiner Schwester helfen, nicht?« Er nickte stumm. »Wie bist du in das Auto gekommen?«

»Das war auf«, sagte er leise.

»Und die Pistole?«, fragte ich weiter und griff vorsichtig danach, um sie an Orlando weiterzugeben.

»Die lag im Handschuhfach, hab doch nicht gewusst, dass sie geladen ist.« Jetzt liefen ihm die Tränen über das regennasse Gesicht. Es schüttelte ihn heftig, und ich legte den Arm um ihn.

»Scheißjob!«, meinte Orlando, während sie nach ihrem Handy griff. Ich nickte nur und ließ Bennos Tränen und den Regen weiter an mir herunterlaufen.

Erschienen am 3./4. November 2001

Frage: Wie heißt der kleine Park, in dem Orlando und List Benno Peschke finden?

8
14
8
11
12
10
15

Albtraumhafte Altstadt

Neunzehn Jahre war an Weihnachten nie Schnee gefallen, und im ersten Jahr, in dem mein Sohn Pepe nicht nach Hause kam, sah es so aus, als würde es am Vierundzwanzigsten schneien. Schwere graue Wolken hingen über der Stadt, und bei minus acht Grad konnten die nur als Schnee herunterkommen. Ich wickelte den Schal enger um den Hals und legte einen Schritt zu. Jetzt, zwei Stunden nach Einkaufsschluss, war die Hohe Straße so leer wie sonst höchstens um fünf Uhr morgens. Nur überfüllte Papierkörbe erinnerten daran, dass hier bis vor Kurzem noch der Teufel los war.

Ich war auf dem Weg zu Orlando. Sie wohnte hier. Ein merkwürdiger Ort. Wie konnte man sich mitten in diesem Einkaufsterror-Gebiet wohlfühlen? Orlando störte das nicht. Sie behauptete immer, dass es nirgendwo so ruhig sei wie im Zentrum des Orkans. Wir wollten zusammen Weihnachten feiern. Das hatten wir noch nie getan, war aber besser, als allein zu Hause zu hängen und an Pepe zu denken. Ich klingelte, und noch bevor der Summer ertönte, wurde die Tür aufgerissen, und eine kräftige junge Frau stürzte wortlos an mir vorbei.

Noch eine, die vor Heiligabend davonläuft, dachte ich mir, als ich die Treppen hochstieg. Mit Pepe hatte ich jedes Jahr einen großen Baum geschmückt, aber bei Orlando war nichts weihnachtlich. Alles sah aus wie immer: das Aquarium, das Schachbrett, der Schreibtisch, die Bücherregale, das Sofa. Sie machte sich nichts aus solchen Feiertagen. Bin nie dahintergekommen, warum.

»Wie geht es deinem Vater?«, fragte ich, als ich die Jacke ablegte.

»Der wollte heute unbedingt im Meer schwimmen. Als ich kam, stand er schon in der Unterhose da. Kölsch oder Kaffee?«

Orlandos Vater lebte in den Riehler Heimstätten. Meist redete sie nicht gern über seine Demenz, aber fragen durfte man. Zum Kaffee fehlte die Milch, in solchen Dingen war Orlando sehr nachlässig, immerhin hatte sie zum Abendessen Kartoffelsalat und Würstchen besorgt. Wegen der Milch ging sie bei den Nachbarn fragen. Sie kam lange nicht wieder. Dann holte sie mich.

In der Nachbarwohnung stand ein junger Mann mit blondgefärbten Haarspitzen und wirkte ziemlich aufgelöst.

»Das ist Ben Kuppke. Seine Freundin hat vor einer halben Stunde Hals über Kopf das Haus verlassen, nachdem sie diese drei Postkarten gelesen hatte.« Orlando legte sie vor mir auf den Tisch. Auf der einen war eine Milieukrippe mit einem Besoffenen und einem pinkelnden Hund abgebildet, die beiden anderen zeigten die Kirchen Sankt Maria im Kapitol und Sankt Mariä Himmelfahrt. »Und jetzt schau mal«, Orlando drehte die Karten um. Sie waren alle an Sarah Munz adressiert, und anstelle der üblichen Grüße waren Zahlen notiert. Auf Karte eins die Zahlen 8 und 14, auf Karte zwei 8, 11, 12 und auf Karte drei 10 und 15.

»Eine verschlüsselte Botschaft, ganz klar«, meinte Orlando, »deshalb ist Sarah weg. Mal sehen, ob wir den Code knacken können.«

Solche Rätsel liebte Orlando. Man hätte ihr zu Weihnachten keine größere Freude machen können. Sie schnappte sich die Postkarten und eilte zu ihrem Rechner. Ben Kuppke war etwas irritiert.

»So ist sie«, seufzte ich, wohl wissend, dass Weihnachten jetzt gelaufen war. Also bat ich den jungen Mann, mir etwas über seine Freundin zu erzählen: Job bei der Stadtbibliothek, drei Freundinnen aus Kinderzeiten, nette Eltern, gute Beziehung, kein Streit in den letzten Tagen, ruhiger, zuverlässiger Typ. Kurzum: nirgendwo ein Hinweis auf die merkwürdigen Postkarten und den überstürzten Aufbruch. Ich empfahl ihm, erst mal all ihre Freunde anzurufen, und ging zurück zu Orlando.

»Weißt du noch, wie der Code im A3-Funkverkehr war? Drei oder vier Zahlen pro Buchstaben?«, murmelte sie, ohne eigentlich eine Antwort zu erwarten. Ich griff nach meiner Jacke und sagte, dass ich mir die Kirchen anschauen würde.

Die Dunkelheit roch nach Schnee, und als ich vor der schmiedeeisernen Tür von Mariä Himmelfahrt stand, fielen tatsächlich die ersten Schneeflocken. Die große Barockkirche war finster, die Tür verschlossen. Über die Marzellenstraße huschten vereinzelte Gestalten, aber keine davon ging zur Kirche. Im Schaukasten war zu lesen, dass es um dreiundzwanzig Uhr eine Christmette in italienischer Sprache geben würde. Ich kehrte um.

Auf der Domplatte spielten die Dombläser Weihnachtslieder, und ein vor Kälte bibbernder Mädchenchor wartete auf seinen Auftritt. Der Roncalliplatz mit seinen verrammelten Weihnachtsmarktbuden stank nach kaltem Bratfett und Glühwein. Beim Heinzelmännchenbrunnen dachte ich kurz an Pepe und ging dann über Marspforte und Große Sandkaul Richtung Cäcilienstraße.

Hier auf der schmuddeligen Rückseite der Hohe Straße stapften zwei dick eingemummelte junge Frauen an mir vorbei, aber keine war Sarah Munz. Die Schneeflocken fielen jetzt dichter, und als ich an der Cäcilienstraße stand, verschwamm vor mir Maria im Kapitol zu einem riesigen grauen Rechteck. Ich bog in die Casinostraße ein.

Natürlich sah ich den Streifenwagen sofort, er war genau vor dem Eingangstor der Kirche geparkt. Im Vorhof der Kirche überlegte ich, wie ich der Streife meine Anwesenheit erklären sollte, da erkannte ich im alten Kreuzgang den massigen Körper meines alten Freundes Conny Heimbach, der seit fünfzehn Jahren Streife fuhr. Das war mein Weihnachtsgeschenk. Conny hieb mir seine Riesenpranke auf die Schulter und wollte natürlich wissen, was ich hier suchte. Ich erklärte es ihm.

»Nee, der Typ, den wir gerade gefunden haben, ist weder jung noch weiblich. Armes Schwein, war nackt an einen Pfeiler des Kreuzgangs gebunden, quer über Bauch und Rücken mit Farbe besprüht.« Conny deutete auf ein in Decken gehülltes Männlein, das mit beiden Händen einen dampfenden Becher umklammerte.

»Wir bringen Sie jetzt ins Krankenhaus, Herr Kleister«, sagte Conny, und ich fragte: »Kennen Sie eine Sarah Munz?«

Der Alte reagierte auf keinen von uns. Er klapperte mit den Zähnen, und seine Augen starrten ins Nirgendwo.

»Mit was für Farben besprüht?«, fragte ich, nachdem Conny ihn in den Streifenwagen gesetzt hatte.

»Metallicrot. Auf dem Rücken stand groß MAR, auf dem Bauch war die Farbe verlaufen.« Er zeigte mir die Stelle, wo sie ihn gefunden hatten. »Scheiß-Schnee, verwischt alle Spuren. Aber wir hätten eh keine Zeit, dem heute nachzugehen. Hast du 'ne Ahnung, wie viele Leute Weihnachten durchdrehen?«

»Maria«, sagte ich, »das Wort, das verlaufen ist. Es waren Postkarten von drei Marienkirchen.«

»Hä?« Conny sah mich irritiert an, »für mich sieht es wie 'ne Strafaktion aus. Außerdem wollte der Täter, dass der Alte gefunden wird. Wir haben 'nen anonymen Anruf bekommen. Das Klappergerüst hat höchstens fünf Minuten in der Kälte gestanden. Ist übrigens Küster hier, wohnt da oben, im Haus der guten Hand.« Connys Kollege im Streifenwagen hupte. »Falls ich diese Sarah finde, melde ich mich. Grüß Pepe, noch frohes Fest und so weiter«, verabschiedete er sich eilig und stieg in den Wagen.

Bis zur dritten Kirche war es nicht weit. Ich ging am Mühlen-Brauhaus vorbei, überquerte den kleinen Platz vor der Medienhochschule und war schnell in der Holzgasse. Aber die Kirche war ebenfalls dunkel und verschlossen. Dann ging ich langsam zurück. Maria. Maria. Aber welche Maria war gemeint?

Es schneite immer heftiger, und als ich am Kaufhof vorbeiging, herrschte auf der Hohe Straße eine fast unheimliche Stille. Erst in Orlandos Wohnung merkte ich, wie durchgefroren ich war. Sarah war noch nicht wieder aufgetaucht, auch ihre drei besten Freundinnen waren nicht erreichbar. Ben war sehr beunruhigt.

»Was ist mit dem Zahlenrätsel?«, fragte ich.

»Die Zahlen waren Buchstaben aus den Namen der Kirchen«, erklärte Orlando. »Auf so was Simples bin ich erst gar nicht gekommen. Aber mit der Lösung können wir nichts anfangen. Das Wort heißt Kleister.«

»Der Küster heißt Kleister!«, sagte ich und erzählte den beiden von Maria im Kapitol. Dann wollte ich von Ben wissen, ob Sarah eine Maria kennt.

»Eine ihrer Freundinnen hieß so. Sie hat sich vor einem halben Jahr umgebracht. Heute wär übrigens ihr Geburtstag.« Er holte ein Foto, das fünf lachende junge Frauen am Strand zeigte. »Die hübsche Brünette ist Maria. Die fünf haben sich auf einer Messdiener-Freizeit kennengelernt. Seither sind sie unzertrennlich.«

»Warum hat diese Maria sich umgebracht?«, fragte ich.

»Irgendeine Männergeschichte«, glaubte Ben.

»Der Küster?«, fragte Orlando. Konnte ich mir nicht vorstellen, bei dem klapprigen Männlein. Bens Handy klingelte. »Sie waren Messdienerinnen«, überlegte Orlando weiter. »Vielleicht liegt die Geschichte weit zurück? Der Küster war nackt. Wollten sie ihn bestrafen, weil er Maria sexuell missbraucht hat?«

»Das war Sarah«, sagte Ben, der nicht zugehört hatte, »sie ist bei ihren Eltern. Ich geh sie abholen.« Er rannte nach draußen, ohne die Tür zu schließen. Aus dem Flur zog eisige Luft in die Wohnung.

»Vielleicht war alles auch ganz anders.« Orlando schloss die Tür.

»Vielleicht!«, meinte ich, aber ich ahnte, dass Orlando der Wahrheit sehr nah gekommen war.

Den Rest des Abends verbrachten wir wie ein altes Ehepaar auf dem Sofa. Wir sahen den Fischen und dem Schneetreiben zu und hingen unseren Gedanken nach. Es gab tatsächlich Schnee an Heiligabend. Das erste Mal seit neunzehn Jahren.

Frage: Wie heißt die dritte Marien-Kirche, in der die Milieukrippe mit dem pinkelnden Hund und dem Besoffenen steht?

Erschienen am 24. Dezember 2001

köln
screen

Ochserei in Ossendorf

Trudi hatte sich rechts bei mir eingehenkelt und Christel links. Als Sahnetörtchen verkleidet standen wir auf einer Bank und schunkelten. »Isch bin ene Räuber«, sangen alle, in der Kneipe war die Stimmung groß. Wo war nur der Matrose, der mir schon einige Male so nett zugezwinkert hatte? Da kam er mit zwei Gläsern Kölsch auf mich zu. Er kam näher und näher und näher, und ganz plötzlich klatschte mir etwas Nasses ins Gesicht.

»Jetzt werd doch endlich wach!« Die Stimme kannte ich. Mühsam machte ich die Augen auf. Ich lag in meinem Bett, der Matrose lag nicht neben mir, dafür das zerknautschte Sahnetörtchen-Kostüm. Und auf meinem Bett saß Orlando, sie hatte mir einen kalten Waschlappen aufs Gesicht geklatscht.

»Es ist Weiberfastnacht«, nuschelte ich, »das muss selbst ein Karnevalsmuffel wie du kapieren.« Meine Stimme gehorchte mir noch nicht ganz. Ich hatte viel gesungen und viel getrunken gestern Abend.

»Der Kulissenbauer ist verschwunden. Maja hat die größten Sorgen, dass ihm was passiert ist!« Orlandos Stimme war glasklar und tat meinem Kopf weh.

»Es ist Karneval! Der wird in irgendeinem fremden Bett sein.« Ich drehte mich zur Seite und dachte mit Bedauern an meinen Matrosen. Wo war der denn gestern Nacht abgeblieben? Ich erinnerte mich verschwommen an einen Kuss am Chlodwigplatz.

»Er feiert keinen Karneval, er wollte mit Maja ein paar Tage nach Holland fahren. Du hast doch noch mit ihm gesprochen. Was hast du ihm gesagt?«

»Na, dass er sich vom schönen Freddy 'nen Verrechnungsscheck geben lassen soll! Jetzt lass mich in Ruh, ich habe noch keine zwei Stunden geschlafen.«

Orlando stand tatsächlich auf, und mir fielen die Augen wieder zu. Leider. So spürte ich die Eiswürfel erst, als Orlando sie mir auf den Bauch schüttete. Danach muss man aufstehen, ob man will oder nicht. Als ich aus der Dusche kam, hatte Orlando einen starken Kaffee gekocht.

»Er ist seit Mittwochabend verschwunden, jetzt ist es Freitagmorgen. Er ist nicht der Typ, der sich nicht meldet. Ich hätte dich sonst nicht geweckt, weiß doch, wie heilig Karneval für dich ist. Wir müssen nach Ossendorf, Maja wartet schon im Wagen.«

Vor zwei Wochen hatte der kleine Kulissenbauer bei uns im Büro gestanden.

»Sie kennen doch bestimmt die Firma Köln Screen, nicht wahr?«, fing er an, noch bevor er sich setzte. Woher sollten wir? Die Leute dachten immer nur in ihrem eigenen kleinen Universum. »Ganz große Filmfirma, sitzen in diesem nagelneuen Coloneum.« Davon hatte ich zumindest schon mal was gehört, aber Orlando wusste wie üblich besser Bescheid.

»Die Kölner toben da mal wieder ihren Größenwahn aus. Haben in Ossendorf riesige Studios angesiedelt, damit jetzt alle Filme in Köln gedreht werden können. Man will Babelsberg und die Bavaria ausstechen!« Über solche Projekte konnte sich Orlando sehr aufregen.

»Erinnert mich irgendwie an den Mediapark«, meinte ich.

»Genau. Nachdem sie dort nur Viva und Radio Köln hinlocken konnten und zwischendurch riesige Pleiten hatten, siedeln sie jetzt Ärzte dort an. Köln, die Medienstadt! Mal sehen, was sie mit Ossendorf machen, wenn die Chose dort auch nicht funktioniert.«

»Sie vermieten die Hallen an den Knast«, schlug ich vor, »die JVA liegt doch nur um die Ecke.«

Den Kulissenbauer interessierten unsere Anmerkungen zur Kölner Medienpolitik nicht. »Hab für Köln Screen die Innenkulissen zu einem Fantasyfilm gemacht, riesige internationale Koproduktion, ein Fünfzig-Millionen-Projekt. War mein erster wirklich großer Auftrag, hat mich total gewundert, dass ich ihn bekommen habe, aber Maja hat geholfen. Hundertfünfzigtausend! Hab auch direkt einen Abschlag von fünfzigtausend bekommen, musste ja Material kaufen. Aber auf den Rest von dem Geld warte ich bis jetzt vergebens.«

»Wir sind keine Geldeintreiber«, sagte Orlando.

»Bei dieser Produktion stimmt was nicht«, meinte der Kulissenbauer, »meine Freundin Maja arbeitet als Praktikantin bei Köln Screen. Und die sagt mir, dass in meinen Kulissen überhaupt nicht gedreht wird. Überlegen Sie sich das mal: Die Miete für die Halle kostet jeden Tag ein Vermögen! Maja glaubt, dass an dem Projekt überhaupt nicht gearbeitet wird, dass es nur auf dem Papier existiert.«

»Und was sollen wir da für Sie tun?«

»Rausfinden, ob die das Projekt schon in den Sand gesetzt haben. Dann bau ich ganz schnell meine Kulissen ab und versuch, sie anderswo zu verscherbeln, bevor sie untern Hammer kommen.«

Mir gefiel der Auftrag. Ich wollte immer schon mehr über das Filmgeschäft wissen, aber Orlando machte ein mürrisches Gesicht. »Kalkulationen und Abrechnungen zeigt uns keiner freiwillig.«

»Da bau ich auf ihr Talent als Detektivinnen«, meinte der kleine Kulissenbauer kess.

Das war dann auch wirklich gefragt. Ein paar Tage später machte ich meinen ersten Besuch bei Köln Screen. Hatte mich dort als Rundfunkjournalistin, die einen Beitrag über große Filmproduktionen macht, angekündigt. Ich nahm die Autobahn nach Ossendorf, bog in die Butzweilerstraße, ließ den Knast links liegen und kam an einer großen Bundeswehrkaserne vorbei, auf deren Gelände noch die Empfangshalle des ehemaligen Flughafens stand. Danach erhoben sich links zwei hohe, silbrig glänzende Quader, die Produktionshallen des Coloneums. Maja erwartete mich an der Schranke. Sie war eine von diesen gertenschlanken jungen Frauen mit roten Haaren und Bauchnabelpiercing. Sie lächelte nett. An die Quader schlossen sich schnurgerade eintönige Bürogebäude an. Dazwischen eine halb abgefackelte alte Flughalle, wo wohl gerne kleine Explosionsszenen gedreht wurden. Alles wirkte reißbrettartig und sehr funktional. Der Sitz von Köln Screen war in Bauteil 39.

Mein erster Eindruck war enttäuschend: keine Scheinwerfer, nirgendwo Kameras, nirgendwo Kostüme, nirgendwo ein Gesicht, das einem von der Leinwand vertraut war, stattdessen Büros, wie man sie überall findet.

»So ging's mir auch an meinem ersten Tag«, lachte Maja, »aber gedreht wird in den Hallen, hier sitzt die Chefetage.«

»Das Honorar für die zwanzig Liliputaner muss bezahlt werden, sonst kriege ich die nicht für den Dreh«, hörte ich eine erregte Tenorstimme sagen.

»Natürlich wird das bezahlt«, antwortete ein sonorer Bariton.

»Das sagst du seit einer Woche. Wenn die morgen nicht bezahlt sind, dann …«, erregte sich der Tenor weiter.

»Dann?«, echote der Bariton ruhig.

»Wirst schon sehen!«

Die Tür mit der Aufschrift »Filmgeschäftsführung« wurde aufgerissen und ein graumelierter Fünfziger rauschte an uns vorbei und murmelte: »Dann lass ich dich über die Klinge springen, du Milchbubi!« Er hatte uns überhaupt nicht wahrgenommen.

»Das war Mayfahrt, unser Aufnahmeleiter«, erklärte mir Maja.

»Wichtiger Job?«, fragte ich.

»Bei der Filmproduktion schon, ohne den Aufnahmeleiter läuft nichts. Aber wenn man mit fünfzig noch als Aufnahmeleiter arbeitet, dann ist irgendwas in der Karriere schiefgelaufen. Mit wem wollen Sie zuerst reden? Mit der Filmgeschäftsführung, der Produktionsleitung oder der Gräfin?«

»Von unten nach oben«, sagte ich.

»Dann fangen wir mit dem schönen Freddy an, mal sehen, ob er Zeit hat!« Sie klopfte an die Tür, aus der Mayfahrt gerade gekommen war. Maja stellte mich vor, und ich sagte mein Sprüchlein auf.

»Zehn Minuten habe ich für Sie, also: Was wollen Sie wissen?«

Der schöne Freddy sah aus wie Johnny Depp und lächelte wie Cary Grant. Ich fand ihn hinreißend. So einem mussten doch alle Frauen der Produktion zu Füßen liegen. Er selbst ging lieber in die Luft, wie mir das Foto an der Wand sagte. Es zeigte ihn in klassischer Fliegermontur in einem Sportflugzeug. Ich fragte zuerst ganz allgemein nach der Finanzierung einer großen Filmproduktion. Der schöne Freddy schenkte mir ein weiteres Lächeln und erzählte dann ausufernd von hohen Produktionskosten und vielen Geldgebern. Gerade als er erwähnte, dass die Filmstiftung NRW mit zwölf Millionen der größte Geldgeber dieses Projektes sei, wurde die Tür geöffnet.

»Frederico, wo sind die Verträge für die belgische Crew in Spa?« Der zierliche Mann in feinstem Tuch war Ziretti, der Produktionsleiter.

»Habe ich dir gestern auf den Schreibtisch gelegt.«

»Auf meinem Schreibtisch liegt gar nichts.«

»Dann hat sie die Gräfin.«

»Non sanno fare un cazzo.« Ziretti verdrehte die Augen. »Che vita di merda!« Merda kannte ich. Das hieß Scheiße. Noch einer, der wütend war bei Köln Screen. »Ist die Gräfin da?«, wollte Ziretti dann wissen. Freddy nickte.

»Und wenn nun ein Geldgeber während der Produktion Pleite macht, geht dann der ganze Film baden?«, fragte ich weiter.

Jetzt sagte Freddy mir mit seinem Lächeln, dass so dumm nur jemand fragen konnte, der keine Ahnung hatte. »Wissen Sie«, meinte er dann, »wenn die Filmstiftung mit so viel Geld einsteigt, dann prüft sie ein Projekt auf Herz und Nieren. Und da es mein Job ist, dieses Geld zu verwalten, kann ich Ihnen versichern, dass bei dieser Produktion alles im grünen Bereich ist.« Damit war die Audienz beendet.

»Ich weiß nicht, ob es günstig ist, jetzt mit Ziretti zu reden«, meinte Maja danach zögerlich. »Wenn der sauer ist, dann ist nicht mit ihm zu spaßen.«

»Abblitzen kann man immer!«, sagte ich. »Wenn was mit der Finanzierung nicht stimmt, spuckt er's jetzt am ehesten aus.«

Ich sagte also auch bei Ziretti mein Sprüchlein auf und erwähnte meine große Liebe für Fellini-Filme. Damit hatte ich richtig gelegen, die mochte er auch. Ich kam schnell auf die leer stehenden Kulissen zu sprechen.

Ziretti nickte eifrig und sagte dann: »Der Regisseur dreht zur Zeit mit kleinem Team in den Ardennen, weil er ein bestimmtes Winterlicht für seinen Film braucht. Ich wollte hier parallel mit einem zweiten Team drehen, aber die Gräfin küsst dem Regisseur die Füße, und der besteht auf dem gleichen Kameramann. Cristo della Madonna, weiß wirklich nicht, wie ich das den italienischen Geldgebern klarmachen soll.«

»Die sollen zuerst mal ihre erste Rate bezahlen, deine Mafiosi«, bellte eine rauchige Stimme, »hab sowieso Bauchschmerzen bei diesen Financiers. Als ich bei denen in Palermo war, hatte ich den Eindruck, mindestens zweihundert Jahre Gefängnis gegenüberzusitzen!«

Das also war die Gräfin, Carla Müller van Esten, Produzentin bei Köln Screen. Sie mochte Ende vierzig sein und war immer noch eine sehr schöne Frau, aber zu wenig Schlaf und zu viele harte Geschäfte spiegelten sich in ihrem Gesicht wider.

»Ich brauche dich, Ziretti, die Verträge mit den italienischen Schauspielern, da stimmt was nicht.«

»Porcoddio, wie oft willst du das noch geändert haben?«

»Bis sie hundert Prozent wasserdicht sind. Will mich nicht schon wieder mit der italienischen Filmschauspielergewerkschaft herumschlagen müssen!« Ziretti hatte in diesem Büro wirklich einen schweren Stand.

Für mich hatte die Gräfin keine Zeit, mit so kleinen Schreiberlingen, ob echt oder unecht, gab die sich nicht ab.

»Sie hat übrigens ein außergewöhnliches Hobby«, flüsterte mir Maja zu, »sie sammelt einsame Inseln. Ich glaube, vier hat sie schon.«

Zum Schluss führte mich Maja noch in die Produktionshallen und zeigte mir die Kulissen. Es war eine

Ansammlung von in dunklen Brauntönen gehaltenen Räumen in einem mittelalterlich-phantasievollen Ambiente. Es sah sehr echt aus.

»Pappmaschee«, sagte Maja, »beim Film ist alles Lug und Trug!«

Dann brachte sie mich zum Parkplatz. Ich sah die Gräfin sofort. Sie stand neben einem schicken Cabrio, innigst im Kuss vereint mit dem schönen Freddy. Selbst sie war dessen Charme erlegen.

»Ist das bekannt?«, fragte ich Maja.

»Nicht offiziell, aber natürlich wissen es alle. Was glauben Sie, warum Ziretti so stinkig ist?«

Ich fuhr zurück zu unserem Büro im Klapperhof. Als ich den alten Erler Pfeife rauchend im Besuchersessel sitzen sah, wusste ich, dass auch Orlando nicht untätig gewesen war. Erler war pensionierter WDR-Produktionsleiter. Orlando und er spielten im selben Schachclub.

»Das ist schon merkwürdig, dass die Kulissen leer stehen, die MMC-Hallen kosten ein Schweinegeld, so was muss man genauer planen. Andererseits, ich kenn die Gräfin, habe einige Filme mit ihr gemacht, die ist ein Vollprofi. Wenn die die Kulissen leer stehen lässt, hat das seinen Grund. Vielleicht haben die Italiener wirklich noch nicht bezahlt, und es ist ihr zu riskant, mit dem großen Tross zu starten, bevor die Knete da ist«, meinte Erler, als ich alles erzählt hatte.

»Gesetzt den Fall, das Geld ist da und die Kulissen stehen trotzdem weiter leer, was dann?«

»Das macht keinen Sinn, man geht mit dem Geld große Verpflichtungen ein und muss unbedingt seinen Drehplan einhalten.«

»Aber für kurze Zeit steht doch dann sehr viel Geld auf dem Konto?«, fragte Orlando.

»Klar«, meinte Erler, »die Filmstiftung zahlt die erste Rate bei Vertragsabschluss. Das dürften bei der Gesamtsumme so zwischen drei und vier Millionen sein.«

»'ne ganz nette Stange Geld, davon kann man sich irgendwo ein schönes Leben machen«, meinte Orlando.

»Die Filmstiftung aufs Kreuz legen, vergiss es. Nach so einem Betrug wärst du für immer aus dem Geschäft.« Erler paffte dicke Kringel in die Luft. »Aber wenn ihr es natürlich genau wissen wollt, müsst ihr euch die Kalkulation und den Zahlungsverkehr ansehen.«

»Wer kommt denn überhaupt an das Geld ran?«, wollte ich wissen.

»Die Gräfin, Ziretti und bedingt auch Freddy.«

»Erler, was hältst du von einem kleinen nächtlichen Besuch in Ossendorf?«, fragte Orlando.

»Biste verrückt, ich mach doch nicht was Illegales!«

»Ach komm schon, Erler!« Es sah immer ziemlich komisch aus, wenn Orlando versuchte, Charme zu entwickeln. Auch Erler grinste.

»Also gut: Ich sag euch, wie so 'ne Kalkulation aufgebaut ist und auf was ihr achten müsst. Nützt euch aber wahrscheinlich nichts. Die Rechner von Köln Screen werden geschützt sein, ihr kommt gar nicht in das Programm rein.«

Aber da war ich mir nicht so sicher, denn in diesen Dingen war Orlando verdammt gut. Mir machte weit mehr Sorgen, wie wir vermieden, bei der nächtlichen Datenspionage erwischt zu werden. Maja hatte was von einem Nachtwächter mit Hund erzählt, und bei meinem Glück mit Hunden sah das für mich nicht gut aus.

Es regnete, als wir über den großen Platz zum Besuchereingang gingen. Über der imposanten Glashalle thronte ein riesiges blaues Einhorn. Das war nicht Hollywood, aber schon ziemlich großkotzig. Aus dem Foyer tröpfelten die Besucher der letzten Bärbel-Schäfer-Show. Es störte niemanden, dass wir in die andere Richtung gingen. Gegen acht wurde es ruhig und sehr dunkel im Coloneum. Eilig, als hätten wir etwas vergessen, liefen wir zu Bauteil 39. Maja hatte uns ihren Büroschlüssel geliehen. In der Ferne bellte ein Hund.

Ich ließ die Jalousie herunter, und Orlando drehte den Bildschirm der Gräfin so, dass er von der Straße nicht zu sehen war. Plötzlich hörten wir draußen Schritte. Es gelang uns gerade noch, hinter die Tür zu hechten, bevor Ziretti hereinkam.

»Sie hat schon wieder ihren Rechner nicht ausgemacht«, murmelte er und setzte sich.

Ein Glück für uns, dass er sich nicht umsah. Er war sehr mit irgendwelchen Abrechnungstabellen beschäftigt. Nach zwanzig Minuten machte er den Rechner aus und ging wieder. Er machte nicht den Eindruck, erfolgreich gewesen zu sein.

Orlando wusste jetzt, wie sie die Dateien öffnen konnte. Die Konten waren prall gefüllt mit der ersten Rate der Filmstiftung und einer Reihe kleinerer Summen. In der Kostengruppe drei stand hinter Kulissenbau: »Rechnung offen«.

»Mhm«, machte Erler, als ich ihn auf seinem Handy anrief, »ich verstehe einfach nicht, warum nicht gedreht wird. Sagt eurem Kulissenbauer, er soll sich ganz schnell sein Geld besorgen. Irgendwas stimmt nicht.«

Genau das hatte ich dem Kulissenbauer am Mittwoch gesagt und bin dann Weiberfastnacht Karneval feiern gegangen.

Maja hatte rotgeheulte Augen, als wir am frühen Freitagmorgen zu ihr ins Auto stiegen. Mir brummte der Schädel. Sie fuhr über die Venloer Straße nach Ossendorf. An der Ecke Gürtel sah ich eine decke Trum, für die Weiberfastnacht noch nicht zu Ende war, und vor der Mauer des Westfriedhofs lag ein rotes Pappherz auf verregnetem Boden. Wenn der Kulissenbauer nur irgendwo versackt war, würde er von mir noch was zu hören kriegen.

Das Coloneum war vom Karneval unberührt. Hier bewegten sich die Menschen weiter wie Ameisen zwischen den einzelnen Gebäuden hin und her und schienen nichts davon zu merken, dass die Stadt seit gestern im Ausnahmezustand war.

»Karneval!«, sagte Orlando und beschleunigte ihren Schritt. »Dass ich da nicht früher drauf gekommen bin!« Ich verstand nur Bahnhof.

Die Büros von Köln Screen waren verwaist, nur Ziretti telefonierte in seinem Büro.

»Haben Sie den Kulissenbauer gesehen?«, fragte Maja sofort. Aber Ziretti war nicht ansprechbar. Hektisch durchsuchten wir alle Räume. Wir fanden den Kulissenbauer in Freddys Büro. Er sah nicht gut aus mit diesem blutverkrusteten Hinterkopf. Maja bekam einen Heulkrampf, Orlando fühlte den Puls, und mir dröhnte der Schädel.

»Er lebt«, sagte Orlando und befahl mir, die 110 anzurufen.

»Porca miseria!«, brüllte Ziretti in seinem Büro und kam dann herausgestürzt. Er war ganz außer sich.

»Sie haben die Konten leer geräumt, nicht wahr?« Orlando hatte ins Schwarze getroffen.

»Ich wusste, dass was nicht stimmt, aber die Gräfin, nicht zu fassen, so korrekt, so deutsch!«, stammelte Ziretti. »Dieser Frederico hat ihr den Kopf verdreht!«

»Es gibt in Köln keinen besseren Termin als Karneval, um so ein Ding zu drehen«, meinte Orlando. »Der Kulissenbauer kam im ungünstigsten Augenblick. Der wollte sein Geld, als schon nichts mehr auf dem Konto war.«

Die Polizei erwischte Freddy, als er versuchte, mit einer Sportmaschine vom Verkehrslandeflugplatz in

Leverkusen zu starten. Die Gräfin hatte ihn am Flughafen Köln/Bonn sitzen lassen. Ihre Spur verlor sich in Barbados. Man hat sie bis heute nicht gefunden. Ich fragte mich nur, was sie allein mit vier Millionen auf einer einsamen Insel machen wollte.

»Ist doch nicht schlecht, wenn man sich ab und an einen guten Schachpartner einfliegen lässt«, meinte Orlando.

Da fand ich Karneval feiern viel besser.

Frage: Wie heißt der ehemalige Flughafen, auf dessen Gelände jetzt das Coloneum steht?

Erschienen am 9./10. Februar 2002

Horror in Holweide

»Hat gar nichts von einer Lehrerwohnung«, meinte Orlando und sah sich um. Ich war nervös. Wenn wir hier erwischt wurden, hatten wir ein Problem. »Du hast doch den Auftrag angenommen!«, sagte Orlando und lugte ins Wohnzimmer. »Überhaupt nichts von Ikea, eher B&B Italia, alles schweineteuer.«

»Ja. Weil wir seit einem Monat keine müde Mark verdient haben!«

Im Arbeitszimmer fand ich die Fotos genau an der Stelle, die die Nekes uns beschrieben hatte. Schnell blätterte ich sie durch. Es waren Bilder von Häusern. Auf einem war die Nekes Arm in Arm mit Pick zu sehen. Ein schönes Paar.

»Lass uns abhauen«, meinte ich.

Da wurde die Tür geöffnet. Gleichzeitig fing mein Handy an zu klingeln. Jetzt saßen wir in der Tinte! Orlando und ich klemmten uns hinter die Arbeitszimmertür und sahen Pick ins Zimmer eilen. Sein Anzug war silbergrau, genau wie seine Haare. In seine Augen blickten wir, als er sich umdrehte. Kalt und stahlblau. Schimanskis waren blass dagegen. Er starrte uns überrascht an.

»Guten Tag«, sagte Orlando, »und auf Wiedersehen!«

Sie ging zum Ausgang, ich hinterher. Pick reagierte schnell. Er schoss nach vorne und packte Orlando am Arm.

»Von wegen einfach abhauen! Was wollt ihr in meiner Wohnung?«

In seinen Augen war überhaupt keine Angst, nur Wut. Der Typ war ein Zubeißer, einer, vor dem man sich in Acht nehmen musste. Ich fingerte mit feuchten Händen das Tränengasspray aus der Jackentasche und sprühte ihm eine Ladung ins Gesicht. Er jaulte auf und ließ Orlando los. Ich packte sie und rannte mit ihr aus der Wohnung. Als wir über den Wassergraben liefen, war Pick schon hinter uns. Er war verdammt schnell.

»Nicht das Auto«, japste Orlando, »die Bahn!«

Sie zeigte auf eine 15, die gerade an der Haltestelle Wichheimer Straße einfuhr. Wir erreichten sie in allerletzter Sekunde. Pick schaffte sie nicht mehr. Wütend hämmerte er gegen die Straßenbahntür. Das war nichts gegen mein Herzklopfen.

»Die Neske kann was erleben«, fluchte ich, als ich wieder reden konnte.

»Ist ja noch mal gut gegangen«, murmelte Orlando, die schon wieder völlig ruhig war.

Marlies Neske erwartete uns in einem italienischen Eiscafé auf der Bergisch Gladbacher Straße.

»Er hat einen Anruf aus seiner Schule erhalten. Wenn ich geahnt hätte, dass er nach Hause geht …« Sie entschuldigte sich wortreich und erhöhte unser Honorar. Danach wollte sie die Fotos sehen. Sie sah sich alle Bilder genau an und legte zum Schluss das Foto, das sie mit Pick zeigte, obenauf.

»Sie können sich nicht vorstellen, wie dankbar ich Ihnen bin! Pick wollte mich mit diesem Foto erpressen. Wenn mein Mann es in die Finger bekommen hätte! Wissen Sie, er ist sehr eifersüchtig.« Diskret schob sie mir ein Bündel Geldscheine zu. »Bestimmt kennen Sie Holweide nicht. Das ist wie auf dem Dorf. Man kennt sich. Mein Mann ist hier aufgewachsen, er arbeitet im Krankenhaus Holweide, wir beide sind in der Pfarrei Mariä Himmelfahrt aktiv. Da kann so was …« Sie redete nicht weiter.

Bereits bei unserem ersten Treffen hatte sie sich darüber ausgeheult, wie schlimm es für sie wäre, wenn ihre Affäre mit Pick bekannt würde. Nur deshalb hatten wir ihr die Fotos besorgt. Na gut, das großzügige Honorar hatte auch eine Rolle gespielt. Jetzt wirkte die Neske richtig erleichtert. Sie war eine selten schöne Frau. Hochgewachsen, feines Gesicht, samtene Haut. Umso auffälliger war deshalb die Verknorpelung an der rechten Hand. Es sah aus, als hätte sie nicht fünf, sondern sechs Finger.

Orlando fand es merkwürdig, wie aufmerksam sich Marlies Neske die Häuserbilder angesehen hatte, mich interessierte das nicht mehr. Die hatte ihre Fotos, und ich konnte endlich unsere Miete zahlen. Für mich war der Fall erledigt. Bis ein paar Tage später Paffrath anrief.

»Sag Orlando, heute wird nichts aus der Schachpartie! Hab noch 'ne Leiche reinbekommen.« Paffrath war Gerichtsmediziner. »Eine sechsfingrige Schönheit.«

Mir fiel fast der Hörer aus der Hand. Ich fuhr sofort mit Orlando in die Pathologie. Die Tote war Marlies Neske.

»Man hat sie in einer Suite im Hyatt gefunden. Sie ist mit einem Seidenkissen erstickt worden. Mehr kann ich noch nicht sagen«, erklärte Paffrath.

»Ich hab geahnt, dass an der Sache was faul ist«, meinte Orlando auf dem Weg nach draußen, »stell dir vor, sie ist wegen der Fotos gestorben!«

»Keine gute Werbung für uns«, meinte ich, »aber das ist ein Mordfall, wir müssen die Kripo informieren, sonst kommen wir in Teufels Küche.«

»Erst will ich noch mit diesem Lehrer reden. Am besten in der Schule. Da kann er uns nicht anpacken. Wir müssen noch mal nach Holweide!«, bestimmte Orlando.

Wir fuhren diesmal nicht über die chronisch verstopfte Bergisch Gladbacher, sondern über die Autobahn und den Herler Ring. Dann durchquerten wir eine wilde Mischung aus Ein- und Zweifamilienhäusern der verschiedensten Baustile.

Hier sah es wirklich aus wie in einem Dorf, aber der größte Teil von Köln bestand schließlich aus nichts anderem als aus vielen zusammengewachsenen Dörfern. Die Gesamtschule passte in diese Gegend wie die Faust aufs Auge. Der weinrote Holzzirkuswagen am Eingang machte das Schulgelände, einen großflächigen Plattenbau aus den Siebzigern, nicht heimeliger. Ein riesiges Areal. Wir irrten eine Zeit lang herum, bis wir das Sekretariat fanden.

»Jürgen Pick?«, meinte die Sekretärin, »wir haben hier fast zweihundert Lehrer, da kann man nicht jeden kennen.«

»Er wohnt hier in Holweide, in diesem renovierten Wasserschloss«, erklärte ich.

»Wo links das teure Restaurant ist? Kenn ich.« Die Sekretärin ging ihre Namensliste durch. Es gab keinen Jürgen Pick. »Aber reden Sie mal mit Klausi. Der hat sich auf dem gleichen Gut ein Häuschen gekauft. Vielleicht treffen Sie ihn im Lehrerzimmer.«

Wir hatten Glück. Klausi kannte Pick.

»Wie man halt seine Nachbarn so kennt.« Nein, Pick sei kein Lehrer, erzählte er uns, der arbeite bei der Colonia in der neuen Versicherungsstadt.

Warum hatte uns die Neske belogen? Warum hatte sie Pick einen anderen Beruf gegeben? Das wussten wir noch nicht, aber die nächsten Schritte waren klar. Orlando machte sich auf den Weg zu Neskes Mann in der Klinik Holweide, und ich fuhr in die Colonia-Stadt. Ich lenkte den Alfa in den Schlagbaumweg, der nahtlos in die Colonia-Allee überging. Vor ein paar Jahren hatten hier noch Schafe geweidet. Jetzt stand da eine Verwaltungsstadt aus rotem Klinker mit weißen Fenstern auf der grünen Wiese.

An der Information fragte ich nach Jürgen Pick. Er war nicht im Hause. Ich ging zu dem zugigen Parkplatz zurück. Ein scharfer Wind wehte über die Merheimer Heide, die AXA-Fahnen flatterten verloren im Wind, in der Ferne krächzte ein Baukran. Die Stadt dehnte sich immer mehr aus. Bald würde von der Merheimer Heide nichts mehr übrig sein. Als ich mich ins Auto setzte, rief Orlando an.

»Im Krankenhaus arbeitet kein Neskes. Die Frau war überhaupt nicht verheiratet, sagt Paffrath. Sie wohnte allein, in 'ner kleinen Zweizimmerwohnung in der Tillystraße.«

Was sollte dann die Geschichte mit der Erpressung? Und wofür brauchte sie die Fotos wirklich? Das hatte sich Orlando natürlich auch schon gefragt.

»Sie hat in einer Immobilienfirma am Ring gearbeitet. Auf den Fotos waren Häuser«, sagte sie. »Frag doch mal, ob Pick mit Immobilien zu tun hat. Vielleicht wollte nicht er sie, sondern sie ihn erpressen.«

Ich ging zur Information zurück. Pick war für Immobilien zuständig.

»Wir treffen uns bei ihm zu Hause. Du gehst auf keinen Fall allein rein. Warte am Parkplatz auf mich«, sagte Orlando.

Ich fuhr über den Kirchweg und die Isenburger zurück. Das gelbe Wasserschlösschen mit den weiß sanierten Stallungen glänzte im milden Frühlingslicht. Im Strundener Bach gründelten Enten. Ich wartete noch nicht lange, da sah ich Pick mit einer Tasche das Herrenhaus verlassen. Er packte sie ins Auto und lief zurück. Schnell kam er mit der nächsten Tasche wieder. Der wollte abhauen. Wo blieb nur Orlando? Jede Tasche konnte die letzte sein, ich musste was tun. Kurz entschlossen folgte ich Pick ins Haus. Die Wohnungstür war offen.

»Sie wollen verreisen?«, fragte ich.

Zum zweiten Mal starrte er mich aus diesen stahlblauen Augen an. »Ziemlich dreist!«, sagte er dann.

»Es war ein Fehler, die Fotos zu klauen«, fuhr ich fort, »sie haben Marlies Neske das Leben gekostet.«

Er sagte nichts.

»Lassen Sie mich raten. Sie kaufen für Ihre Firma Immobilien. Marlies Neske war im gleichen Geschäft. Sie konnte Ihnen nachweisen, dass Sie bei einem Großprojekt in die eigene Tasche gewirtschaftet haben.«

»Quatsch!« Picks Stimme war eisig. »Sie kaufte Häuser zu günstigen Preisen und verkaufte sie überhöht an mich weiter. Mit dem Gewinn vergnügten wir uns in teueren Hotels. Und dann wollte die blöde Kuh aussteigen, weil sie nicht mehr gut schlafen konnte! Wollte es meinem Chef melden, wenn ich nicht auch Schluss mache!«

Skrupel oder Schuldgefühle schien dieser Mann nicht zu kennen. Ich griff zum Handy. Blitzschnell war Pick bei mir, schlug mir das Telefon aus der Hand, riss meine Arme nach hinten, zerrte mich zum

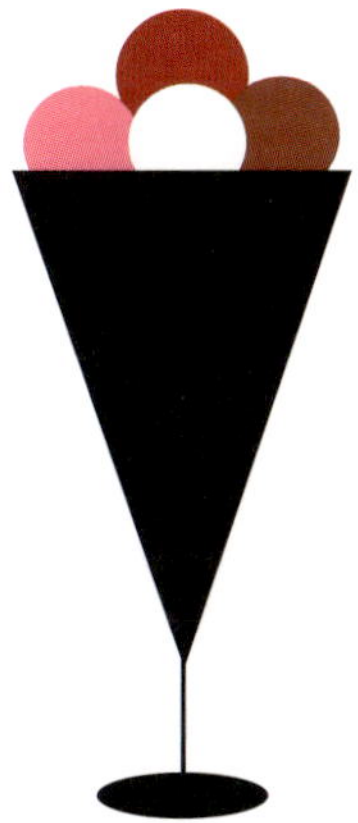

Schreibtisch, fesselte meine Hände, klebte mir den Mund zu, warf mich ins Badezimmer und schloss die Tür ab. Dann hörte ich ihn abhauen. Ich trommelte mit den Füßen gegen die Badezimmertür und verfluchte meine Blödheit.

Es dauerte ewig, bis Orlando die Tür öffnete. Sie schnaufte schwer. Auf dem Sofa saß Pick, genau wie ich mit gefesselten Händen. Sein stahlblaues rechtes Auge zierte ein riesiges Veilchen.

»Er ist über meine Füße gestolpert und die Treppe runtergesegelt«, sagte Orlando, während sie die 110 wählte. Erst danach schnitt sie mir die Fesseln durch. »Hab doch gesagt, dass du nicht ohne mich reingehen sollst!«

Frage: Wie heißt der alte Gutshof mit dem gelben Wasserschloss, in dem Pick wohnt?

Erschienen am 13./14. April 2002

Ärger in Ehrenfeld

»Schon drei Mal han se mir die Scheiben eingeschlagen«, sagte der Wirt und stellte mir ein Kölsch hin. Draußen schien eine warme Junisonne, aber hier drinnen war davon nichts zu spüren. Es war kühl und düster, und der Wirt sah aus, als hätte er schon seit Jahren keine Sonne mehr gesehen. »Neulich han se hier 'nen Italiener umgenietet, mitten auf der Subbelrather, und jetzt die Explosion in der Eichendorffstraße«, fuhr der Wirt fort. »Ist 'ne ziemliche Scheißgegend.«

Im Radio sangen die Bläck Fööss »In unserm Veedel«, und die zwei einzigen Gäste außer uns sangen leise mit.

»Irgendeinen Verdacht wegen der Scheiben?«, fragte Orlando, die ein paar Pfeile auf die Dartscheibe warf.

»Gucken Se sich die Straße doch an! Verkommt immer mehr, nur noch türkische Imbissbuden und ein paar Italiener. Alles Assi-Pack.«

Orlando stellte sich jetzt zu uns an den Tresen und hakte nach: »Irgendwelche Feinde? Krach mit Gästen?«

»Wenn ich wüsst, wer's war, hätt ich Se nich angeheuert, oder?«

Er zapfte zwei Bier für die Bläck-Fööss-Fans und sah uns dann herausfordernd an. An der Art, wie Orlando ihren Kaffee umrührte, merkte ich, dass sie weder den Kaffee noch unseren neuen Klienten gut fand. Ich sah mich in der Wirtschaft um. Ein Tresen, sechs Tische, im Keller eine Kegelbahn. Ich hatte schon viele schäbige Kneipen gesehen, diese reihte sich da nahtlos ein. Ein zugiger Flur und ein eindeutiger Geruch wiesen den Weg zum Klosett. Im Flur war eine weitere Tür. Die führte in den Gang des Nachbarhauses.

»Giannis Pizzeria nebenan benutzt das Klo mit«, erklärte der Wirt.

»Gibt es deswegen Ärger?«

»Dat weniger. Aber wat da noch übern Tresen geht außer Pizza … Die Polente war schon mehr als einmal da.«

Genaueres wusste er nicht. Eigentlich wusste er gar nichts. Das half uns nicht besonders herauszufinden, wer seine Scheiben einwarf.

»Schlechter Kaffee«, knurrte Orlando, als wir wieder auf der Straße standen.

Auch ein strahlend blauer Himmel konnte die Subbelrather nicht schön machen. Die Häuser hier hatten ihre Glanzzeit vor hundert Jahren gehabt, die neuen Gebäude dazwischen waren Beton-Meisterstücke aus den Siebzigern. An der Ecke zum Gürtel klaffte ein riesiges Baggerloch. Die Autos stauten sich bis zum Simarplatz, dahinter war die Straße aufgerissen, ein Presslufthammer übertönte die hupenden Autos.

»Zufallsrandalierer können wir ausschließen«, brüllte ich.

»Entweder jemand will ihn raushaben, oder jemand mag ihn nicht«, schrie Orlando zurück.

Raushaben? Bei der Lage? Konnte ich mir nicht vorstellen.

»Gegenüber bauen sie Büros, vielleicht soll diese Seite auch saniert werden? Ich seh mal zu, was ich da rauskriege.«

Ich wusste genau, warum. Orlando wollte nicht in dieser siffigen Kneipe herumschnüffeln.

»Dafür übernehme ich die erste Nachtschicht«, sagte sie. Wenigstens etwas.

Ich rief meinen alten Freund Conny Heimbach an. Als Streifenpolizist hatte er lange in Ehrenfeld gearbeitet. Conny war schlecht drauf. Ein paar Polizisten von der Eigelstein-Wache hatten einen Mann zu Tode geprügelt.

»Klar kann einem mal die Hand ausrutschen. Aber zu sechst? Ist ja wie in Nazizeiten. Ich möchte nicht mehr in Uniform auf die Straße.«

»Ist 'ne tolle Stadt«, sagte ich, »so tolerant und weltoffen.«

Irgendwann rückte ich mit meinem Anliegen raus. Unseren Wirt kannte Conny nicht, dafür Gianni Macone.

»Bei dem laufen die Fäden für viele krumme Dinger zusammen. Wir haben ihn ein paarmal wegen Hehlerei drangekriegt.« Conny wusste auch, wo ich Gianni um diese Zeit finden würde: Bei seinem Bruder, der eine Autowerkstatt in der Heliosstraße hatte.

Es war schwer genug gewesen, hier einen Parkplatz zu finden, also ließ ich den Alfa stehen und ging zu Fuß. Vor dem Franziskushospital rauchten zwei Gipsbeine Zigaretten, und auf dem trostlosen Spielplatz in der Schönsteinstraße bolzten ein paar türkische Jungs ohne Sinn einen Fußball gegen die Gitter. An der Eisenbahnunterführung türmten sich Baucontainer und Bagger zum Bau einer neuen Schienentrasse.

Ich war gespannt, ob die Bahn das Denkmal für die Edelweißpiraten, das sie dafür niedergemacht hatte, nach dem Umbau wiederherrichten würde. Ich bog in die Venloer ein.

Hinter der Bahnlinie stach rechts die nächste Baustelle ins Auge. Das Dach der alten Rheinlandhalle wurde aufgerissen. Davor brach sich die Sonne in den Scheiben des Leuchtturms. Warum mitten in Ehrenfeld ein Leuchtturm stand, war mir ein Rätsel. Dafür begannen meine Augen zu leuchten, als ich die Autowerkstatt betrat, da standen ein paar wunderschöne alte Alfa Romeos.

»Herr Macone?«, rief ich, aber niemand antwortete. Ich fand Gianni in der Espresso-Bar eines italienischen Supermarktes um die Ecke. Natürlich hatte er von den eingeschlagenen Scheiben gehört, aber keine Ahnung, wer dahinterstecken könnte.

»Gibt es Ärger wegen des gemeinsamen Klosetts?«, fragte ich.

»Wieso sollte es? Ich bezahle die Putzfrau.«

Er lud mich zu einem Espresso ein. Gianni war hier sehr bekannt, fast jeder grüßte ihn, einige wechselten ein paar Worte mit ihm oder flüsterten ihm was ins Ohr.

»Ärger mit der Polizei?«, fragte ich.

»Ihr Deutschen seid doch alle gleich«, regte er sich auf, »denkt immer nur Italiener – Mafia – kriminell.«

»Aber es gab doch mal Ärger«, fuhr ich ungerührt fort.

»Jugendsünden!« Gianni breitete die Arme aus. »Heute bin ich ein ehrenwerter Mann.«

Ob er das war oder nicht, wagte ich nicht zu beurteilen. Wenn er allerdings weiter krumme Geschäfte machte, musste dies im Verborgenen laufen. Warum sollte er da Krach machen und die Fenster seines Nachbarn einschlagen?

»Vielleicht will er ihn rausekeln und das Lokal selbst übernehmen?«, meinte Orlando anderntags und gähnte. Sie hatte sich die gestrige Nacht umsonst um die Ohren gehauen. Keine neuen Scheiben waren zu Bruch gegangen. »Das Haus gehört übrigens einer alten Frau«, sagte sie. »Die regt sich wegen der eingeschlagenen Scheiben so auf, dass sie das Haus jetzt günstig verkaufen will.« Orlando gähnte erneut, und ich brach zu meiner Nachtschicht auf.

Ich parkte den Wagen vor der Stadtsparkasse, so hatte ich die Frontseite der Kneipe voll im Blick. Es war noch früh. Ich aß eine Pizza bei Gianni und ging dann über den Flur direkt in die Kneipe. 'ne gute

Möglichkeit abzuhauen, dachte ich. Bei der Pizzeria rein, bei der Kneipe raus. Vielleicht wollte Gianni unseren Klienten wirklich rausekeln?

Die Kneipe war jetzt rege besucht. Um den Tresen standen gut zehn Männer beim Feierabend-Kölsch, und an den Tischen becherte ein Damen-Kegelclub. Es dauerte, bis der Wirt etwas Zeit hatte.

»Hab gehört, das Haus soll verkauft werden«, sagte ich.

»Kauft bestimmt nur ein Türke oder Italiener in der Assi-Gegend!«, meinte er, bevor er mit dem nächsten Kölschkranz davoneilte. Zumindest er verdiente nicht schlecht hier.

Ich wechselte wieder zu Gianni. Da war ein ständiges Kommen und Gehen. Ich sah nur Pizzas über den Tresen wandern.

Gianni schloss um zwölf, und in der Kneipe gingen um eins die Lichter aus. Ich setzte mich in mein Auto und machte es mir so bequem wie möglich. Die Lumpensammler 13 donnerte mit schrillem Geläut den Gürtel entlang, ein BMW-Cabrio beschallte die Straße mit türkischem Pop. Gegen halb drei wurde es ruhig.

Eine halbe Stunde kam überhaupt kein Auto. Ich konnte mich kaum wach halten. Das Geräusch klirrender Scheiben ließ mich hochfahren. Ich war sofort aus dem Wagen und sah zwei vermummte Gestalten die Scheiben der Kneipe einschlagen. Schnell war ich auf der anderen Straßenseite. Der Kleine sah mich zuerst.

»Loss uns avvhaue«, rief er und rannte los.

Der andere auch. Gegen den hatte ich keine Chance, aber der Kleine war ziemlich langsam. Als ich ihm die Kapuze runterriss, drehte er sich um, rammte mir mit voller Wucht die Faust in den Bauch und stieß mich zur Seite. Er war höchstens zwanzig, ein Milchbubi mit einer Eisenfaust. Als ich mich aufgerappelt hatte, war er hinter dem Simarplatz verschwunden. Mir war speiübel. Ich schleppte mich zur Kneipe zurück. Durch eines der kaputten Fenster konnte ich problemlos einsteigen. Tische und Bänke waren mit Glasscherben übersät. Ich rief den Wirt an. Er wohnte ganz in der Nähe und war schnell da.

»Verdammich!«, fluchte er und goss zwei Klare ein. »So 'ne Sauerei. Überall Scherben! Han Se die zwei wenigstens erwischt?«, fragte er. »Und wat is mit Ihnen? Können Se überhaupt noch Auto fahren?«

Ich nickte. Irgendwie brachte mich der Alfa nach Hause, und auf dem Weg dorthin fragte ich mich, warum immer nur ich im Schlamassel landete.

»Wenn einer lahm ist, kann er trotzdem immer noch zuhauen. Da kannst du ihn doch nicht einfach an der Schulter packen!«, klugscheißerte Orlando am nächsten Tag und schob mir einen großen Milchkaffee hin. Tröstende Worte fand sie mal wieder keine, aber immerhin hatte sie mich in den Biergarten des Cinenovas eingeladen.

Ich schlürfte meinen Milchkaffee und fragte mich etwas ganz anderes: Woher wusste der Wirt, dass es zwei Täter waren? Es gab dafür nur einen Grund: »Er hat die Steinewerfer selbst bestellt.«

Orlando starrte mich an. »Na klar«, sagte sie dann, »er will das Haus kaufen, die Kneipe ist doch eine Goldgrube. Durch die kaputten Scheiben will er den Preis dafür drücken.«

»Aber wofür braucht er dann zwei Detektivinnen?«

»Als weiße Weste. Damit er auf gar keinen Fall damit in Verbindung gebracht wird. Aber dann hat er sich verplappert, die fiese Ratte.«

»Der glaubt wohl, wir sind blöd. Was machen wir nun?«

»Wir treffen ihn da, wo's am meisten wehtut«, kicherte Orlando.

Auch heute schien die Sonne über Ehrenfeld, und der Leuchtturm strahlte hinter den Bahngleisen.

»Doppeltes Honorar?«, fragte ich.

Orlando schüttelte den Kopf: »Dreifaches.«

Frage: In welcher Straße liegt der Leuchtturm von Ehrenfeld?

Erschienen am 29./30. Juni 2002

Elly + Fritz
Gerd + Inge

Pingpong in Poll

Ein langer Frachter glitt über den Rhein. Mannshoher Mais bog sich sanft im Wind. Hinter dem Mais eine kurz geschnittene Wiese, auf der Zelte und Wohnwagen standen.

»Das ist der städtische Campingplatz«, hatte Krämer gesagt, »unserer liegt erst hinter der Brücke.«

Dort weidete auf weitläufigen Wiesen ein Schäfer seine Herde, und hinter Weißdornhecken versteckt lag Krämers Campingplatz. Sah man mal vom Autolärm ab: eine ländliche Idylle. Hier also war das Mädchen verschwunden.

»Fünftausend Euro waren in meiner Barkasse«, jammerte Krämer. »Die waren am selben Tag weg wie das Mädchen.« Er führte uns herum. Hier war wenig Platz für Tagescamper, dafür gab es viele feste Wohnwagenplätze, fast alle Autos hatten Kölner Kennzeichen. »Klar war die Polizei hier, aber niemand hat das Mädchen vermisst gemeldet, und wegen so 'nem Diebstahl tun die doch nichts.«

»Camping in der eigenen Stadt, das hat doch was«, meinte ich und rechnete fest mit einer abfälligen Bemerkung von Orlando, aber die steuerte zielsicher auf ein kleines Zelt zu, das verloren zwischen zwei prächtigen Wohnwagen stand.

»Sie hat nur das Geld mitgenommen. Alles andere ist noch da: Zelt, Schlafsack, Klamotten.« Krämer sah uns mit Leidensmiene an.

»Wie lang war sie denn hier?«, fragte Orlando.

»Genau vier Nächte. Ich nehme eigentlich keine Tagescamper, wissen Sie, fast alle hier sind auf Dauer stationiert. Aber die ist einfach übern Platz gelaufen und hat dann ihr Zelt zwischen Elly und Fritz und Gerd und Inge aufgebaut. Ohne zu fragen. Ich wollte sie sofort rausschmeißen, aber Elly hat gemeint, lass man, ist doch ein junges Ding, der isset hier sowieso schnell langweilig.«

Elly war eine dralle Mittvierzigerin mit vielen Lachfältchen, ihr Mann Fritz hatte ein Popeye-Gesicht und viel zu lange Arme. Beide saßen vor ihrem Wohnwagen und ließen sich kein Wort von unserem Gespräch entgehen.

»Was war das für ein Mädchen?«, fragte ich sie.

»So eine, die mit dem Kopf durch die Wand geht«, sagte Elly, »verstockt und wütend. Nix. Wenn's nicht geregnet hat, lag se mit 'ner Fluppe im Mund vor ihrem Zelt und schaute böse drein.«

Fritz nickte zu allem. Er war einer von den Männern, die ihre Frauen reden ließen.

»Ich war ehrlich gesagt ganz erleichtert, als sie dann plötzlich weg war. Aber dass sie es nur auf Krämers Geld abgesehen hatte, hätt ich nie gedacht.«

Was Elly über das Mädchen gesagt hatte, war so ziemlich das Freundlichste, was wir über sie zu hören bekamen. Natürlich war sie den anderen Campern aufgefallen mit ihren Springerstiefeln und dem Nasenring. Wir erfuhren, dass sie Jenny hieß und »American Spirit« rauchte. Aber das war auch alles. Keiner kannte ihren Nachnamen, keiner wusste, woher sie kam oder wohin sie gegangen war. Für die meisten stand eh fest, dass sie eine gaunernde Schlampe war, die nicht nur Krämers Geld, sondern so ziemlich alles gestohlen hatte, was im letzten halben Jahr auf dem Campingplatz verschwunden war.

Zwei Stunden später standen wir wieder vor dem kleinen Zelt. Ziemlich ratlos. Es blitzte und donnerte. Dann goss es wie aus Kübeln, eines der vielen Gewitter in diesem Katastrophensommer. Orlando und ich verkrochen uns in Jennys Zelt. Regen und Wind bogen das Zelttuch nach innen, und wenn man es streifte, klebte die durchsickernde Nässe an der Haut.

»Wenn du auf einem Campingplatz klauen willst, dann benimmst du dich nicht so auffällig wie dieses Mädchen.« Orlando klapperte mit den Zähnen und schlang ihre Arme enger um die dürren Beine.

Ich durchsuchte Jennys Klamotten, fand aber nichts, was uns weiterhalf.

»Vielleicht ist das Mädchen aus Köln, wie die meisten Camper«, meinte ich.

Orlando nickte. »Vermutlich. Der Platz hier liegt so versteckt. Sie muss ihn gekannt haben.«

»Was hat sie hier gesucht, wenn sie nicht zum Klauen hier war?«, fragte ich. Aber der Regen übertönte mich. Er wurde immer stärker und tropfte nun durch das billige Zeltdach.

»Hey«, brüllte da eine Stimme von draußen, »kommt doch zu uns in den Wohnwagen!«

Vor dem Zelt stand ein mondgesichtiger Junge mit einem Riesenschirm, unter dem er uns halbwegs trocken zu Inge und Gerd brachte. Inge hatte schon zwei Kaffeetassen für uns bereitgestellt. Sie war so eine ätherische Blondine, die beim kleinsten Windstoß umzufallen drohte. Auch Gerd war blond und eigentlich ein schöner Mann, aber der Pudel, den er auf seinem Schoß kraulte, machte ihn auf der Stelle weniger schön.

»Haben Sie Jenny bei Regen auch mal zu sich geholt?«, fragte Orlando. Sie fiel immer mit der Tür ins Haus.

Inge nickte und fuhr Kuchen auf. Ich quetschte mich auf die enge Bank.

»Das war mitten in der Nacht, ein Gewitter, zehnmal schlimmer als jetzt«, sagte Gerd, »sie war schon platschnass.«

»Hat sie was erzählt?«, fragte ich.

»Sie hat nichts gesagt«, antwortete Gerd.

»Geweint hat sie«, sagte das Mondgesicht.

»Wenn wir gewusst hätten, dass sie klaut«, seufzte Inge.

»Sie war ein komisches Mädchen«, murmelte Gerd.

»Sie hat Papa im Tischtennis besiegt!«, sagte der Junge. »Sie war wirklich gut!«

Gerd nickte gequält. Er schien wenig begeistert, dass sein Sohn diese Geschichte erzählte.

Endlich hörte der Regen auf. Orlando stürzte sofort nach draußen.

»Hab keine Luft mehr gekriegt, kann man doch nicht aushalten, diese Enge.«

Sie ging forschen Schrittes zum Rhein, ich schlingerte hinterher.

»Wir müssten mit Krämer noch mal über das geklaute Geld sprechen«, meinte ich.

Orlando war ganz woanders. »Wir müssen rausfinden, wer sie ist. Es ist fast zwei Wochen her, seit sie verschwunden ist. Vielleicht hat sie jetzt jemanden vermisst gemeldet.«

Sie schwang sich auf ihr Rad und fuhr zum Polizeipräsidium. Ich ging zu Krämer.

Der Himmel strahlte jetzt blau, und auf dem Campingplatz hängten alle ihre nassen Klamotten zum Trocknen auf. Natürlich hätte es Jenny sein können. Aber so schlampig, wie Krämer sein Geld aufbewahrte, konnte das jeder gestohlen haben. Ich war keinen Schritt weiter. An der Tischtennisplatte traf ich das Mondgesicht.

»Spielen Sie 'ne Runde mit mir?«

Früher hatte ich mal ganz gut gespielt, aber gegen den Jungen hatte ich keine Chance.

»Wer hat dir das beigebracht?«, fragte ich, noch immer um Puste ringend.

»Mein Vater. Er spielt in einem Club.«

»Hast du mal gegen Jenny gespielt?«

»Sie hat mich herausgefordert. Ich habe jeden Satz verloren. Sie spielte wie ein Profi.«

»Besser als dein Vater?«

»Nein. Aber sie hatte die besseren Nerven. Sie war klasse. Ich habe ein Foto von ihr gemacht. Wollen Sie es sehen?«

Das Foto zeigte Jenny breitbeinig vor der Tischtennisplatte. Ihr Gesicht war gut zu erkennen.

»Weißt du, wo sie hingegangen ist?«, fragte ich den Jungen. Der schüttelte traurig den Kopf.

Ich rief Orlando an, die hatte auch Neuigkeiten.

»Ein junger Mann hat gestern seine Freundin als vermisst gemeldet, die Beschreibung könnte passen.«

»Ich habe ein Foto!«

»Umso besser. Er arbeitet bei Holz Thies. Wir treffen uns da.«

Holz Thies war eine riesige Holzhandlung an der Alfred-Schütte-Allee, keine drei Kilometer von Krämers Campingplatz entfernt. Das vermisste Mädchen war Jenny. Sie arbeitete genau wie der Junge als Lehrling in dieser Firma. Dem Jungen hatte sie erzählt, dass sie eine Woche durch Holland trampen wollte. Als sie nach der Woche nicht zurückkam, fing er an, sich Sorgen zu machen, und meldete sie als vermisst. Er mochte nicht glauben, dass sie in Köln auf einem Campingplatz gewesen war.

Als wir zum Auto zurückkehrten, sahen wir die Tischtennisplatte auf dem Firmenhof. Orlando und ich nickten uns zu. Wir machten kehrt und suchten die Personalabteilung. Bingo! Gerd arbeitete tatsächlich bei Holz Thies. Das konnte kein Zufall sein.

»Das heißt nicht, dass die sich gekannt haben müssen, wir sind ein großer Betrieb, und Jenny war noch nicht lange bei uns«, meinte der Personalchef. Aber es war unsere einzige Spur. Schnell fuhren wir zum Campingplatz zurück.

Wir trafen Gerd am Rhein, er führte seinen Pudel Gassi.

»Jenny war Ihretwegen hier«, sagte Orlando. Gerd streichelte seinen Pudel und blieb stumm.

»Es gibt genügend Leute aus Ihrer Firma, die gesehen haben, wie Sie gegen sie gespielt haben«, behauptete ich. »Sie war so ganz anders als Ihre Frau, kraftvoll, kämpferisch.«

Mit fahriger Bewegung warf Gerd einen Stock für den Köter.

»Das hat Ihnen gefallen«, fuhr Orlando fort. »Sie sind mit ihr ins Bett, und dann wollte Jenny mehr, immer mehr.«

Jetzt rannen Gerd die Tränen übers Gesicht. »Ich sollte mich von meiner Familie trennen!« Fahrig warf er einen weiteren Stock für den zurückgekehrten Köter. »Ich habe ihr Geld geboten!«

»Etwa die fünftausend Euro vom Krämer?«

Er nickte. »Noch viel mehr. Ich wollte nur, dass sie aus meinem Leben verschwindet. Aber sie wollte nicht!«

»Und dann?«

»Bin nachts in ihr Zelt geschlichen. Und sie hat so siegessicher gelächelt! Da habe ich ein Kissen genommen und auf ihr Gesicht gedrückt, bis sie nicht mehr lächeln konnte.«

Bis zum Schluss hatte ich gehofft, dass das Mädchen von sich aus verschwunden war. Aber jetzt …

Auch Orlando holte tief Luft, bevor sie die nächste Frage stellte: »Und was haben Sie mit der Leiche gemacht?«

Wir waren beim städtischen Campingplatz angelangt. Gerd sagte nichts mehr, sondern fixierte mit starrem Blick das Maisfeld, das sich immer noch sanft im Wind bog.

Frage: Unter welcher Rheinbrücke liegen die Campingplätze?

Erschienen am 28./29. September 2002

Burn-out im Belgischen Viertel

»Haben Sie schon mal als Schutzengel gearbeitet?«, fragte Gregor W. Krings und lächelte. Seine Stimme war sanft, und er strahlte das Selbstbewusstsein eines Mannes aus, der trotz seiner Jugend schon einiges erreicht hatte. »Es geht um meinen Seniorpartner, Horst Haak. Vor vier Jahren hat er mir eine Beteiligung an seiner Agentur angeboten, in die ich mein ganzes Geld gesteckt habe.«

Wir saßen in einem auf fünfziger Jahre gestylten Café am Brüsseler Platz, in dem Orlando und ich mit Abstand die Ältesten waren.

»Wir haben zwanzig Mitarbeiter, einen seriösen Kundenstamm und ein großes Büro in der Lütticher Straße.«

Eine feine Adresse hier im Viertel, das wusste ich. Der junge Mann verstummte und rührte seinen Espresso. Während ich auf etwas Konkreteres wartete, sah Orlando reglos hinaus auf den Brüsseler Platz. An den Ahornbäumen vor der Kirche hingen nur noch wenige Blätter. Eine Oma zog ihren Enkel aus dem Gebüsch.

»Dass man mit Mitte fünfzig ausgebrannt ist, ist normal«, fuhr Krings fort und hatte damit zumindest meine Aufmerksamkeit wieder. »Seit Monaten hat er keine neuen Ideen, verärgert Kunden, versaut Aufträge. Schon vor ein paar Jahren hatte er psychische Probleme, aber jetzt dreht er ganz durch.«

Orlando sah immer noch auf den Platz hinaus.

»Horst liebt Feuer, er hat ein Faible fürs Pyromanische.«

Erst jetzt hob Orlando den Kopf und wandte ihn Krings zu.

»Seine Tischfeuerwerke sind berühmt. Er weiß alles über Sprengungen und Explosionen, was ein Laie wissen kann. Vor zwei Wochen«, Krings lehnte sich zu uns hinüber und sprach sehr leise weiter, »ist die Lagerhalle eines Kunden in die Luft geflogen, der zur Konkurrenz gegangen ist. Zufall, mögen Sie sagen, glaube ich aber nicht. Natürlich habe ich Horst vorsichtig darauf angesprochen, aber man kann mit ihm zurzeit über gar nichts reden. Um es kurz zu machen: Ich möchte nicht, dass er noch mal in der Klapse landet. Ich will, dass Sie ihn beschützen. Verhindern Sie eine weitere Zündelei! Wissen Sie«, fügte er hinzu, »ich verdanke ihm viel.« Dann legte er ein Foto auf den Tisch. »Er wohnt über dem Büro. Hier im Belgischen Viertel gibt es wahrscheinlich keine Kneipe, die er nicht kennt.«

»So eine Aktion kann teuer werden«, sagte ich.

»Das ist es mir wert«, meinte er und zückte sein Scheckbuch.

»Gehen die Geschäfte denn so gut?«, fragte Orlando.

»Es könnte besser sein. Wie überall, es geht nicht so richtig voran mit unserer Wirtschaft.«

Orlando hatte es mal wieder so gedreht, dass ich die Nachtschicht übernehmen musste. Horst Haak aß gern im Alcazar, dem Traditionslokal im Viertel, zu Abend. Er trug einen Trenchcoat und wirkte so zerknittert wie Bogart. Er saß hier öfter, das sah man, war aber mit niemandem vertraut. Er aß allein, trank allein, rauchte allein. Nach dem Essen schlurfte er durch die Brüsseler Straße, nahm noch ein paar Kölsch in einem neuen Bar-Tabak-Bistro auf der Aachener und ging dann nach Hause. Am darauffolgenden Abend fuhr er zu einer Abrissfirma nach Bickendorf, ein Kunde, wie Krings sagte. Ich parkte den Alfa davor und wartete, bis er nach Hause ging.

Über ihre Polizeikanäle erfuhr Orlando, dass Haak vor vier Jahren eine Bewährungsstrafe bekommen hatte, weil er eine Halle abgefackelt hatte. Aber in den nächsten sieben Tage zündete Haak nichts anderes als Zigaretten an. Harmloser konnte das Leben eines ausgebrannten Werbemannes nicht sein, und langweiliger kein Detektivjob. Nicht mal der Mond leistete mir in diesen einsamen Novembernächten Gesellschaft. Ich war froh, wenn Orlando mich um sechs Uhr ablöste.

Als ich am achten Morgen müde und verfroren nach Hause kam und Toni Beltz vor meiner Wohnung auf mich wartete, ahnte ich nichts Gutes. Er war so ziemlich der dämlichste Bulle, den ich kannte. Glücklicherweise war Berti Heins dabei. Mit dem konnte man reden.

»Kannste uns mal sagen, List, was dein blöder Alfa vor acht Tagen in Bickendorf zu suchen hatte?«, krächzte Toni.

»Ich war auf einer Party«, sagte ich, »die Abrissfirma ist nur Fassade. Dahinter verbirgt sich der heißeste Swingerclub von Köln. Wusstest du das nicht?«

Berti grinste, aber bei Toni dauerte es, bis er merkte, dass ich ihn auf den Arm nahm. Weil ich müde war, erzählte ich ihnen dann von der langweiligen Beschattung eines untreuen Ehemannes, was zumindest Berti mir irgendwie glaubte und was die Situation entspannte. Mir war klar, dass die Polizei niemals ermittelte, wenn in einer Abrissfirma ein Presslufthammer wegkam, also fragte ich, was für ein giftiges Zeug denn geklaut worden sei.

»Geht dich ‘nen Scheißdreck an«, knatterte Toni beim Rausgehen, aber Berti drehte sich auf der Treppe noch mal um und sagte: »Zwei Kilo Sprengstoff …«

Mir rutschte der Boden unter den Füßen weg, und mein Blutdruck schoss in die Höhe. Sollte Krings tatsächlich recht haben mit seinem Verdacht? Hatte Haak in Bickendorf Sprengstoff geklaut? Ich klingelte Krings wach.

»Lassen Sie mal Ihre Phantasie spielen: Was würde Haak als Nächstes in die Luft jagen?«

Zuerst murmelte er schlaftrunken unverständliches Zeugs, dann sagte er: »Das Crowne Plaza. Die haben gerade einen Auftrag, den wir so gut wie sicher in der Tasche hatten, anderweitig vergeben.«

Ich ließ ihn weiterschlafen und rief Orlando an.

»Merkwürdig, dass Haak & Krings schon wieder ein Auftrag durch die Lappen gegangen ist. Geh doch mal ins Crowne Plaza und krieg raus, wer da besser war! Ich bleibe derweil an Haak dran.«

Das Crowne Plaza war vor ein paar Jahren aufwendig renoviert worden. Aber auf der Rückseite sah es lange nicht so elegant und gläsern-leicht aus wie von vorne. Hier an der Händelstraße war am frühen Morgen schon ganz schön Betrieb am Lieferanteneingang. Ich fragte mich über die Küche zum Hoteldetektiv durch. Ohne große Probleme erfuhr ich, dass eine Werbeagentur namens Kühn & Partner den Auftrag bekommen hatte.

»Das Angebot kam ziemlich spät. Es war so gut wie das von Haak & Krings, aber günstiger«, erzählte mir die Geschäftsführerin.

Jetzt interessierte mich, wer denn bei der Firma Klammroth, deren Halle abgefackelt worden war, Haak & Krings den Auftrag weggeschnappt hatte. Ich war auf dem Weg dorthin, als Orlando anrief.

»Haak ist grade aus dem Haus gekommen. Hat ‘ne Plastiktüte dabei. Könnte ein Buch drin sein, aber auch …« Sie sprach nicht weiter.

»Wehe, du lässt ihn oder die Tüte auch nur einen Moment aus den Augen!«, drohte ich und gab Gas.

Interessanterweise hatte auch bei der Firma Klammroth die Agentur Kühn & Partner den Auftrag bekommen. Auch hier wurde das entscheidende Angebot kurz vor Abgabe eingereicht. Am Ende des Tages wusste ich, dass allein in diesem Jahr fünf Aufträge, für die sich beide Agenturen beworben hatten, an Kühn & Partner gegangen waren.

Ich fuhr zurück ins Belgische Viertel, bestellte mir beim Franzosen in der Antwerpener Straße eine

Fischsuppe und dachte nach. Sah ganz so aus, als ob Haak & Krings einen Maulwurf unter ihren Mitarbeitern hatten. Für mich war es einfach gewesen zu erfahren, an wen die Aufträge gegangen waren, also mussten es auch Haak & Krings wissen, zumindest Krings, wenn er damit recht hatte, dass Haak durchdrehte. Warum ließ er dann Haak beschatten? Der würde doch auf keinen Fall Informationen an die Konkurrenz geben. In meine Überlegungen hinein klingelte das Handy.

»Halt dich fest!«, sagte Orlando. »Haak hat den Sprengstoff. Der Kerl ist gemeingefährlich. Ich ruf jetzt die Bullen!«

»Warte noch!«, sagte ich. »Wo seid ihr?«

»Im Maxim.«

Hier im Belgischen Viertel brachte es überhaupt nichts, das Auto zu benutzen, also rannte ich zu Fuß über die Moltkestraße zur Aachener.

»Ich habe keine Ahnung, wie das Zeugs in meine Tasche gekommen ist«, hörte ich einen verzweifelten Haak schon beim Reinkommen.

»Wissen Sie, wer den Auftrag beim Crowne Plaza bekommen hat?«, fragte ich noch ziemlich außer Atem.

»Der Auftrag ist auch weg?« Haak verstand gar nichts mehr.

»Mit dem Sprengstoff könnte man das ganze Crowne Plaza in die Luft jagen«, donnerte Orlando.

»Ich hab noch Bewährung, ich rühr das Zeug nicht an«, greinte Haak.

»Und wer hat den Auftrag bei Klammroth bekommen?«, fragte ich.

»Eine Agentur aus Essen. Den Namen habe ich vergessen.«

»Wer hat Ihnen das gesagt?«

»Krings, mein Kompagnon.«

Mir wurde die Sache immer klarer.

»Kennen Sie eine Agentur Kühn & Partner?«, fragte ich dann.

»Klar kenn ich die. Gehört der Freundin von Krings. Er will mich immer überreden, mit deren Firma zu fusionieren. Habe aber kein Interesse.«

»Kühn & Partner hat Ihnen dieses Jahr schon fünf Aufträge weggeschnappt.«

Jetzt zitterte Haak am ganzen Körper.

»Krings!«, flüsterte er.

Ich nickte. »Sieht so aus, als wolle er sie aus Ihrem Laden kicken. Der Sprengstoff, die Beschattung durch uns, als verrückter Pyromane sind Sie geschäftsunfähig. Der hat wohl gedacht, wir sind alt und dämlich.«

Orlando fiel der Kiefer runter. »War mal ein guter Laden hier«, sagte sie dann, »hieß Nuffer, war ein Linken-Treff.« Sie konnte es überhaupt nicht haben, wenn ich besser war als sie. »Auch zu EWG-Zeiten mit Zeltinger und den Punks war er noch gut, aber jetzt? Alles hier im Viertel ist doch nur noch für so ein hippes Jungvolk!«

»Und überall diese Sushi-Läden«, pflichtete ich ihr bei.

»Wer mag schon rohen Fisch?«, grummelte Haak und nestelte am Handy, um seinen Anwalt anzurufen.

»Wie bei Bush«, murmelte Orlando und bestellte drei Kölsch. »Gregor W. Krings. Männern, die ihren zweiten Vornamen abkürzen, sollte man nie trauen.«

Frage: Wie heißt das auf fünfziger Jahre gestylte Café am Brüsseler Platz?

Erschienen am 30. November /1. Dezember 2002

31
39
27

Tumult in Deutz

Lokalderby. Die Kölnarena war voll besetzt. Auf den Stehplätzen hinter den Toren sangen sich die KEC-Fans in Stimmung, in den oberen Rängen schwangen die Düsseldorfer ihre rot-gelben Schals. Auf der Eisfläche spielten sich die Eishockey-Mannschaften warm. Ich hatte einen guten Platz unter den VIP-Lounges.

Jetzt wurde am Spielfeldeingang der Plastikhai aufgeblasen. Aus den Lautsprechern ertönte »Am Arsch der Welt liegt Düsseldorf«, und die KEC-Fans schunkelten und sangen so laut, dass die Buhrufe der Düsseldorfer nicht zu hören waren. Auf dem Spielfeld schwenkten Mitglieder des Fan-Clubs Inferno della Nord die KEC-Vereinsfahnen. Das Licht ging aus. Die großen Monitore zeigten den weißen Hai, aus den Lautsprechern erklang das bedrohliche Streicher-Thema der Filmmusik.

»Meine Damen und Herren«, drang die Stimme von Moderator Oliver Frühauf in die Dunkelheit hinein, »im Tor mit der Nummer 31, Chris –«

»– Rogles!«, brüllte die Masse den Nachnamen.

»Der Spieler mit der Numero 39«, fuhr Frühauf fort, »Leonard –«

»– Wild!«, skandierten die Zuschauer und klatschten Beifall.

Ein Hai nach dem anderen glitt aus dem Plastikmaul. Als der Spieler mit der Nummer 27 auf die Eisfläche glitt, sauste etwas an mir vorbei und ging drei Reihen tiefer zu Boden. Jemand brüllte und sprang auf, und ich sah den kleinen Mann, der zwischen den Stühlen hing. Die verrenkten Gliedmaßen und die weit geöffneten Augen sagten mir, dass er den Sturz nicht überlebt hatte. Das merkten jetzt auch die Leute vor und neben mir, Panik machte sich breit, während Oliver Frühauf der Arena weiterhin die Spieler ankündigte. Ich zwängte mich an meinen Nachbarn vorbei und rannte nach draußen, die Treppe hoch. Der Schiedsrichter pfiff unten das Spiel an, als ich gegen die Lounge-Tür eine Etage höher hämmerte.

Das hochrote Gesicht, das mir die Tür öffnete, gehörte Udo Klütsch, einem zwielichtigen Baulöwen, für den wir mal gearbeitet hatten. Mein Anblick verschlug ihm für einen Augenblick die Sprache.

»Ist 'ne private Feier hier, ziehen Sie Leine«, sagte er dann.

Er versuchte die Tür zu schließen. Ich klemmte meinen Fuß dazwischen. Klütschs rotes Gesicht wurde merklich blasser, als ich ihm von dem Toten erzählte. Sein Blick wanderte auf den Balkon der Lounge, wo sich die anderen Gäste knubbelten und aufgeregt gestikulierten.

»Nee, nee, das darf doch nich …«, stammelte er und wusste nicht weiter.

Ich wollte mich gerade an ihm vorbei zum Balkon vordrängen, als ich hinter mir ein Geräusch hörte. Ich rannte nach draußen, Klütsch wie ein verstörtes Hundchen hinter mir her. Die Tür zur Nachbar-Lounge stand weit offen, drinnen hing nur der Duft eines herben Parfüms in der Luft. Klütsch schnupperte und murmelte: »CK-one, das Parfüm würde ich überall erkennen.«

In diesem Augenblick hörte ich jemanden hinter mir die Treppen hinunterlaufen. Ich sah einen dicken KEC-Fan im Hemd von Shane Peacock, der Numero 73. Ich heftete mich an seine Fersen. Als die 73 merkte, dass ich ihr folgte, wurde sie schneller. Sie war sogar erstaunlich schnell für ihren Umfang. Wir rannten die Treppen hinunter. Parterre erwischte das rote Hemd einen Fahrstuhl und fuhr nach unten, Richtung Tiefgarage. Ich nahm die Kellertreppe. Der Aufzug war leer, als ich unten ankam. Ich öffnete die Tür zur Tiefgarage. Weit hinten blitzte es rot. Ich hatte Seitenstechen. Als mich das rote Hemd bemerkte, verschwand es hinter einer Betonsäule. Eigentlich wusste ich, dass ich jetzt verloren hatte, trotzdem rannte ich zu dem Pfeiler.

Ein Schlag auf den Kopf ließ mich zu Boden gehen. Als ich mich wieder aufgerappelt hatte, war niemand mehr da. Ich brauchte zehn Minuten, bis ich aus der Tiefgarage raus war und wieder vor der Kölnarena stand.

Die Nacht war kalt und sternenklar. Eine winzige, kaum erkennbare Mondsichel hing am Himmel. In den gläsernen, hell erleuchteten Gängen drängelten sich jetzt die Zuschauer. Das erste Spieldrittel war vorbei.

Von außen betrachtet sahen sie wie rote, schwarze und weiße Punkte aus, manchmal unterbrochen von einem rot-gelben Knäuel. Hinter mir hörte ich die ersten Polizeiwagen. Mein Kopf brummte. Vor dem Eingang zu meinem Sitzplatz hatte sich eine dichte Menschentraube gebildet. Ich drängelte mich durch. Die Securitys hatten den Bereich abgesperrt.

»Das ist sie!«, kreischte eine Blondine im Outfit der Nummer 21 und zeigte auf mich. »Die ist ganz schnell davongelaufen, als es passiert ist!«

»Platz da! Polizei!«, tönte es von hinten.

Die Stimme kannte ich. Sie gehörte Toni Beltz. Der war so ziemlich der selbstgefälligste Bulle, den ich kannte. Drinnen wurde das zweite Drittel angepfiffen.

»Na, Toni, lässt du jetzt die Halle räumen?«

Er schenkte mir einen genervten Blick. »Kann hier keine Einmischung in meine Arbeit brauchen, also zisch ab.«

Ich ersparte mir eine Antwort und erzählte, was passiert war.

»Haie-Trikot, rote Baseballkappe, dick, eins siebzig groß, Turnschuhe.«

»Mehr haste dir nicht merken können?«

»Obwohl er so dick war, war er ziemlich schnell.«

»Bist halt nicht mehr die Jüngste«, spottete Beltz. »So ein Bürojob wäre auf die Dauer viel besser für dich. Bist du sicher, dass es ein Mann war?«

So ungern ich es zugab, aber die Frage war berechtigt. Gefühlsmäßig tippte ich auf einen Mann, aber in den unförmigen Trikots konnte man das Geschlecht kaum erkennen, und viele KEC-Fans waren Frauen.

Das letzte Drittel lief schon, als ich endlich gehen konnte. Nachdem ich einen Express-Reporter abgewimmelt hatte, warf ich noch einen Blick in die Kölnarena. Es stand vier zu zwei für die Haie, die KEC-Fans schunkelten und sangen »Altbier macht blöd«. In der Halle herrschte Rosenmontagsstimmung. Mir war die Lust am Feiern vergangen.

Als ich am nächsten Morgen in unser Büro am Klapperhof kam, spielte Orlando Darts.

»Da lässt man dich einmal allein weg, schon fällt dir eine Leiche vor die Füße«, sagte sie.

Auf dem Schreibtisch lag der Express. Die Überschrift »Bauaufsicht in Kölnarena zu Tode gestürzt« sprang mir ins Auge.

»Du wolltest nicht mit«, antwortete ich und warf ebenfalls einen Pfeil. Der Wurf war schlecht. Darts war die einzige Sportart, in der Orlando besser war als ich.

»Stimmt!« Orlando traf wieder. »Es gibt nichts Schlimmeres als kostümierte Menschenmassen.«

Natürlich ließ sie sich die ganze Geschichte haarklein erzählen. Ich war kaum zu Ende, als Klütsch anrief.

»Wissen Sie, was mich der gestrige Abend mit den beiden Lounges gekostet hat? Ein Vermögen! Alles für die Katz. Da stürzt sich dieser Schäfer zu Tode! Hören Sie zu: Ich will, dass Sie den Fall übernehmen, finden Sie raus, was mit Schäfer passiert ist!«

»Zu viel der Ehre, Herr Klütsch«, ich stellte das Telefon laut, damit Orlando mithören konnte, »aber die Polizei ermittelt schon.«

»Na und? Sie wissen doch, wie die sind: Umständlich und manchmal nicht die Hellsten.«

»Wo er recht hat, hat er recht«, spöttelte Orlando.

»Gestern Abend«, fuhr er fort, »haben wir, ganz zwanglos versteht sich, über ein neues Bauprojekt geredet. Also, wenn das an die Öffentlichkeit kommt, dann sehe ich noch mehr von meinem Geld wegschwimmen.«

»Wir sollen also rausfinden, was mit Schäfer passiert ist?«, hakte ich nach.

»Rede ich etwa chinesisch?«, fauchte er.

»Hätte doch sein können, dass wir eher verhindern sollen, dass was über Ihr neues Bauprojekt bekannt wird.«

»Klar sollen Sie diskret ermitteln und vor allem schnell«, polterte er, »aber Mord ist Mord. So was würde ich niemals vertuschen. Also?«

Ich wechselte einen Blick mit Orlando. Sie nickte.

»Okay«, sagte ich, »mal sehen, was wir tun können. Machen Sie eine Liste von den Leuten, die gestern bei Ihnen waren!«

»Und die, die gegangen sind, bevor die Polizei kam, soll er extra vermerken!«, ergänzte Orlando und warf noch schnell ein paar Pfeile. »Wetten, dass die ganze Baumafia bei Klütsch war?« Orlando sprang auf und rieb sich die Hände. So ein Fall war ganz nach ihrem Gusto. »Ob Paffrath den Schäfer schon auf dem Seziertisch hat?«

Sie griff zum Hörer. Paffrath war Gerichtsmediziner und spielte mit Orlando im selben Schachclub. Ich bin nie dahintergekommen, warum er Orlando immer so bereitwillig Auskunft gab. Orlando schäkerte nie, sie kam immer direkt zur Sache, und Paffrath antwortete brav.

»Schäfer hat einen Schlag auf den Hinterkopf bekommen, bevor er über die Brüstung ging.« Orlando hatte auf Mithören gestellt. »Der Genickbruch war ein Unglück, bei der Fallhöhe hätte er mit ein paar Schrammen davonkommen können.«

Vielleicht ließ sie Paffrath beim Schach immer gewinnen?

»Kein geplanter Mord, eine Tat im Affekt?«, folgerte Orlando fragend.

»Aber ein ziemlich gut geplanter Affekt«, meinte ich. »Schließlich ist die Kölnarena während eines Eishockeyspiels nur fünf Minuten dunkel.«

Am nächsten Morgen spuckte das Faxgerät die Liste aus. Mit Klütschs Gästen hätte man eine ganze Stadt bauen können. Es war alles vertreten: Architekten, Baustoffhändler, Bauträger, Bauunternehmer und mit Schäfer und einer Frau Pacht die städtische Bauverwaltung.

»Zwei Leute gingen, bevor die Polizei kam. Ein Architekt namens Goddes und Frau Pacht«, murmelte Orlando. »Fangen wir doch mit denen an! Kopf oder Zahl?«

Orlando warf eine Münze. Für mich blieb Frau Pacht.

Das Bauaufsichtsamt der Stadt Köln war am Willy-Brandt-Platz in dem neuen Verwaltungsgebäude an der Kölnarena untergebracht. Frau Pacht wollte mich nicht in ihrem Büro sehen, sondern sich in einer Kaffeebude auf der Deutzer Freiheit mit mir treffen. Sie war eine von diesen in schwarz-grauer Eleganz gekleideten Frauen, denen man ansah, dass sie den Biss hatten, es weit zu bringen. Nach einem Blick auf die Uhr und auf das bereitgelegte Handy sah sie mich herausfordernd an: »Bringen wir's hinter uns. Was wollen Sie wissen?«

Sie war in der Bauaufsicht für die Beratung von Bauherren und Architekten zuständig und hatte eng mit Schäfer zusammengearbeitet. Der war für die Vorprüfung aller Anträge zuständig gewesen.

»Sehen Sie, Klütsch möchte einen Geschäftspark in die Brache zwischen Messe und Zoobrücke bauen. Eine Idee, die ich sehr befürworte. An dem Abend waren interessierte Bauherren und Architekten da.«

»Und Schäfer?«

»Klütsch wollte ihn schon im Vorfeld für das Projekt begeistern, um sicher zu sein, dass sein Antrag wohlwollend geprüft wird.«

»Das klingt schwer nach Klüngeln«, meinte ich.

Frau Pacht lächelte milde. »Solch große Projekte lassen sich nur durch eine enge Kooperation von Wirtschaft und Verwaltung umsetzen!«

So konnte man es natürlich auch sehen.

»Und? Hätte Schäfer wohlwollend geprüft?«

»Er stand dem Projekt kritisch gegenüber. Er meinte, dass ein weiterer Geschäftspark neben dem, der jetzt in Kalk auf dem ehemaligen CFK-Gelände entsteht, zu viel sei.«

Freunde wird er sich an dem Abend mit dieser Position wohl kaum gemacht haben. Aber wer würde ihn deshalb über die Brüstung stoßen?

»Warum sind Sie an dem Abend früher gegangen, Frau Pacht?«

Sie dachte nach, bevor sie sagte: »Sie würden es ja doch erfahren. Felix Schäfer und ich hatten seit einiger Zeit eine Affäre. Sein Tod ist mir sehr nahegegangen. Ich wollte nur noch allein sein!«

»Mein Beileid«, murmelte ich. »Wusste seine Frau davon?«

»Wo denken Sie hin? Da sind Männer doch immer feige!«

Mehr wollte sie nicht sagen. Ich sah ihr nach, wie sie in ihrem schmalen schwarzen Mantel die Deutzer Freiheit Richtung Willy-Brandt-Platz entlangging.

Selbst von hier aus war die Kölnarena unübersehbar. Henkelmännchen wurde sie von den Kölnern spöttisch genannt. Der Begriff passte!

Orlando rief an. Wir wollten uns in der Siegesstraße treffen.

»Weißt du, warum hier alle hinrennen?«, fragte ich sie mit einem Blick auf die vergilbten Tapeten der verräucherten Kneipe.

»Hier steht die Zeit still«, sagte sie, »Lommi altert nicht. Nichts wird besser, nichts wird schlechter. Ein irdisches Nirwana.« Versonnen nahm sie einen Schluck Päffgen.

»Was ist mit Goddes?«, fragte ich, um Orlando wieder ins Reich der Tatsachen zurückzuholen.

»Er hat mir die Pläne für das Projekt gezeigt, ziemlich großkotzig. Er ist ein eitler Fatzke! Armani-Anzug, teures Parfüm. Und wie der mit seinen Leuten umspringt.«

»Und warum ist er früher weg?«

»Er hatte noch einen Termin. Schäfer soll übrigens kurz vor seinem Ende einen Anruf bekommen haben. Goddes hat gesehen, wie er mit seinem Handy nach draußen in die Nachbar-Lounge ging. Die hatte Klütsch mit angemietet, damit man dort vertrauliche Zweiergespräche führen konnte.«

»Sein Mörder hat ihn nach nebenan gelockt?«

Mein Telefon klingelte. Bei der Lautstärke, die hier in der Kneipe herrschte, war es ein Wunder, dass ich es überhaupt hörte.

»Habt ihr schon was erreicht?«, fragte Klütsch.

»Wissen Sie, mit wem Schäfer kurz vor seinem Tod telefoniert hat?«, brüllte ich in den Hörer hinein.

»Keine Ahnung. Vielleicht mit seiner Frau? Die war nicht dabei, obwohl ich sie ausdrücklich eingeladen hatte. Weiß doch, was für ein großer KEC-Fan sie ist!«

»Kleine Gefälligkeiten, damit er ihr Projekt unterstützt?«, fragte ich.

»Wer sagt das? Goddes? Dem ist doch der Arsch auf Grundeis gegangen. Der kann mit seinem großen Architektenbüro das nächste Jahr nur überleben, wenn er den Auftrag für das Projekt kriegt. Ich habe da noch ganz andere Eisen im Feuer! Das ist ein großartiges Projekt, alle ziehen an einem Strang, nur Schäfer musste Bedenken haben.«

»War das Dankeschön, das Sie ihm angeboten haben, vielleicht nicht üppig genug?«

»Ach, hören Sie auf! Seit Rüthers und Biciste aufgeflogen sind, sind alle so vorsichtig geworden. Also, was ist jetzt?«, drängelte er.

»Ich sag's ganz ehrlich: Das sieht nicht gut aus für Sie und Ihre Gäste. Jeder, der mit dem Projekt Geld verdienen wollte, hatte ein Motiv, Schäfer auszuschalten.«

»Durch Schäfers Tod verzögert sich doch jetzt alles. Wer weiß, wie lange es dauert, bis die Nachfolge geregelt ist. Nee, nee, von meinen Gästen war's keiner. Sie müssen den Täter außerhalb suchen.«

Orlando bestellte seelenruhig ein weiteres Kölsch. »Ganz schön nervös, unser Auftraggeber«, meinte sie.

»Mir ist es hier zu voll«, sagte ich, »ich schaue mir mal die Witwe an.«

Ich ließ Orlando in Lommis Bruchbude zurück und war froh, wieder an der frischen Luft zu sein. Die Schäfers wohnten am Reischplatz, einem ruhigen Plätzchen mit großen Gründerzeithäusern parallel zur Deutzer Freiheit. Ich suchte noch das Namensschild, als die Tür aufgerissen wurde und eine Frau im Trainingsanzug vor mir stand. Das Alter stimmte, also probierte ich mein Glück.

»Frau Schäfer?«, fragte ich.

»Der Presse sage ich gar nichts!« Sie war ein sportlicher Typ: Kurzhaarschnitt, schlanke Figur, forscher Ton. »Klütsch will wissen, wer meinen Mann umgebracht hat?«, sie lachte trocken und verächtlich. »Wenn der nicht selbst dahintersteckt! Sie entschuldigen, ich muss los!«

Frau Schäfer schob Handy und Schlüssel in die Hosentasche, klemmte die Ellenbogen in die Seiten und marschierte los. Sie walkte. Mir blieb nichts anderes übrig, als mich ihrem Laufstil anzupassen.

»Klütsch sagt, er habe Sie auch eingeladen.«

Wir liefen die Deutzer Freiheit Richtung Rhein.

»Klütschs kleine Feste können mir gestohlen bleiben!«

Sie hatte einen strammen Schritt. Bald lag das Hyatt hinter uns, und wir näherten uns dem großen Messegelände.

»Kennen Sie Frau Pacht?«

»Flüchtig. Sie ist eine Kollegin meines Mannes.«

Diesmal hörte ich mein Handy laut und deutlich. »Komm mal so schnell wie möglich ins Präsidium«, kommandierte Toni Beltz. »Wir haben das 73er Trikot gefunden.«

»Mein Mann ist ein paarmal mit ihr ins Bett gegangen«, sagte Frau Schäfer, als ich sie eingeholt hatte. »Das wollten Sie doch wissen, oder? So was kommt in den besten Ehen vor. Kann sein, dass sie sich mehr erhofft hatte.«

Ich nickte. Gerade wie eine Kerze walkte sie weiter, während ich zurück zum Reischplatz trabte.

Großzügig und proper wie bei einer Versicherung sah der Empfang des neuen Polizeipräsidiums aus, aber in den Fluren hatte sich längst der vertraute Geruch aus Angst, Kaffee, Schweiß und Zigaretten festgesetzt. Ich schaute mir die Sachen an. Klar könnte es dieses Trikot gewesen sein. Die Polizei hatte die Sachen in dem kleinen Park vis-à-vis der Kölnarena gefunden.

»Du verrätst mir nicht zufällig, mit wem Schäfer vor seinem Tod noch telefoniert hat?«, fragte ich Beltz.

»Wieso telefoniert? Wir haben kein Handy gefunden.« Er bugsierte mich Richtung Tür. »Morgen drehe ich Klütschs Gäste durch die Mangel. Wird nicht lange dauern, bis wir den Täter haben.«

Ich traf Orlando in dem kleinen Park, in dem die Polizei das Trikot gefunden hatte. Sie hatte eine Tüte Berliner gekauft. Die Sonne schien, es war ein milder Januartag. Wir setzten uns auf eine Bank.

»Blöder Fall«, sagte ich und biss in einen Berliner. Der Zucker rieselte mir übers Kinn. »Keine einzige heiße Spur.«

Orlando rieselte beim Essen kein bisschen Zucker übers Kinn. Sie starrte in den kahlen Winterpark. »Kissen!«, sagte sie plötzlich und deutete auf ein Gebüsch, unter dem ein alter Schlafsack, zwei Kissen und leere Bierdosen auf den Schlafplatz eines Penners hindeuteten. »Kissen! Kissen kann man benutzen, um sich dick zu machen. Den KEC-Fan, den du verfolgt hast …«

Jetzt merkte ich, worauf sie hinauswollte!

»Der war gar nicht dick, deshalb war er auch so schnell!«

»Genau!« Orlando nickte. »Apropos KEC-Fan: Warum hat die Schäfer ihren Mann eigentlich nicht begleitet? Laut Klütsch ist sie ein eingefleischter Haie-Fan!«

In meinem Hirn klickten mehrere Erinnerungsstückchen aneinander.

»CK-one!«, sagte ich und ließ Orlando ohne weitere Erklärungen sitzen. Ich rannte zurück zum Präsidium.

»Kann ich das Trikot noch mal sehen?«, fragte ich Beltz. Er gab es mir. Ich roch daran. Beltz verzog angewidert das Gesicht. Ich hatte recht. Das gleiche Parfüm, dessen Duft in der leeren Lounge gehangen hatte, das gleiche Parfüm, das ich an Frau Schäfer gerochen hatte.

Orlando wartete auf den Stufen zur Kölnarena.

»Das Parfüm«, sagte ich, »außerdem würde kein echter KEC-Fan auf solch ein Lokalderby verzichten.«

Orlando wiegte den Kopf hin und her. »Parfüm ist ein etwas nebulöser Beweis, findest du nicht? Und das Motiv? Eifersucht? Meinst du, Beltz kann ihr den Mord nachweisen?«, fragte sie und stand auf.

»Ich bin fest davon überzeugt, dass sich einer von Klütschs Gästen daran erinnern wird, Frau Schäfer gesehen zu haben«, meinte ich.

»Hast recht.« Orlando henkelte sich bei mir ein. »Für ihre Geschäfte tun die Herrschaften so manches.«

»Hat man doch hier an der Kölnarena gesehen!«, sagte ich und warf einen letzten Blick auf das monströse Gebäude.

»Die wird jetzt vielleicht Opfer des Hallenkannibalismus!«

»Hä?«

Orlandos Augen blitzten vor diebischer Freude.

»Ja«, sagte sie, »zu viele große Hallen in NRW. Die fressen sich gegenseitig.«

Erschienen am 8./9. Februar 2003

Frage: Wie heißt die legendäre Kneipe in der Siegesstraße, in der Orlando und List ein Bier trinken?

Rendezvous in Riehl

Die Sieboldstraße war erfüllt von Vogelgezwitscher aus der nahen Flora. Orlando klingelte. Erna Ganz öffnete die Tür. Sie mochte um die siebzig sein, drahtig, mit wachen Augen und stahlgrauen Dauerwellen. Sie führte uns ins Wohnzimmer, eine Melange aus Urwald und Handarbeitswut.

»Meine Tochter liebt Pflanzen«, seufzte die Ganz und bat uns, auf der zugehäkelten Couch Platz zu nehmen. »Wie ich schon am Telefon gesagt habe«, sie goss Kaffee in Goldrandtässchen, »ich habe Angst, dass sie auf einen Heiratsschwindler hereinfällt.«

Orlando stellte ihr Goldtässchen ab und runzelte die Stirn.

»Wie alt ist Ihre Tochter?«, fragte ich.

»Elke wird im Juli zweiundfünfzig. Mein Mann ist gestorben, als sie acht war. Seither sind wir unzertrennlich. Sie hat sich nie was aus Männern gemacht. Sie war immer zufrieden mit mir und dem Geschäft.«

Orlando runzelte die Stirn noch etwas mehr.

»Eisenwaren auf der Stammheimer Straße. Ich stehe noch jeden Tag im Laden. Müsst ich ja nicht, habe meine Rente ja längst durch, aber ich kann doch das Kind nicht allein lassen.«

Orlando rutschte unruhig über die Häkeldeckchen. Die Luft war feuchtwarm wie im Tropenhaus.

»Heiratsschwindler?«, hakte ich nach.

Die Ganz rupfte ein Batisttaschentuch aus dem Ärmel und tupfte sich die Mundwinkel. »Sie trifft sich seit einigen Monaten mit diesem Blumenhändler, Winfried Flammes.« Erna Ganz beugte sich zu uns vor. »Der Mann ist zu fett, er hat's mit dem Kreislauf. Aber nicht nur das. Ich bin sicher, er meint es nicht ehrlich mit meiner Tochter. Letzte Woche hat Elke zwanzigtausend Euro abgehoben. Wofür braucht sie das Geld, wenn nicht für ihn?«

»Haben Sie Ihre Tochter mal danach gefragt?« Endlich machte Orlando den Mund auf!

»Wenn Sie es schon heimlich abhebt, dann sagt sie es mir bestimmt nicht.« Die stahlgraue Dauerwelle wippte energisch auf und ab. »Deshalb habe ich Sie ja engagiert. Finden Sie raus, ob er ein Betrüger ist. So was können Sie doch, oder?«, herrschte sie uns an.

Orlando zog scharf die Luft ein.

»Klar doch«, sagte ich.

»Wie viel bekommen Sie?« Die Ganz förderte aus ihrer Schürzentasche ein Scheckbuch zutage. Orlando nannte ungerührt den Höchstsatz. Sie trug die Summe ein. Das schien ihr das Seelenheil der Tochter oder das eigene wert zu sein.

Kaum vor der Tür, hastete Orlando durch die Garthestraße Richtung Riehler Gürtel. Ich hatte Mühe, mit ihr Schritt zu halten.

»Fürchterlich«, stöhnte Orlando. »Man kann der Tochter nur wünschen, dass sie es schafft, aus den Krallen der Alten zu entkommen.«

»Hoffentlich kommt sie nicht vom Regen in die Traufe!«, japste ich und zog Orlando am Arm, damit sie endlich stehen blieb. »Und jetzt?«, fragte ich dann.

»Rausfinden, wo der Typ wohnt!«, meinte Orlando.

Flammes wohnte auch in Riehl, in der Goldfußstraße, ganz in der Nähe des Blumengroßmarktes. Orlando machte sich auf den Weg dorthin, während ich zur Stammheimer Straße ging, um einen Blick auf die Tochter zu werfen.

Elke Ganz war früh gealtert. Sie sah wie die jüngere Schwester ihrer Mutter aus, allerdings hatten ihre Augen nicht deren lebhaften Blick. Ihre Stimme piepste, und sie bediente die Kunden kurz und knapp. Ich kaufte eine Packung Nägel bei ihr und wartete in der Bäckerei nebenan. Pünktlich um eins schloss Elke Ganz ihren Laden ab, rückte den kanariengelben Seidenschal zurecht und marschierte Richtung Riehler Gürtel.

Ich folgte ihr langsam. Sie ging nicht nach Hause, sondern weiter bis zur Flora. Das prächtige Fin-de-Siècle-Restaurant glänzte im Frühlingslicht. Aber das interessierte Elke nicht. Sie umrundete das Gebäude schnell, ließ auch die Gewächshäuser links liegen, beachtete die mit Narzissen übersäten Wiesen kaum und interessierte sich auch nicht für die Zeitungsartikel, die überall aushingen und vor dem drohenden Verkauf der Flora warnten. Sie marschierte schnurstracks auf die riesige Blutbuche hinter den beiden Glaskästen zu. Von dort winkte ihr ein rotbackiger Dicker mit Minipli-Locken. Mädchenhaft hüpfte sie auf ihn zu. Das also war der angebliche Heiratsschwindler!

Im Steingarten dahinter entdeckte ich Orlando, die Flammes in die Flora gefolgt war. Winfried bot Elke den Arm, und turtelnd schlenderten sie in Richtung Nutz- und Heilkräuter. Vor einem Beet verweilten sie länger und besahen sich die kaum sichtbaren Sprösslinge genau. Stechapfel, Bilsenkraut, Hundspetersilie, Wasserschierling las ich auf den Schildern. Was interessierte das Pärchen an hochgiftigen Pflanzen?

»Würde mich nicht wundern, wenn sie die Alte vergiften wollen«, knurrte Orlando.

Die zwei spazierten zum Tropenhaus. Orlando deutete auf die ausgehängten Zeitungsartikel. »Kölner, wehrt euch gegen den Ausverkauf der Flora!« Ich nickte und lugte dabei über ihre Schulter. Unter einer rotblühenden Kamelie öffnete Elke ihre Handtasche und holte einen großen Umschlag für Winfried heraus. Der küsste sie daraufhin stürmisch. Dann verabschiedete sie sich schnell.

»Paffrath hat für mich im Polizeicomputer nachgesehen«, berichtete Orlando. »Polizeilich ist Flammes noch nie aufgefallen, weder mit Bigamie noch mit Betrug noch mit sonst was. Ich wette, der ist sauber.«

»In dem Umschlag könnten die zwanzigtausend Euro gewesen sein«, gab ich zu bedenken.

Flammes schlenderte jetzt die Stammheimer Straße hinunter. Ecke Riehler Gürtel betrat er eine Filiale der Stadtsparkasse. Ich hastete hinterher, sah, dass er einen größeren Betrag einzahlte, konnte aber nicht erkennen, ob er das Geld seiner Brieftasche oder Elkes Umschlag entnommen hatte.

»Arbeitet Gisela noch bei der Stadtsparkasse?«, fragte Orlando, als ich zurück war.

Das tat sie. Aber meine Schwester hasste es, für mich etwas Illegales zu tun. Zurück in unserem Büro im Klapperhof musste ich lange auf sie einreden, bevor sie für mich Flammes' Konto einsah. Der Mann war mit zwei Krediten verschuldet und konnte die fünftausend Euro gut gebrauchen, die er heute eingezahlt hatte.

»Verschuldet? Das habe ich mir gedacht«, triumphierte die alte Ganz.

»Es ist überhaupt nicht sicher, dass er das Geld von Ihrer Tochter hat«, widersprach ich.

»Warten Sie, bis er die restlichen fünfzehntausend Euro einzahlt!«, beharrte sie.

Aber in der nächsten Woche tauchte kein weiteres Geld auf seinem Konto auf. Stattdessen traf Flammes sich weiter mit Elke in der Flora. Sie turtelten täglich, bis er auf einmal nicht mehr auftauchte. Elke wartete und wartete. Auch am nächsten Tag erschien der Dicke nicht. Am dritten Tag irrte sie nach der Arbeit durch Riehl. Unterwegs klingelte mein Handy.

»Er hat noch fünfzehntausend Euro einbezahlt«, sagte meine Schwester. Arme Elke! War sie tatsächlich auf einen Betrüger hereingefallen.

»Bleib noch an ihr dran«, meinte Orlando, als ich ihr alles erzählt hatte.

Elke ging in die Goldfußstraße und klingelte bei Flammes, aber niemand öffnete. Tränen rannen über ihr Gesicht, als sie sich auf den Betonpoller vor der Haustür setzte. Sie wartete die ganze Nacht. Ein prächtiger Vollmond schien auf sie, aber der Dicke kam nicht. Gegen fünf Uhr morgens machte sie sich auf den Weg zum Blumengroßmarkt. Ich rief Orlando an. Sie kam schnell. Am Blumengroßmarkt huschte Elke am Pförtner vorbei, aber mich hielt er fest.

»Sie können da nicht rein«, polterte er.

Es dauerte, bis Orlando mich losgeeist hatte. Wir hetzten in die Halle.

»Wo steht Winfried Flammes?«, fragte ich einen der Händler.

»Alpenveilchen, dritte Ecke links.«

Wir eilten an Rosen und Ranunkeln, an Tulpen und Narzissen vorbei. Schluchzend stolperte Elke durch den Gang, dem Ausgang entgegen. Flammes stand starr in einem rosa Blütenmeer. Orlando zückte ihren Detektivausweis.

»Was war in dem Umschlag, den Elke Ganz Ihnen in der Flora zugesteckt hatte?«, fragte sie eisig.

»Fotos, Blumenfotos«, stammelte der Dicke.

»Und wie haben Sie ihr die zwanzigtausend Euro abgeluchst?«, blaffte ich ihn an.

»Ich habe von Elke kein Geld genommen«, flüsterte er.

»Wir gehen hier nicht weg, bis Sie Elkes Geld herausgerückt haben«, drohte Orlando.

»Das Geld ist nicht von Elke«, winselte er. »Die Mutter hat mir fünfzehntausend Euro …«

»Wieso gibt Ihnen die alte Ganz fünfzehntausend Euro?«, fragte ich ungläubig.

»Sie hat gesagt, entweder ich nehme das Geld, oder sie ekelt mich sonst wie weg«, murmelte er kleinlaut.

Mir verschlug es die Sprache, und Orlando spuckte kräftig auf die Alpenveilchen.

Es war kurz nach sechs, als wir in der Sieboldstraße ankamen. Elkes Schluchzen war bis auf die Straße zu hören.

»Sei froh, dass du ihn los bist, er war ein Betrüger. Das weiß ich von den zwei Detektivinnen.« Die alte Ganz klang frisch wie der junge Morgen.

Orlando klingelte Sturm. Elke saß mit verweinten Augen am Küchentisch.

»Er war kein Betrüger«, sagte Orlando zu Elke, »Ihre Mutter hat ihn gekauft.«

»Ein Mann, der sich für fünfzehntausend Euro kaufen lässt, ist deiner nicht wert, Kind!«, sagte Erna ungerührt.

»Lass mich doch endlich mein Leben leben, Mutti!«, heulte Elke auf.

Wortlos verließen wir die zwei. Draußen zwitscherten wieder die Vögel. An den Bäumen blitzte schon frisches zartes Grün. Alles war friedlich. Wie trügerisch.

Frage: In welcher Straße liegt der Kölner Blumengroßmarkt?

Erschienen am 26./27. April 2003

Aldi
Aldi
Aldi

Blutspur durch Bilderstöckchen

Eine heiße Julisonne brannte unbarmherzig auf die verrosteten Schienen. Auf dem verlassenen Eisenbahngelände fand sich kein Baum, der hätte Schatten spenden können.

»Wieso bist du so sicher, dass er hier ist?«, fragte ich Erwin und wischte mir den Schweiß von der Stirn.

»Am Stellwerk 3 hat Branko sich oft rumgetrieben. Ich hab's im Urin, dass er hier irgendwo sein muss.«

Erwin Schmitz war lange mein Nachbar gewesen. Als mein Sohn Pepe klein war, hatte Erwin oft auf ihn aufgepasst, wenn ich arbeiten musste. Ich schuldete ihm mehr als einen Gefallen.

»Jetzt schau dir das an!« Erwin deutete auf die eingetretene Tür des verlassenen Stellwerks.

Wir stiegen die Treppen hoch. Neben leer geräumten Spinden verrottete eine aufgequollene Matratze. Der riesige Blutfleck in der Mitte war schon eingetrocknet, aber noch rot. Daneben lag ein winziger, zerbrochener, goldener Engel. Keine Spur von Branko. Von hier oben übersah man das ganze Gelände. Nirgendwo eine Menschenseele. Die Hitze war unerträglich. Mein Kreislauf spielte verrückt.

»Da hinten ist noch eine Rangierbude!« Erwin schwitzte nicht mal.

Ich stolperte hinter ihm her. Schon der Gestank, der in der Luft hing, als wir uns der Bude näherten, ließ nichts Gutes ahnen. Ich schob Erwin zur Seite und ging vor. Ein schwarzer Klumpen Fliegen surrte über dem zerronnenen Blut. Der Kopf war zu Brei geschlagen, ich besah mir den schmächtigen Körper.

»Das ist ja fast noch ein Kind«, sagte ich zu Erwin.

Dann wurde mir schwarz vor Augen.

»Wach auf, List!« Erwin wedelte mit seinem Hemd vor meiner Nase herum.

»Ist der Junge Branko?« Ich rappelte mich auf.

Erwin nickte und sagte: »Ich hab schon die Polizei angerufen. Und Orlando.«

»Es dauert, bis die uns hier finden«, meinte ich. »Geh zurück zur Longericher Straße und zeig ihnen den Weg!«

Auf der Suche nach etwas Schatten schleppte ich mich auf die Rückseite der Bude. Da sah ich die Blutspur. Ich folgte ihr. Sie zog sich über die Gleise bis zu einem grasbewachsenen Abstieg in einen Straßentunnel. Dort hörte sie auf. Bis hierhin hatte man den Toten gefahren und ihn dann zu den Gleisen geschleppt. Als ich wieder bei der Rangierbude war, wimmelte es bereits von Leuten.

»Sperrt das Gelände großzügig ab!«, hörte ich Toni Beltz schreien.

Ausgerechnet Beltz! Wir zwei waren schon einige Male aneinandergerasselt. Ich suchte Erwin. Er hatte sich auf einen kleinen Betonklotz gesetzt und sein Gesicht zwischen den Händen vergraben. Ich ging zu ihm, Beltz schnaubte hinter mir.

»Du bist ein echter Albtraum«, schimpfte er genervt.

»Im Stellwerk 3 ist auch noch Blut«, sagte ich, »außerdem ist der Tote nicht hier umgebracht worden.«

»Wahrscheinlich weißte auch schon, wer der Mörder ist«, keifte Beltz, »ich will jetzt wissen, was du hier machst!«

Ich sah Erwin fragend an, und der nickte.

»Der Tote heißt Branko Tanic«, legte ich los. »Erwin und Tanic waren Arbeitskollegen bei der Milchversorgung Rheinland auf der Geldernstraße.«

»Campina heißt das heute«, verbesserte mich Erwin.

»Tanic ist seit zwei Tagen nicht bei der Arbeit erschienen, zu Hause war er auch nicht. Brankos Mutter hat Erwin angerufen und Erwin mich ...« Erwin schüttelte weiter ungläubig den Kopf und vergrub wieder sein Gesicht.

»Bring ihn hier weg«, zischte Beltz mir zu, »ich melde mich, wenn wir hier fertig sind.«

Als wir an der Longericher Straße in meinen Alfa einstiegen, kam Orlando angeradelt.

»Wir treffen uns bei Erwin«, rief ich ihr zu, »er wohnt in der Speyerer Straße 33.«

Vor drei Jahren hatte Erwin das Häuschen seiner Eltern im pfälzischen Viertel von Bilderstöckchen bezogen. Die Gegend hier war in den fünfziger Jahren entstanden: schmale Häuschen mit ordentlichen Vorgärten und gepflegten Straßen, Wirtschaftswunder für die kleinen Leute. Erwin führte uns auf die Terrasse und schleppte Wasserflaschen heran. Wir saßen kaum, als im Nachbargarten das besorgte Gesicht eines jungen Mädchens auftauchte.

»Ludmilla ist mit Branko zur Schule gegangen«, flüsterte Erwin mir zu.

Der eigentlich schlanke Körper war in ein viel zu weites T-Shirt gesteckt, vielleicht um die großen Brüste und den kleinen Bauch zu verstecken. Sie schwitzte stark, selbst auf der Brust war ihr Hemd nass. Erwin ging auf das Mädchen zu.

»Man hat ihn erschlagen«, sagte er leise.

Ludmilla erstarrte und lief schnell ins Haus zurück.

»Hatte sie was mit Branko?«, fragte Orlando.

»Ludmilla? Die darf nicht mal in die Disko. Die Eltern sind sehr streng. Davon abgesehen: Branko hatte kein Glück bei Mädchen.« Erwin schüttelte den Kopf. »Ich hab ihm immer gesagt, er soll sich von den Gangs fernhalten«, murmelte er.

»Jetzt mal von vorne«, befahl Orlando, die bis jetzt nur Bahnhof verstand.

»Der Junge war neunzehn, sah aber noch aus wie vierzehn, wohnte Am Bilderstöckchen, 'ne herbe Ecke«, meinte Erwin, »da hat kaum einer Arbeit, Branko war 'ne Ausnahme. Da schließen sich die Jungs zu Banden zusammen, damit sie was zu tun haben. Branko gehörte nirgends dazu, wollte er aber immer. Manchmal hat er Nachrichten von der einen zur anderen Bande gebracht. Vielleicht hat er was aufgeschnappt, was er nicht hören sollte? Von einem Harun hat er öfter erzählt. Könnt ihr euch ein bisschen umhören? Irgendwie fühle ich mich für den Jungen verantwortlich …« Erwin blickte uns unglücklich an.

Orlando war überhaupt nicht begeistert, aber ich nickte. Wie gesagt: Ich schuldete Erwin mehr als einen Gefallen.

Die grauen Plattenbauten Am Bilderstöckchen flirrten in der Hitze. Aldi-Flyer und ein zerfledderter Express lagen verstreut auf der Straße. »Schon wieder ein Baby im Moses-Fenster abgegeben«, stand im Express. Vor Luckys Haus lungerten ein paar muskelbepackte Jungs herum. Eine dicke Türkin schleppte vier Einkaufstüten über den Zebrastreifen.

»Kennt ihr Harun?«, fragte ich die Jungs.

»Wer will das wissen?«, fragte der größte und plusterte seinen mit Anabolika aufgeblähten Körper vor mir auf. An seinem Hals baumelte ein goldener Engel, nicht zerbrochen.

»Ich bin eine Freundin von Branko«, sagte ich, »richtet ihm aus, dass ich ihn sprechen will!«

Orlando nahm an der Bushaltestelle Platz. Eine halbe Stunde verging, bis aus Richtung Escher Straße ein paar Typen auftauchten. Ein geölter schwarzer Pferdeschwanz kam auf mich zu.

»Harun?«, fragte ich.

Er spuckte vor mir auf den Boden. »Wat is mit der Ratte?«, fragte er.

»Branko ist tot«, sagte ich, »weißt du, wer ihn erschlagen hat?«

»Hey Alte, willste mich verarschen oder wat?«, fuhr er mich an. »Ich vergreif mich nicht an so 'nem Hemd! Auch nicht an Omas, sonst würde ich dir die Fresse polieren. Verpiss dich!«

Er spuckte wieder vor mir aus. Als ich nicht sofort reagierte, pfiff er, und der goldene Engel und die anderen Muskelpakete kamen auf mich zu. Ich verabschiedete mich schnell.

»Sah nicht gut aus«, meinte Orlando.

»Warum pumpen die Jungs ihre Körper mit so einem Scheiß voll?«, fragte ich.

»Sie haben sonst nichts, in das sie investieren können«, meinte Orlando. »Und jetzt?«

Wir gingen bis zur Escher Straße. Dahinter erstreckten sich Wiesen und Schrebergärten, die bis zum Blücherpark reichten. Es war Zufall, dass ich die dünne Blutspur am Wegrand entdeckte, die blutverschmierte Schubkarre jedenfalls lag gut verborgen hinter einer Weißdornhecke. Wenn das Blut von Branko war, dann hatten sie die Schubkarre dazu benutzt, ihn bis an die Gleise zu fahren.

Orlando rief Beltz an. Er und seine Jungs waren schnell zur Stelle. Das Blut war nicht von Branko.

»Und das Blut im Stellwerk?«

Beltz knurrte.

»Er hat mal wieder keine Ahnung«, seufzte Orlando.

»Ist von einem Mädchen«, zischte er, »das hat dort entbunden, wir haben den Mutterkuchen gefunden. Und jetzt haut ab.«

Wir liefen weiter die Escher Straße entlang. Der Express-Artikel fiel mir ein.

»Ist diese Baby-Klappe nicht ganz in der Nähe?«, fragte Orlando.

»Auf der anderen Seite des Gürtels«, murmelte ich.

Ein Mädchen hatte heimlich auf dem einsamen Bahngelände entbunden. Sie war in ganz großer Not, niemand durfte davon erfahren. Und Branko hatte sie mit dem Kind gesehen. Er kannte sie, deshalb musste er sterben.

»Sie war aber nicht allein«, folgerte Orlando, »nach der Geburt hätte sie nicht die Kraft gehabt, Branko zu erschlagen.«

Der goldene Engel – das Mädchen hatte ihn verloren, der Junge vor Luckys Haus hatte den gleichen. Waren die beiden ein Liebespaar gewesen? Hatte der Junge Branko erschlagen? Das zu klären war jetzt Beltz' Job.

»Das Mädchen zu finden ist reine Fleißarbeit«, meinte Orlando, »bei den Blutspuren im Stellwerk.«

Wir waren jetzt auf der Höhe des Dreikönigsgymnasiums angelangt. Auf dem Schulhof rauchten ein paar Schülerinnen mit bauchfreien T-Shirts. Ich dachte an Ludmilla, das Mädchen mit dem weiten Hemd und den strammen Brüsten. Die Flecken auf der Brust, das war kein Schweiß gewesen, das war Muttermilch.

»Ich weiß, wer das Baby bekommen hat«, sagte ich zu Orlando.

Als wir im Pfälzer Viertel ankamen, stand ein Krankenwagen mit Blaulicht vor Ludmillas Haus. Die Nachbarschaft war vollzählig versammelt.

»Sie hat Schlaftabletten genommen«, sagte Erwin fassungslos.

Eine halbe Stunde später saßen wir drei stumm im Biergarten des SV Olympia, im Niemandsland zwischen Bilderstöckchen, Nippes und Ehrenfeld. Um uns herum Bahngleise, über uns hing im noch hellen Himmel ein weicher Halbmond. Züge fuhren in alle Richtungen. Nur Bilderstöckchen lag am Abstellgleis …

Erschienen am 12./13. Juli 2003

Frage: Wie heißt die Institution in der Escher Straße, an der sich die Babyklappe befindet?

Strandgut vor Stammheim

In der Luft hing ein zarter Hauch von Weihrauch. Durch die schlichten Glasfenster im Chor fiel ein sanftes Licht auf die barocke Marienstatue des Seitenaltars. Pfarrer Munz nestelte an seiner Aktentasche und holte eine hässliche weiße Marienfigur aus Plastik heraus.

»Drei Stück sind davon angeschwemmt worden in den letzten Tagen, unten beim Klärwerk. Genau wie diese hier!« Der dünne, blasse Mann deutete auf die große Marienstatue des Seitenaltars. »Diese Madonna ist vor ein paar Hundert Jahren bei einem Hochwasser angeschwemmt worden. Unserer lieben Frau werden Wunder wirkende Kräfte nachgesagt, bis heute ist die Kirche ein Wallfahrtsort. Wenn sich jetzt die Sache mit den neuen Madonnen herumspricht, ich weiß nicht, was dann passiert.«

Orlando betrachtete scheinbar unbeteiligt den Marienaltar. Pfarrer Munz räusperte sich erwartungsvoll.

»Was soll denn passieren?«, fragte ich.

»Ein neues Wunder!« Pfarrer Munz lächelte sanft. Orlando starrte ihn fassungslos an. »So was kann man auch heute nicht ausschließen, und wenn dann die Massenmedien –«

»Was sollen wir jetzt für Sie tun?«, unterbrach ich ihn.

»Ich bin zwar ein gläubiger Mensch, aber bevor ich an ein Wunder glaube, müssen alle anderen Möglichkeiten ausgeschlossen werden können«, antwortete er. »Deshalb möchte ich, dass Sie herausfinden, wer Madonnen nach Stammheim treiben lässt!«

Orlando sog scharf die Luft ein.

»Na ja, der Rhein ist ein ziemlich langer Fluss, und Strandgut kann von überall kommen«, meinte ich.

»Sie meinen, Sie können nichts für mich tun?«

»Überhaupt nichts!«, sagte Orlando schnell.

Pfarrer Munz sah kreuzunglücklich aus.

»Am besten, Sie schalten eine Anzeige«, versuchte ich ihn aufzumuntern. »Strandgut gefunden! Wem gehören die schneeweißen Madonnen? Vielleicht meldet sich jemand.« Dann folgte ich Orlando zum Ausgang.

Orlando schritt rasch die Mauer entlang, die sich an das Kirchlein anschloss. »Madonnen! Wunder!

Ein bisschen viel für 'ne alte Atheistin«, schnaubte sie und rannte weiter, bis sich die Mauer durch ein von zwei Löwen bewachtes Tor zu einem großen Park öffnete. In dem weitläufigen Anwesen waren unter prächtigen alten Bäumen Skulpturen aufgestellt. Endlich verlangsamte Orlando ihr Tempo. »Plastikmadonnen! Wer macht denn so 'nen Scheiß?« Aber beruhigen konnte sie sich immer noch nicht.

»Italiener, Amerikaner, alle, die Kitsch lieben. Da ist das hier doch was ganz anderes! Schau mal, die zwei Drahtgestelle im Baum sehen doch gut aus!«

Der alte Schlossgarten stand voller origineller und interessanter Skulpturen. Viele hatten einen Bezug zu Park und Bäumen, einige sogar direkt zu Stammheim. Am Ende landeten wir bei einem im Wasser liegenden weißen Marmortorso, der »Das Wunder von Stammheim« hieß.

»Jetzt reicht's mir aber«, knurrte Orlando und drängte zurück in die City.

Ich hatte die Madonnen schon fast vergessen, als mich Pfarrer Munz eine Woche später mitten in der Nacht aus dem Schlaf riss. »Die Anzeige … etwas Furchtbares«, röchelte er ins Telefon, bevor seine Stimme ganz erstarb.

Ich sprang in Hemd und Hose und klingelte in der Altstadt Orlando wach und jagte dann den Alfa über die leere Mülheimer Brücke. Zehn Minuten später bog ich in die Stammheimer Hauptstraße. Die Nacht war schwarz, die kleinen Häuschen wirkten verlassen, nur im Pfarrhaus stand die Eingangstür offen.

Wir fanden den Geistlichen in seinem Arbeitszimmer liegend. Er sah übel aus. Jemand hatte ihn kräftig mit der Faust bearbeitet. Alle Schränke und Schubladen waren durchwühlt, die Plastikmadonnen lagen verstreut auf dem Boden. Eine halbe Stunde später hatten wir das blasse Männlein so weit aufgepäppelt, dass es reden konnte.

Auf seine Anzeige hatte sich tatsächlich jemand gemeldet.

»Also kein neues Wunder?«, fragte Orlando, und Munz schüttelte mit einem leicht enttäuschten Lächeln den malträtierten Kopf.

»Ein Amtsbruder hat sich gemeldet, stellen Sie sich vor! Ich war sehr gespannt, was er mir über die angeschwemmten Madonnen berichten würde.« Das Sprechen fiel ihm noch sichtlich schwer. »Ich hätte schon bei der Begrüßung stutzen sollen; für einen Priester war er viel zu elegant gekleidet, und das goldene Kreuz um seinen Hals war sehr protzig. Als ich ihm dann die Madonnen zeigte, wurde er plötzlich vulgär und gotteslästerlich. ›Wo sind die Scheißkisten?‹, hat er gebrüllt und die Madonnen zu Boden geworfen. Dann fing er an, mich zu schlagen. Als ich wieder zu mir kam, sah es so aus.« Er ließ seine Augen über das Chaos im Zimmer schweifen.

»Ich ruf jetzt die Polizei«, sagte ich.

»Geduld! Geduld! Ich muss … Sehen Sie, das Wunder, die Madonnen, ich möchte nicht, dass davon jetzt schon etwas an die Öffentlichkeit dringt.« Er schloss die Augen und verlangte nach einem Schluck Wasser.

»Wie kommen Sie darauf, dass Ihr Besucher ein Priester war?«, fragte Orlando, ohne Rücksicht auf seine Erschöpfung zu nehmen.

»Na, weil er gesagt hat, wie froh er sei, dass ein Kollege die Sachen gefunden habe!«

»Und was für Kisten?« Orlandos Augen blitzten wach und hell, aber Munz schüttelte nur müde den Kopf. »Ein gewaltiges Missverständnis. Der Typ kam nicht wegen der Madonnen, das ist klar. Aber wegen was dann?«

Der Fall begann, ihr Spaß zu machen. Dem Pfarrer war das alles zu viel. Er wollte allein sein. Er versprach, sich bei uns zu melden, wenn er sich besser fühlte.

Es war jetzt früher Morgen. Eine blasse Sonne kündigte einen schönen Spätsommertag an.

»Ich will mir mal den Fundort ansehen«, meinte Orlando und ignorierte mein Gähnen.

In den noch stillen Straßen von Altstammheim wurden die ersten Rollläden hochgezogen. Von der Kläranlage wehte schwacher Fäkaliengestank herüber. Der Rhein zog mächtig und träge seine Bahn. Über den Lastkränen im Hafen auf der anderen Seite des Flusses verabschiedete sich ein blasser Halbmond.

Hinter dem Ruderclub von Bayer liefen wir ein Stück über den Damm und kletterten dann direkt zum Rhein hinunter. Auf der Höhe der riesigen Kläranlage besaß der Fluss eine kleine Einbuchtung, in der sich gut Strandgut verfangen konnte. Wir fanden nichts von Bedeutung.

»Was hast du erwartet?«, fragte ich. »Kokainpäckchen? Russische Kalaschnikows? Gotische Madonnen?«

Orlando starrte auf den Fluss.

»Wasserschutzpolizei«, sagte sie. »Da müssen wir hin. Wenn ein Boot gekentert ist oder gefährliche Ladung verloren hat, dann wissen die es.«

In der Alfred-Schütte-Allee hatte die Morgenschicht der Wasserschutzpolizei begonnen. Brunner, der Chef, war nicht erfreut über die frühe Störung.

»Plastikmadonnen? Wollen Sie mich auf den Arm nehmen? Nee, nee, meine Damen, da müssen Sie schon was mehr haben, um von uns eine Auskunft zu kriegen.«

Der sonnengebräunte Schönling bugsierte uns schnell wieder vor die Tür. Ich ärgerte mich nicht mal über ihn, so müde war ich. Aber Orlando war nicht zu bremsen, wie immer, wenn sie Blut geleckt hatte.

»Wir müssen die Zeitungen der letzten Wochen durchgehen«, entschied sie.

»Kannst du gerne machen«, gähnte ich.

Gegen Mittag klingelte sie mich aus dem Tiefschlaf.

»Vor zwei Wochen sind bei Stammheim zwei Motorboote kollidiert. Besitzer des einen war der polizeibekannte Carlo N., der schon mehrfach wegen illegalen Waffenhandels vorbestraft ist. Grund des Unglücks war eine wilde Verfolgungsjagd. Waffen wurden keine gefunden«, las sie mir vor. »Was würdest du machen, wenn du illegale Ware an Bord hast und die Polizei jeden Augenblick kommen kann?«, fragte sie mich.

»Versenken?«, murmelte ich und wurde langsam wach.

»Bingo! Im illegalen Waffenhandel werden Codewörter benutzt. Kann ja keiner Tretminen oder Handgranaten inserieren, nicht wahr?«

»Du meinst, ›schneeweiße Madonna‹ war ein Waffen-Codewort?«

»Natürlich! Und kombiniert mit Strandgut musste Carlo N. davon ausgehen, dass ein »Kollege« die Ware entdeckt und gehoben hatte und mit ihm ins Geschäft kommen wollte.«

»Das wäre 'ne Erklärung«, meinte ich noch ein bisschen zögerlich. »Und was jetzt?«

»Brunner wird sich freuen, uns so schnell wiederzusehen«, meinte Orlando.

Bei der Wasserschutzpolizei wollte uns Brunner direkt rausschmeißen, aber als Orlando drohte, mit allem, was sie über Carlo N. wusste, an die Presse zu gehen, griff er zum Telefon.

»Also gut«, knurrte er dann. »Ich kann Sie einweihen: Seit der Kollision bei Stammheim hat die Soko Waffen das Netz um Carlo immer enger gezogen. Die wollen morgen zuschlagen. Können Sie in zwei Tagen im Stadt-Anzeiger lesen.«

»Na also!« Orlando schenkte ihm zum Abschied ein spöttisches Lächeln.

Wir waren kaum zurück, als Pfarrer Munz sich meldete.

»Ich weiß, wer hinter den Madonnen steckt«, verkündete er aufgeregt, »am besten, Sie kommen noch mal nach Stammheim!«

Der dünne Mann erwartete uns vor seinem Kirchlein und sah schon wieder ganz manierlich aus. Er drängte uns in den Park und führte uns schnurstracks zu der Skulptur »Das Wunder von Stammheim«. Neben dem Torso schwammen jetzt die drei Plastikmadonnen im Wasser.

»Der Künstler hat sich bei mir gemeldet, er hat zehn dieser Madonnen bei Rodenkirchen im Rhein ausgesetzt, und bisher sind nur hier in Stammheim welche angeschwemmt worden«, erklärte der Pfarrer.

»Kunst also?« Ich betrachtete die hässlichen Plastikmadonnen.

Orlando grinste und murmelte: »Wirklich wunder…voll.«

Frage: Wie heißt die Stammheimer Kirche, deren Pfarrer Orlando und List den wundersamen Fund meldet?

Erschienen am 13./14. September 2003

Angst im Agnesviertel

Kräftige Windböen peitschten den Regen über die Niehler Straße. Die Kirchturmuhr von Sankt Agnes schlug fünf. Ich zog die Kapuze enger und rannte in den schmalen Parkweg. Hier war nirgendwo eine Straßenlaterne. Ich bog nach links, beim großen Klettergerüst vor dem Fort wollte Max auf mich warten. Er hatte furchtbar geklungen am Telefon. Der kleine Max! Ein Schulfreund von meinem Sohn Pepe. Noch vor wenigen Jahren hatte ich den beiden Popcorntüten gekauft und mit ihnen im Metropolis die Originalversion von Matrix angeschaut. Jetzt studierte Pepe schon ein Jahr, und von Max hatte ich ewig nichts mehr gehört. Bis heute.

»Max!«, schrie ich in die Dunkelheit hinein. Der Wind heulte durch die großen Kastanien und wirbelte feuchtes Laub auf. Der verschmierte Lichtstreifen links von mir war die Innere Kanalstraße, rechts hinter mir versprachen die erleuchteten Fenster des Neusser Walls Geborgenheit. Jemand zog mich am Ärmel.

»Komm schnell«, sagte Max. Die Rastalocken klebten an seinem Gesicht. Er zerrte mich ein Stück vom Weg fort hin zu einem niedrigen Dickicht. Darunter lag der Körper eines jungen Mädchens. Ihr hing die Zunge raus, und die Augen waren weit geöffnet.

»Hast du die Polizei benachrichtigt?«

Max schüttelte zitternd den Kopf. »Was meinst du, warum ich dich angerufen habe? Krieg das Kotzen, wenn ich nur an Bullen denke.«

Ich griff zum Handy und wählte die 110. Dann rief ich Orlando an.

»Ist das in der Nähe des Rosengartens?«, fragte sie. Ich nickte. »Dann bin ich in zehn Minuten bei euch.«

Die Polizei war schneller. Paffrath, der Gerichtsmediziner, und Toni Beltz trafen fast gleichzeitig ein. Toni schnaubte nur verächtlich, als er mich sah.

»Erwürgt!«, sagte Paffrath und beleuchtete mit einer Taschenlampe den Hals des Mädchens. Max zitterte immer mehr.

»Schöner Ort für ein Verbrechen!« Orlando stellte ihr Rad ab und sah mich fragend an.

Ich berichtete ihr das wenige, das ich wusste. Paffrath öffnete jetzt vorsichtig die Hand der Toten.

Darin lag ein kleiner roter Holzsplitter.

Als wir endlich gehen konnten, wollte ich Max eine heiße Schokolade spendieren. Aber die Kneipen um die Agneskirche sahen nicht so aus, als ob sie so was im Angebot hätten. So stapften wir quer durch das Viertel bis zur Alten Feuerwache. Arabische Rai-Musik drang nach draußen. Das gemütliche Café brummte vor Leben. Aber das konnte nicht darüber hinwegtäuschen, dass es auch in diesem multikulturellen Bürgerzentrum ums finanzielle Überleben ging. Weitere Kürzungen von öffentlichen Mitteln würden das Ende des beliebten Stadtteiltreffs bedeuten. Max rührte die Schokolade kaum an.

»Ein Bier wär mir lieber«, nuschelte er, sonst sagte er keinen Ton.

Nach fünf Kölsch beruhigte sich sein Körper. Ich wartete darauf, dass er endlich den Mund aufmachte. Stattdessen sackte sein Kopf auf den Tisch.

»Du kannst in Pepes Zimmer schlafen«, seufzte ich.

»Nein«, murmelte er, »ich will nach Hause.«

»Und wo ist das?«

»Der Bauwagenplatz an der Krefelder Straße.«

Ich schleppte den Jungen in die Schillingstraße, wo ich den Alfa geparkt hatte, und fuhr von dort auf die Krefelder. Vor dem noblen »Le Moissonier« klappten ein paar schick gekleidete Gäste ihre Regenschirme ein, das Gerüst am Kirchturm von Sankt Gertrud rasselte im Regen, die Quittenkisten vor dem türkischen Supermarkt trieften vor Nässe, und vor dem »Gezeiten« riss der Wind die letzten Blüten aus den Blumenkästen.

Kurz vor der Inneren Kanalstraße bat Max mich anzuhalten. Ich sah ihm nach. Es gelang ihm nicht, das improvisierte Tor des Bauwagenplatzes zu öffnen. Als ich aussteigen wollte, kam ein anderer Junge hinzu und half ihm.

»Was ist denn los, Alter?«, fragte er.

»Sie haben Karla ermordet«, antwortete Max.

Ich traute meinen Ohren nicht. Max kannte die Tote und hatte keinen Ton darüber gesagt! Ich fuhr nach Hause und überschlief alles.

Am nächsten Tag überzog immer noch ein kräftiger Regen die Stadt. Auf dem Bauwagenplatz stach zudem ein beißender Geruch von Holz und Kohle, womit die Leute hier heizten, in die Nase. Der kleine

Platz, um den die Bauwagen gruppiert waren, glänzte regennass und leer. Nur zwei Hunde schnüffelten an ein paar leeren Bierkästen herum. Max' Bauwagen leuchtete rot. Drinnen war es duster, muffig und feucht.

»Gemütlich«, meinte ich bibbernd und rieb mir die Hände.

Max sah mich leicht verächtlich an. »Die Stadt will uns hier loswerden. Wegen so 'nem Investor, der hier bauen will. Aber egal, wo's dann hingeht. Ich bin dabei. Die Leute hier sind okay. 'ne bessere Familie als meine eigene.«

Ich nickte. Hier würde ich ihm nicht reinreden, aber was das tote Mädchen anging, schon. »Warum hast du mir nicht erzählt, dass du die Tote kennst?«

Max wurde noch blasser, als er schon war, und begann wieder zu zittern. »Im Sommer ist sie oft hier aufgelaufen. Sie kam und ging. Sie hatte vor irgendwas furchtbare Angst. Aber sie war klasse, echt klasse.«

»Hattest du was mit ihr?«

Max starrte aus dem beschlagenen Fenster, hinaus in den Regen, und nickte leicht. Tränen rannen über seine Wangen. »Sie wollte zu mir ziehen, noch vorgestern. Und jetzt ist sie tot«, schluchzte er.

»Wir müssen zur Polizei«, sagte ich.

»Aber ich weiß doch gar nichts. Weder ihren Nachnamen noch, wo sie sonst wohnte.« Max wischte sich mit dem Ärmel die Tränen weg.

»Hat sie nie von ihren Eltern erzählt oder von Freunden?«

In diesem Augenblick wurde die Tür aufgerissen, und Beltz quetschte sich in den Bauwagen.

»Sie sind verhaftet!«, blaffte er Max an. »Es besteht der dringende Tatverdacht, dass Sie Karla Briese ermordet haben!«

»Wir wollten eh gleich zu dir kommen«, seufzte ich.

»Ach ja«, sagte Beltz giftig und schob den Jungen vor sich aus dem Bauwagen. Max drehte sich noch einmal zu mir um.

»Loulou«, sagte er leise. »Sie arbeitet im Havana.«

Mein Handy klingelte.

»Rate mal, wer der Vater des Mädchens ist«, platzte Orlando heraus. »Dr. Dieter Briese, einer der gefürchtetsten Staatsanwälte in Strafverfahren. Er hat heute eine Verhandlung am Oberlandesgericht. Der Mord könnte mit einem seiner Fälle zu tun haben.«

Mich wunderte, dass ein Vater, einen Tag nachdem man seine ermordete Tochter gefunden hatte, arbeitete, aber Orlando meinte, dass Arbeit in solchen Situationen manchmal ganz guttue.

Wir trafen uns am Reichenspergerplatz vor dem mächtigen Gerichtsgebäude. Hier vor Justitias Augen hatte sich lange der Kölner Straßenstrich abgespielt, bis man ihn ins Longericher Industriegebiet verbannt hatte. Gemeinsam eilten wir die schöne Freitreppe zu Saal 115 hoch.

Briese hatte kurze graue Haare, einen stechenden Blick und war brillant. Er wirkte keineswegs emotional angegriffen. Nach der Verhandlung wartete Beltz auf ihn. Wir sahen, wie er Briese etwas zuflüsterte und dieser leicht lächelte. Wahrscheinlich hatte er ihm von Max' Verhaftung erzählt.

»Sieht nicht gut aus für den Jungen«, sagte er dann zu mir. »Sie war am Tag vor ihrem Tod noch bei ihm auf dem Bauwagenplatz und ist heulend davongelaufen. Dafür gibt's fünf Zeugen. Max war verrückt nach dem Mädchen. Und ist wohl durchgedreht!« Beltz zuckte mit den Schultern und verabschiedete sich.

Orlando hakte mich unter und zog mich aus dem Gerichtsgebäude. Wir schlenderten durch die Hülchrather Straße, vorbei an den prächtigen Bürgerhäusern des ausgehenden neunzehnten Jahrhunderts. Hülchrather, Blumenthal-, Weißenburgstraße – das war die feine Ecke des Agnesviertels, die dann an der Neusser Straße schlagartig zu Ende war.

Hatte Max das Mädchen wirklich umgebracht? Vieles deutete darauf hin. Aber wenigstens mit dieser Loulou wollte ich noch reden.

Im Havana war um diese Zeit noch nicht viel los, dafür grüßte Che Guevara von allen Wänden. Loulou stand hinter der Theke.

»Ich bin eine Freundin von Max«, sagte ich. »Sie wissen, dass Karla tot ist?«

Sie wischte schnell ein paar Gläser blank und nickte ernst.

»Wissen Sie, wovor sie solche Angst hatte?«

Loulou sah uns lange an, bevor sie antwortete.

»Seit ihre Mutter tot ist, hatte Karla vor vielem Angst: vor dem Leben, vor der Liebe, vor dem eigenen Weg. Immerhin hatte sie grade entschieden, dieses blöde Jurastudium hinzuschmeißen. Der Vater wollte natürlich, dass die Tochter in seine Fußstapfen tritt!« Loulou verdrehte die Augen und wischte jetzt den Tresen. »Wissen Sie, was der nach dem Tod seiner Frau gemacht hat? Er hat die Wohnung leer geräumt und alles neu eingerichtet. Ganz in Weiß. Bis auf Karlas Zimmer nur Weiß in der Wohnung. Da muss man doch durchdrehen, oder? Das einzig Bunte, wozu ihn Karla je überreden konnte, war ein Indio-Mobile mit vielen geschnitzten kleinen Papageien, ansonsten alles weiß!«

»Wie war das Verhältnis der beiden?«, fragte Orlando.

»Unglaublich eng. Sie brauchten sich gegenseitig sehr. Wer hat sie umgebracht?«

Endlich hörte sie auf zu wischen und sah uns fragend an. Aber darauf wussten auch wir keine Antwort.

Zurück auf der Neusser Straße liefen wir eine Zeit lang stumm nebeneinanderher.

»Das Mädchen hatte ein rotes Holzstück in der Hand!«, sagte Orlando plötzlich.

In meinem Kopf begann es zu arbeiten. »Du meinst, der Vater …?«

»Könnte doch sein. Sie wirft das Studium hin, will zu Max ziehen.«

Ich wählte Beltz' Nummer. »Sucht in Brieses Wohnung nach einem Indio-Mobile«, sagte ich. »Das rote Holzstück könnte daher stammen!«

Es begann erneut zu regnen.

»Ohne mich wärst du ganz schön aufgeschmissen«, sagte Orlando und spannte den Regenschirm auf.

»So ist es.« Ich hakte mich wieder bei ihr ein. »Deshalb spendiere ich dir jetzt auch ein Kölsch bei Stüsser.«

Erschienen am 1./2. November 2003

Frage: Welcher berühmte Kölner Schriftsteller wohnte im Agnesviertel in der Hülchrather Straße?

wir schlie

Misstrauen in Mülheim

Fatma Yavuz erwartete uns in einem schicken Döner-Palast in der Keupstraße. Das elegante Schwarz ihrer Kleidung brachte ihren prächtigen Goldschmuck und die pechschwarzen Locken bestens zur Geltung. Sie nippte an einem Glas Ayran.

»Möchten Sie Tee trinken?«, fragte sie und bestellte auf Türkisch. »Sie sollen meinen Mann beschatten. Vermutlich geht er fremd.« Sie kam sofort zur Sache. Ihr Deutsch war akzentfrei. »Sehen Sie, wir sind in den letzen Jahren etwas zu Geld gekommen. Er ist in der Textilbranche, hat ein Geschäft hier auf der Keupstraße und einen Großhandel auf der Bergisch Gladbacher. Sie werden verstehen, dass ich keine Lust habe, ihn an irgendeine dahergelaufene Schlampe zu verlieren.« Ihr Handy klingelte. »Ahmed, mein Mann. Ich muss los. Wir müssen zum Ultraschall. Ich bin schwanger.«

Sie warf sich ihren Mantel um, legte ein Kuvert auf den Tisch, zahlte im Gehen und verschwand. Orlando starrte ihr nach, während ich den Umschlag öffnete. Fatma hatte die Adressen von Ahmeds Firmen notiert und Fotos von ihm beigelegt. Er war deutlich älter als sie, leicht korpulent. Im schwarzen Haar zeigten sich erste graue Strähnen.

»Ich hasse untreue Ehemänner«, knurrte Orlando, als wir auf die Keupstraße traten.

»Komm schon, sie bringen uns gutes Geld«, sagte ich.

»Es sind die langweiligsten Jobs.«

Ein eisiger Januarwind wirbelte liegen gebliebenen Silvestermüll auf. Trotz der Kälte herrschte hier geschäftiges Treiben. Die Keupstraße war Kölns Klein-Istanbul. Hier gab es türkische Teehäuser, Frisöre, Haushaltswaren, Handy-Läden, Bäckereien, Konditoreien, Juweliere, Reisebüros, Bekleidungsgeschäfte und Supermärkte.

»Warum engagiert sie zwei deutsche Detektivinnen?«, Orlando kickte einen Knallfrosch zur Seite. »Hier gibt es doch bestimmt auch türkische Kollegen.«

»Sie ist hier aufgewachsen. Warum nicht?«, gab ich zurück.

Ahmeds Kleidergeschäft lag neben einem Laden, in dem der Verein für verlorene Jugendliche aller Nationalitäten sein Domizil hatte.

»Gut zu wissen«, murmelte Orlando. »Falls wir mal wieder einen ausgebüxten Teenie suchen müssen.«

Beherzt öffnete sie die Ladentür des Kleidergeschäfts. Orlando ließ sich von einem pomadisierten Verkäufer Krawatten zeigen.

»Sehr schöne Ware«, säuselte sie. »Wir sind an einem Großeinkauf interessiert. Können wir Ahmed Yavuz sprechen?«

Der Chef sei erst morgen gegen zehn Uhr wieder hier, meinte die Schmalzlocke.

Am nächsten Tag parkten wir meinen Alfa im Halteverbot und warteten auf Yavuz. So gegen halb zwölf tauchte er endlich auf. Den Motor seines nachtblauen Mercedes E 240 ließ er laufen, ging gemächlich in sein Geschäft, kam fünf Minuten später mit einem Karton zurück und fuhr weiter. Wir hinterher, an der Bahn entlang.

»Was meinst du? Macht Harald Schmidt sein Studio jetzt dicht?«, fragte mich Orlando in der Schanzenstraße.

Ich zuckte mit den Schultern und ging vom Gas, als Yavuz vor einem alten Fabriktor anhielt. Der Fahrer des Ford Transit, der dort parkte, schien auf ihn gewartet zu haben. Er nahm die Kiste in Empfang.

»Was machen die hier in der Pampa für Geschäfte?« Orlando witterte mal wieder große Verbrechen.

»Interessiert uns nicht. Wir sollen rausfinden, ob er seine Frau betrügt«, bremste ich sie.

Yavuz fuhr weiter zu seinem Lager auf der Bergisch Gladbacher, vis-à-vis der Gilden-Brauerei. Wir wärmten uns in einer kargen Eckkneipe auf, in der das Kölsch tatsächlich nur einen Euro kostete. So gegen fünf ging Yavuz zu Fuß bis zum Wiener Platz und vertrat sich dort vor dem Bierpavillon die Füße. Der neugestaltete Platz hatte viel Geld gekostet und versprühte den Charme einer Betonwüste. Warum nur bauten die Kölner immer so hässliche Plätze?

»Wegen Karneval«, meinte Orlando. »Da brauchen sie den Platz zum Schunkeln.«

Die U-Bahn hatte jetzt wieder ein buntes Völkergemisch ausgespuckt. Yavuz schlenderte auf eine schmale Frau in einem schlichten grauen Mantel zu, umarmte sie und nahm ihr die Einkaufstasche ab. Lebhaft plaudernd liefen die beiden zu Yavuz' Wagen zurück, tuckerten damit in die Mülheimer Freiheit und verschwanden in einem schick renovierten Altbau. Ich besah mir die Klingelschilder.

»Yavuz, der gleiche Name. Ob die Wohnung auf ihn läuft?«

»Sie ist in seinem Alter«, meinte Orlando. »Vielleicht macht ihm seine schöne junge Frau Angst?«

»Versteh einer die Männer«, seufzte ich.

Kurz vor Mitternacht fuhr Yavuz nach Hause. Am nächsten Tag spazierten die zwei über den Markt auf der Berliner Straße. In der dritten Nacht fuhr Yavuz überhaupt nicht mehr nach Hause.

»Es reicht«, beschloss Orlando. »Wir haben genügend Material.«

Frau Yavuz wurde sehr blass, als wir ihr von ihrem Mann berichteten.

»Mit den Fotos können Sie ihn unter Druck setzen«, versuchte ich sie zu trösten.

»Besser, Sie handeln eine gute Abfindung raus!« Orlando schwang mal wieder den Holzhammer.

»Auf keinen Fall«, schluchzte die schöne Fatma. »Keine türkische Frau verlässt ihren Mann während der Schwangerschaft. Und auch kein türkischer Mann tut das!«

»Scheißjob«, murmelte ich, nachdem wir unseren Scheck kassiert hatten.

»Untreue Ehemänner, ich sag's ja!«, wiederholte Orlando.

Die zwei türkischen Männer, die eine Woche später in unserem Büro auftauchten, sahen überhaupt nicht freundlich aus. Der ältere schien von schwächlicher Konstitution, glühte aber vor Wut, und der jüngere besaß Muskelpakete wie Popeye.

»Was Sie wollen von Songül?«, schrie uns der ältere in gebrochenem Deutsch an.

»Nehmen Sie doch Platz«, meinte Orlando cool, aber die Herren wollten nicht. Der Jüngere knallte stattdessen einen Express-Artikel auf den Schreibtisch: *»In der Nacht zum Montag starb auf der Mülheimer Freiheit eine türkische Frau bei einem Autounfall. Der Fahrer beging Fahrerflucht. Es werden Zeugen gesucht, die den Vorfall beobachtet haben!«*

»Ihr Auto ist drei Abende hintereinander vor dem Haus unserer Schwester gesehen worden. Also: Was wollten Sie von ihr?«

Er beugte sich bedrohlich über den Schreibtisch. Orlando und ich sahen uns an. Da waren wir ja in einem schönen Schlamassel gelandet.

»Bei Fahrerflucht ermittelt die Polizei!« Orlando erhob sich langsam und griff sich ruhig zwei spitze Pfeile aus unserer Dartscheibe.

»Scheiß auf die Bullen!« Der Jüngere ließ seine Muskeln spielen und spuckte verächtlich auf den Boden. »Man hat unsere Schwester umgebracht!«

Der Ältere brüllte erneut: »Was Sie wollen von Songül?«

»Gar nichts«, sagte ich. »Wir haben einen Mann beschattet, der in dieses Haus gegangen ist.«

»Wer?«

»Das sagen wir der Polizei, aber nicht Ihnen!« Ich hatte Mühe, meine Stimme fest klingen zu lassen.

Im Raum entstand eine bedrohliche Stille.

»Allah seni kahretsin«, fauchte der Ältere hasserfüllt, bevor die beiden verschwanden.

Ich riegelte die Tür hinter ihnen zu und holte tief Luft. »Wir müssen wissen, ob die Getötete Yavuz' Geliebte war. Ich ruf Paffrath in der Gerichtsmedizin an.«

Orlando hatte sich schnell wieder unter Kontrolle. Wie schon so oft half uns ihr alter Freund Paffrath.

»Die Beschreibung passt! Sie hieß Songül Yavuz und war verheiratet.« Orlando legte nachdenklich den Hörer auf. »Yavuz, der gleiche Name«, murmelte Orlando. »Eine türkische Frau, die ihren Mann betrügt, bummelt mit ihrem Liebhaber seelenruhig über den Markt auf der Berliner Straße, wo sie jeder sehen kann. Da stimmt doch was nicht.«

Wir sahen uns an und wussten: Fatma Yavuz hatte uns angelogen.

Orlando und ich trafen sie im »Café Vreiheit« in der Wallstraße. Als sie hereinwehte, richteten sich alle Blicke auf sie.

»Also, was haben Sie mir noch Wichtiges zu sagen?«, herrschte sie uns an und knallte ihre Tasche auf einen der mit Krimskrams gefüllten Glastische.

»Wie war's beim Ultraschall?«, fragte ich zurück.

»Man konnte noch nicht viel erkennen. Ich hoffe, es wird ein Junge. Er soll Ahmed heißen, wie sein Vater.« Ihre Stimme war eisig.

»Wo ist Ihr Mann, Frau Yavuz?« Orlando rührte konzentriert ihren Milchkaffee.

»In der Türkei. Er hat dort geschäftlich zu tun. Was soll das Ganze?« Sie wurde ungehalten.

»Wissen Sie, dass Songül Yavuz tot ist?« Orlando sah von ihrem Kaffee auf.

»Songül Yavuz?« Fatma sprach jetzt leise und vorsichtig.

»Ja. Die angebliche Geliebte ihres Mannes. Sie hieß auch Yavuz. Komisch, nicht?«

»Yavuz ist in der Türkei ein weit verbreiteter Name.« Langsam wurde Fatma nervös.

»Ahmed Yavuz war mit Sicherheit ein untreuer Ehemann«, setzte ich sie weiter unter Druck. »Aber nicht ihrer. Er war mit Songül verheiratet. Sie sind seine Geliebte. Warum sollten wir ihn beschatten?«

»Das verstehen Sie nicht.« Sie kniff die schönen Lippen zusammen.

»Sie wollten, dass er sich scheiden lässt.« Orlando fixierte sie mit festem Blick.

»Das Kind darf nicht in Unehre geboren werden. Das bringt Schande über ihn und mich«, presste sie heraus.

»Wir sollten also herausfinden, wie ernst es Ahmed mit der Trennung von seiner Frau ist«, folgerte ich.

»Er ist ein Schlappschwanz. Er hat sich nicht getraut, es ihr zu sagen. Ich habe es ihr gesagt. Am Abend, bevor sie starb. Aber mit dem Unfall habe ich nichts zu tun.« Jetzt sah die schöne Fatma nur noch verzweifelt aus.

»Das soll die Polizei klären.« Orlando wählte die 110 und ließ sich mit der zuständigen Sonderkommission verbinden. »Der Fahrer hat sich bereits gestellt«, sagte sie dann. »Songül ist mitten auf die Straße gelaufen. Er konnte nicht mehr bremsen.«

»Selbstmord?«, fragte ich.

Orlando zuckte mit den Schultern. Aus Fatmas Gesicht war jede Farbe gewichen. Sie erhob sich wortlos und wankte wie in Trance zum Ausgang. Wir starrten ihr lange nach.

Frage: Wie heißt die Kirche in der Mülheimer Wallstraße?

Erschienen am 3./4. Januar 2004

ねつきお
てえねかはくて

Harakiri in Hahnwald

Mannshohe Mauern umschlossen das Haus Am Eichenwäldchen. Die Fenster in der zweiten Etage wirkten wie Schießscharten. Orlando blickte in die Überwachungskamera, und ich klingelte.

»Ja bitte«, schnarrte eine Stimme.

»Orlando und List.«

Das mächtige Eisentor öffnete sich einen Spaltbreit. Hunde bellten. Ein weitläufiges Anwesen umgab die Villa im Bauhaus-Stil. Unter dem Carport parkten ein Porsche 911 und ein BMW 740. Die Dame des Hauses wartete in beigem Nicki von Donna Karan, zwei Windhunde festhaltend. Der Raum, in den sie uns bat, maß ein halbes Fußballfeld, war aber nur mit zwei Minotti-Sofas bestückt.

»Man hat mir versichert, Sie seien sehr diskret«, begann Frau Beck, »die Angelegenheit ist äußerst delikat.«

Orlando betrachtete die moderne Kunst an den Wänden und nieste. Ich rutschte in eine Ecke des teuren Sofas.

»Mein Mann hat aus Japan ein sehr seltenes Samurai-Schwert mitgebracht. Es ist vor zwei Wochen nach einem gemeinsamen Essen mit unseren Nachbarn, den Kaals, verschwunden.«

Madame Beck sah uns erwartungsvoll an. Orlando schnäuzte sich kräftig und sagte mal wieder nichts.

»Haben Sie mit Kaals darüber gesprochen?«, begann ich vorsichtig.

»Natürlich nicht!« Sie lächelte herablassend.

»Was sollen wir tun?« Orlando klang wie ein Reibeisen.

»Am Freitag geben wir ein großes Diner, Fred und Gerda Kaal sind auch eingeladen. Während des Essens könnten Sie ungestört in deren Haus nach dem Schwert suchen und es uns zurückbringen. Damit wäre die Angelegenheit ohne Peinlichkeiten erledigt.« Frau Beck schwebte zur Fensterbank und reichte mir wortlos Zertifikate und Fotos des Schwerts. »Ich weiß, dass dies auch für Sie eine delikate Angelegenheit ist. Ich habe deshalb Ihr Honorar großzügig nach oben aufgerundet.«

Sie entließ uns mit ihrem herablassenden Lächeln. Die Hunde jaulten hinter uns her, bis das Eisentor sich geschlossen hatte.

»Komische Gegend«, meinte ich, als wir über den Judenpfad zurückfuhren. »Jedes Haus eine Festung!«

»Was erwartest du von Neureichen? Alles, was in Köln nach dem Krieg zu Geld gekommen ist, hat sich hier eingekauft.« Orlando schob sich ein klebriges Hustenbonbon in den Mund.

»Bio-Mülltonnen! Aber keine Geschäfte, kein Büdchen, keine Kneipe. Nur 'ne englische Telefonzelle«, fiel mir auf.

»Dafür einen privaten Sicherheitsdienst. Schau dich um. Die Plakette mit den drei roten Punkten heißt: Das Haus wird bewacht«, krächzte Orlando. »Weißt du übrigens, dass unser alter Spezi Kai Krumme hier als Chef der Security arbeitet?«

Wusste ich nicht, aber Köln ist ein Dorf, überall trifft man auf alte Bekannte. Hinter dem Kiesgrubenweg tauchte die Godorfer Raffinerie-Anlage auf. Über die A 555 brausten wir zurück nach Köln.

Am Freitag herrschte im Hause Beck Hochbetrieb. Auf dem halben Fußballplatz amüsierte sich eine Abendgesellschaft bei Schampus und Fingerfood. Frau Beck lotste uns schnell in die Küche, drückte mir einen Schlüssel in die Hand und flüsterte: »Sie brauchen nicht durch das Haupttor zu gehen. Ich habe Ihnen eine Leiter an die Mauer gestellt.«

Im Nieselregen schlichen wir durch das feuchte Gras. Das Kaal'sche Haus schien mit seinen Bullaugen-Fenstern Kubricks »A Clockwork Orange« entsprungen. Ohne das kleinste Problem standen wir Minuten später in einem Raum im strengen Asien-Look.

Als wir mit unseren Taschenlampen die Wand ableuchteten, traf uns der Schlag. Dort hingen mindestens zwanzig Schwerter. Wie sollten wir jetzt das richtige finden? Mit Hilfe des Fotos versuchten wir, den Griff des Beck'schen Schwertes zu identifizieren. Beim zwölften Schwert merkten wir, dass wir nicht allein im Haus waren. Es gelang uns gerade noch, hinter einen Wandschirm aus Seidenpapier zu schlüpfen, bevor drei schwarz vermummte Gestalten den Raum betraten. Katzenhaft leise inspizierten sie das Zimmer. Zwei schnitten jetzt völlig geräuschlos eine große Collage aus einem Rahmen, der andere legte behutsam die Samurai-Schwerter in eine mitgebrachte Tasche. Eines ließ er hängen.

Das waren Profis, mit allen Wassern gewaschene Diebe. Wir standen völlig erstarrt, unfähig zu entscheiden, was zu tun war. Bis Orlando nieste! Blitzschnell drehten sich alle drei zu uns um. Ich stürzte hinter dem Wandschirm vor, riss das nächste Fenster auf und brüllte: »Feuer! Diebe! Zur Hilfe!«

»Der Trick hilft vielleicht in der Stadt, aber nicht hier, wo der nächste Nachbar weit weg ist«, hörte ich eine eisige Stimme sagen. Ich drehte mich um. Der Schwerter-Mann hatte ein Stilett aus dem Stiefel gezogen und kam ohne Eile auf mich zu. »Haut schon ab! Mit der Tussi werde ich allein fertig!«, rief er den anderen zu.

Ich stürzte mich mit einem wütenden Schrei auf ihn und rammte ihm meinen Kopf in den Bauch. Er riss mich an den Haaren hoch und schleuderte mich weg. Keine Chance, ihm in die Eier zu treten. Ich knallte hart auf die Tatamimatten, und bevor ich mich wieder aufrappeln konnte, war er über mir. Er warf mich auf den Rücken und drückte meine Arme nach hinten. Dabei streifte sein Unterarm mein Gesicht. Mit voller Kraft hieb ich meine Zähne in das weiche Fleisch. Ich ließ nicht locker, bis ein stechender Schmerz in meinen Arm fuhr und ich mit halbem Auge das blutige Stilett sah. Dann sah ich über mir Stahl blitzen.

»Schon mal was von Harakiri gehört?«, fragte Orlando und wirbelte das Schwert über ihrem Kopf wie eine Aktrice aus Kung-Fu-Filmen.

Endlich ließ der Typ von mir ab und suchte das Weite. Aus meinem Arm tropfte das Blut. Das Schwein hatte tief zugestochen.

»Du musst ins Krankenhaus«, sagte Orlando.

»Erst müssen wir hier rauskommen. Ruf die Beck an!«, sagte ich und schleppte mich zu einem japanischen Sitzpolster.

Dort hatte Orlando das Schwert abgelegt. Der Griff! Es war das Beck'sche Japan-Mitbringsel. Warum hatten die Gauner ausgerechnet dieses Schwert hiergelassen? Zwei Minuten später stürzte Madame Beck herein. Im Schlepptau ein verwirrtes Paar.

»Um Gottes willen, Frau List, Sie sind verletzt! Gerade habe ich zu den Kaals gesagt, was für ein Glück, dass ich Orlando und List heute als zusätzliche Security engagiert habe! Wie haben Sie die Diebe im Nachbarhaus nur so schnell bemerkt?« Sie sprudelte ohne Punkt und Komma. »Und dann ist es Ihnen gelungen, die Diebe in die Flucht zu schlagen! Wie tapfer!«

Die Kaals kreisten hektisch durch den Raum.

»Der Beuys! Und alle Schwerter!«, zeterte die Frau. Der Mann zappelte mit den Armen.

»Eines ist noch da«, sagte Orlando und deutete auf das Sitzkissen.

Die drei starrten das Schwert an und wir die drei.

»Das ist ja unseres!«, Frau Beck tat ganz erstaunt. »Wie kommt das denn hierher? Waren die Diebe zuerst bei uns?« Sie griff nach dem Schwert. »Sie entschuldigen mich, ich muss mich wieder um meine Gäste kümmern!«

Sie schwebte mit dem Schwert davon. Wir stolperten hinterher, ziemlich sicher, dass hier etwas gespielt wurde, von dem wir keine Ahnung hatten. Mein Arm musste mit zehn Stichen genäht werden, und ich fragte mich mal wieder, warum nie Orlando die Prügel bezog, sondern immer nur ich. Orlando fragte sich indessen, warum die Diebe das Beck'sche Schwert nicht mitgenommen hatten, und sah nur zwei Möglichkeiten: Entweder die Beck wollte vor den Kaals einen richtig großen Auftritt inszenieren, oder aber die Diebe wussten genau, was sie mitnehmen mussten, und das Zusammentreffen mit uns war Zufall gewesen.

»Irgendwie stinkt die Sache!«, meinte sie, schob mir einen Kaffee hin und tätschelte meinen gesunden Arm.

»Das kriegst du nie raus«, sagte ich.

»Mal sehen«, widersprach Orlando. »In Hahnwald geht alles ums Geld. Und Kai Krumme schuldet uns noch einen Gefallen.«

In der prächtigen Hahnwaldsiedlung wirkte das Häuschen, in dem der private Sicherheitsdienst stationiert war, wie eine Hundehütte. Wir erzählten Kai von dem Einbruch.

»Die Gauner werden immer dreister«, nickte er. »Wir fahren hier regelmäßig Streife, kontrollieren die Alarmanlagen. Die Kunden sagen uns schon Bescheid, wenn sie abends weg sind, trotzdem schaffen es die Schufte immer wieder einzusteigen.«

»Ist einer deiner Leute schon mal von einem Hund gebissen worden?«, fragte ich.

Krumme seufzte. »Das kommt vor. Hier hält sich doch fast jeder so eine Töle. Habt ihr die Schilder an den Toren gesehen? Attention au chien!« Krumme verdrehte die Augen.

»Für die französischen Gauner?«, fragte Orlando grinsend.

»Ist in letzter Zeit einer deiner Leute in den Arm gebissen worden?«, hakte ich nach.

»Sven Blume. War aber nicht besonders schlimm. Musste nicht mal zum Arzt. Da hatten wir schon ganz andere Wunden.«

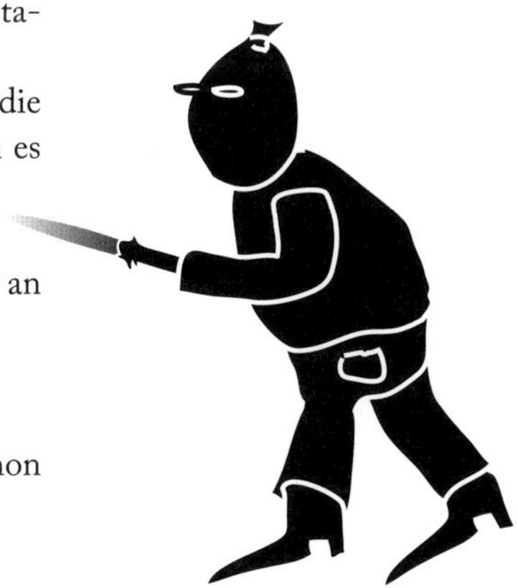

»Können wir den Mann sprechen?«

»Meine Leute sind sauber, das versichere ich euch!« Krumme sah uns treudoof an. Er war nicht der Hellste.

»Wir müssen nur die Wunde sehen!« Orlandos Blick duldete keinen Widerstand.

Krumme rief den Mann. Ich wusste sofort, dass es der Typ war, den ich gebissen hatte. Als er uns sah, wusste er, dass er verloren hatte. Er wollte abhauen, aber Orlando versperrte ihm den Weg.

»Warum haben Sie das letzte Schwert nicht mitgenommen?«, fragte sie.

»Es stand nicht auf der Liste«, zischte er.

»Welche Liste?«

Er tigerte ein bisschen im Raum umher. »Ich bin doch nicht blöd und nehme das auf meine Kappe«, murmelte er dann. »Kaal hat sie mir gegeben. Er wollte die Versicherung bescheißen. Ein todsicherer Deal, wenn ihr blöden Schnepfen nicht aufgetaucht wärt!«

Orlando sah mich an und grinste triumphierend. »War doch gar nicht so schwer, oder? Wie gesagt: In Hahnwald geht es immer ums Geld.«

Frage: In welcher Straße steht die englische Telefonzelle?

Erschienen am 13./14. März 2004

Lost in Longerich

»Seit fünf Tagen ist er verschwunden. Wie vom Erdboden verschluckt.«

Lara flüsterte, damit die anderen es nicht hörten. Wir saßen an einem Tisch in der voll besetzten kleinen Eisdiele in der Herforder Straße.

»Seine Mutter war schon bei der Polizei, aber Benny ist siebzehn, da unternehmen die nicht mehr viel. Hier«, das bezopfte Mädchen mit bauchfreiem T-Shirt und Creolen in den Ohren kramte einen Euroschein nach dem anderen aus der Jeans, »mein ganzes Geld. Finden Sie Benny für mich!«

Orlando seufzte und rutschte auf dem unbequemen Stuhl hin und her. Das Mädchen blickte mich flehentlich an.

»Versprechen kann ich nichts«, sagte ich und schob ihr das Geld wieder zu. »Aber wir können uns mal nach deinem Freund umsehen. Über Bezahlung reden wir später.«

Orlando seufzte erneut. Erleichtert nannte Lara uns die Adresse von Bennys Mutter und die Namen seiner engsten Freunde. Durch den schmalen Grüngürtel, dann an kleinen Häusern vorbei gingen wir Richtung Freie Erde, wo die Mutter wohnte.

»Wir kommen wegen Benny«, sagte ich, als sie uns die Tür öffnete, und stellte uns vor.

»Haben Sie ihn gefunden?«, fragte sie hoffnungsfroh und bat uns ins Wohnzimmer.

Die Farbe Braun beherrschte den Raum, ein warmes Nest oder ein düsteres Loch, je nach Gefühlslage.

»Ich habe ihn überall gesucht«, erzählte Margit Mommsen. »Bei seinen Freunden, in der Schule, im Jugendheim Sankt Bernhard, im Geschwister-Scholl-Haus. Die Polizei unternimmt nicht mehr viel, um einen Siebzehnjährigen zu finden.«

Frau Mommsen sah uns verzweifelt an.

»Gab's denn Probleme?«, fragte ich.

»Das Übliche«, sagte sie und zuckte mit den Schultern. »Mal kam er zu spät, mal stritten wir über schlechte Noten. Kein Grund abzuhauen.«

»Darf ich?«, fragte Orlando und deutete auf eine Schüssel voller Erdbeer-Lollis in der Mitte des Tisches.

»Nehmen Sie einen!«, antwortete sie. »Ich rühr die Dinger nicht an, aber Benny liebt die über alles.«

Versehen mit einigen Fotos verließen wir das Haus. In den schmalen Vorgärten der kleinen Einfamilienhäuser verloren verblühte Tulpen ihre roten Blätter. Auf der ruhigen Straße jagten sich ein paar kleine Jungen mit Inlinern.

»Die zweite Generation«, meinte Orlando. »In den fünfziger und sechziger Jahren konnten kinderreiche Familien hier für wenig Geld bauen.«

Ich sah mir die Ansammlung der bescheidenen Einfamilienhäuser an. Schlichte Bauweise, nie höher als anderthalbstöckig, teilweise mit billigen Wellblechdächern.

»So ist mein Onkel zu einem eigenen Haus gekommen, hier in der Hansenstraße«, fuhr Orlando fort. »Meine Kusine Rita wohnt jetzt da.«

Einige der Häuschen stachen frisch verputzt mit bunten Türen und Fenstern aus der Reihe. In diesen hatten die Kinder bereits das elterliche Erbe übernommen.

»Hier kennt jeder jeden«, meinte Orlando. »Ich geh kurz bei Rita vorbei. Mal hören, was sie über die Familie Mommsen weiß!«

Sie marschierte auf ein gelbes Eckhaus zu, während ich auf Sankt Bernhard zuging. Das einzig Auffällige an der geklinkerten Kirche war der runde, freistehende Turm, der an einen Industrieschlot erinnerte. Bevor ich im Pfarrbüro klingelte, sah ich mir die Fotos, die uns das Mädchen gegeben hatte, genau an. Ein hochgeschossener schlaksiger Kerl mit Pickeln und braunen Rehaugen.

Die Pastoralreferentin kannte Frau Mommsen. »Sie ist Krankenschwester im ›Heilig Geist‹ und spielt in unserer Laienspielgruppe.« Dass Benny weg war, überraschte sie. »Die zwei haben so ein inniges Verhältnis, seit der Vater weg ist«, meinte sie und erzählte, dass Frau Mommsen den Jungen seit zehn Jahren allein großzog.

Dann kündigte sie mich dem Sozialarbeiter der Jugendeinrichtung an. Bis dorthin war es nicht weit. Der Flachbau lag direkt neben dem Kindergarten und hinter der Kirche. Ich zeigte ihm ein Foto.

»Ah, Lollipop!«, sagte er. »Klasse Billardspieler! Zuerst hat seine Freundin nach ihm gesucht, dann seine Mutter. Keine Ahnung, warum der abgehauen ist, war ein friedlicher, unauffälliger Typ.«

Die jugendlichen Billardspieler beäugten mich misstrauisch, als ich mich zu ihnen stellte. Klar kannten sie Benny, hatten aber nicht den leisesten Schimmer, wo er jetzt sein könnte. Schnell konzentrierten sie sich wieder auf den Lauf der Kugeln. Hier würde ich nichts erfahren.

Ich ging nach draußen auf den Kirchplatz, als ich merkte, dass ein etwa zehnjähriger Lockenkopf mir folgte.

»Sind Sie ein echter Detektiv mit Knarre und so?«, fragte er frech und baute sich vor mir auf. »Was zahlen Sie für einen Tipp?«

»Päckchen Kaugummi?«, schlug ich vor und erntete ein verärgertes Stirnrunzeln. Seufzend kramte ich fünf Euro aus meinem Geldbeutel.

»Hab Lollipop vor 'ner Woche beim Treff am Kriegerdenkmal in Alt Lunke gesehen. Sven Steilke hatte ihn ziemlich in der Mangel«, meinte er und griff nach dem Schein.

»Wann treffen sich die Jungs da?«, fragte ich und hielt den Schein fest.

»Abends, wenn die Alten alle vor der Glotze hängen.«

Orlando rief an, und wir verabredeten uns in einem winzigen Biergarten in der August-Haas-Straße.

»Natürlich wusste Rita bestens Bescheid«, erzählte Orlando. »Kurt Mommsen ist vor ein paar Jahren mit einer rassigen Ungarin aus der Meerfeldstraße auf und davon. Seither schlägt Margit sich mit dem Jungen allein durch und gönnt sich als einziges Freizeitvergnügen die Laienspielgruppe. Rita sagt, da ist sie wirklich gut. Und, du wirst es nicht glauben«, trumpfte sie auf, »Ritas Jüngster, Tobias, geht mit Benny zur Schule. Sagt, dass Benny ein Muttersöhnchen sei, immer früh zu Hause, immer nur Lollis lutschend, nicht rauchend, nicht saufend, nichts mit Mädchen und so. Er kann also noch nicht lange mit Lara zusammen sein«, schloss Orlando.

Ich wählte Laras Nummer und fragte sie danach.

»Einen Monat«, sagte sie. »Aber Benny ist meine große Liebe, und bei ihm ist es auch so.«

Orlando verdrehte die Augen.

»Kennst du einen Sven Steilke?«, fragte ich sie.

»Was hat Sven mit Benny zu tun?« Ihre Stimme bekam einen hysterisch-ängstlichen Ton.

»Soll sich letzte Woche mit ihm in der Wolle gehabt haben!«, erklärte ich.

»Nein!«, schrie sie entsetzt. »Ich habe mich wegen Benny von Sven getrennt. Da ist der ziemlich durchgedreht, hat gesagt, wenn er Benny erwischt, bringt er ihn um. Er hat ihn umgebracht!«, heulte sie ins Telefon.

»Immer mit der Ruhe«, sagte ich und versprach, mich zu melden, sowie ich etwas Neues wusste.

»Meinst du, die Mutter hat die Krankenhäuser durchtelefoniert?«, fragte ich.

»Klär ich«, meinte Orlando. »Wir treffen uns später am Kriegerdenkmal.«

Ich stapfte durch die Hohlgasse nach Alt Longerich. Dort setzte ich mich auf einen Blumenkübel vor den perfekt restaurierten Balsamhof, den Blick auf das langweilige, menschenleere Stück Grün gerichtet, in dem das Kriegerdenkmal stand. Die Kirchturmuhr von Sankt Dionysius schlug neunmal, als im Balsamhof hinter mir das letzte Kindergeschrei verstummte und kaum noch Autos durch die Longericher Hauptstraße fuhren. Orlando tauchte kurz vor halb zehn auf und brachte mir einen Erdbeer-Lolli mit.

»Krankenhäuser hat die Mommsen zuerst angerufen, alle in Köln und Umgebung. Sie hat sogar alle Schrebergärten und die Schrotthandlungen am Ginsterberg und auf der Etzelstraße abgeklappert. Überall Fehlanzeige«, erzählte sie, selbst auch einen Lolli lutschend.

»Was sagt sie denn zu Bennys erster Liebe?«, fragte ich und machte das Lollipapier ab.

»In dem Punkt war sie ein bisschen reserviert«, schmatzte Orlando.

»Kann ich verstehen«, meinte ich und erinnerte mich an den Herzschmerz, als mein Sohn Pepe das erste Mal Arm in Arm mit einem Mädchen nach Hause gekommen war. »Spätestens da merkst du als Mutter, dass dein Kind nicht mehr lange bei dir bleiben wird.«

»Da kommen welche«, unterbrach mich Orlando, und wir sahen, wie sich in der Dämmerung ein paar Gestalten zu dem Denkmal schlichen.

»Gehen wir«, meinte ich.

Erschreckt und feindselig starrten uns wenig später vier Jungengesichter an. Nach Laras Beschreibung erkannte ich Sven sofort.

»Was ist mit Benny passiert, nachdem du dich hier mit ihm geprügelt hast?«, herrschte ich ihn an. »Wo hast du ihn hingebracht?«

»Nirgendwo. Lollipop ist nach Hause gewankt zu Mama«, verteidigte sich der Junge.

»Glaub ich dir nicht«, setzte ich ihm weiter zu.

»Warum nennt ihr Benny Lollipop?«, unterbrach mich Orlando.

»Der hat doch immer einen Lolli zwischen den Zähnen!«

»Komm mit«, sagte Orlando und stapfte mit mir durchs schlafende Longerich zurück zur Freien Erde.

Mit hoffnungsvollem Blick öffnete Margit Mommsen die Tür.

»Wo ist er?«, fuhr Orlando sie an. Sie schoss ohne ein Wort der Erklärung ins Wohnzimmer und kam mit der leeren Lolli-Schüssel zurück. »Die Lollis haben mich auf die Spur gebracht. Sie isst keine, nur Benny«, erklärte sie mir. »Rita hat recht, Sie sind eine ausgezeichnete Schauspielerin«, wandte sie sich der Mommsen zu. »Wir haben Ihnen die verzweifelte Mutter abgenommen, dabei haben Sie nur pro forma nach Ihrem Sohn gesucht, als Lara Alarm geschlagen hat. Also: Wo ist er?«, herrschte Orlando sie an.

»Im Heizungskeller«, flüsterte Margit Mommsen.

Nachdem wir die Kellertür aufgesperrt hatten, schoss Benny entsetzt an seiner Mutter vorbei nach draußen. Auf dem Boden verstreut lagen ungelutschte Lollis.

»Ich wollt ihn doch nicht an das Mädchen verlieren«, flüsterte die Mutter verzweifelt, als wir wieder im dunklen Wohnzimmer standen.

Das warme Nest war zu einem düsteren Loch geworden.

Frage: Welche berühmte Kölner Hebamme hat ihre Praxis in Longerich?

Erschienen am 1./2. Mai 2004

K.o. im Kwartier Latäng

Orlando trat in den Kreis und warf. Die Kugel rollte sacht neben das Schweinchen.

»Gut gelegt«, lobte sie ihr Partner Micha.

Orlando zwinkerte mir zu. Gemeinsam mit ihrer Nachbarin Mary hatte sie diesen Sommer ihre Leidenschaft fürs Boulespielen entdeckt und wollte mich ebenfalls begeistern.

»Boule ist ein Spiel der Krisen. Entweder du verursachst eine, oder du steckst in einer«, erklärte mir Micha und wischte sich den Schweiß von der Stirn.

Seit Tagen beherrschte eine unerträgliche Schwüle die Stadt. Selbst nachts um elf wehte kein kühles Lüftchen über den Rathenauplatz – was die Boule-Freunde aber nicht am Spielen hinderte. Bei spärlicher Straßenbeleuchtung maßen sich hier abgebrühte Profis ebenso wie blutige Anfänger im Spiel mit den silbernen Kugeln.

Die Boule-Künstler waren nicht die einzigen Nachteulen an diesem Freitagabend. Im Biergarten des Bürgervereins floss reichlich Kölsch, auf der Parkbank vor der Rosenhecke grölte Captain Rosé mit seinen Zechkumpanen, und vor der gegenüberliegenden Synagoge fächelten sich die Polizisten der Wachmannschaft mit ihren Mützen Frischluft ins Gesicht.

»Ich fass es nicht! 12:0 für mich«, jubelte Mary, die heute ein Tête-à-Tête mit einem Schwaben ein paar Meter weiter spielte.

»Hähä«, kreischte Captain Rosé auf seiner Bank. »Fred Fisch lässt sich von einem Greenhorn schlagen. Gleich ist Fanny.«

»Erst mal messen«, brummte Fred und zog ein Maßband aus der Hose.

»Was ist Fanny?«, fragte ich Orlando, die sich genau wie viele andere Boule-Spieler der Partie Mary gegen Fred zuwandte.

»Die totale Niederlage«, sagte sie. »13:0, höher kannst du beim Boule nicht verlieren.«

Ein Knäuel neugieriger Boule-Spieler beäugte Fred beim Messen.

»Oh, da geht's um Millimeter«, sagte Micha. »Hast du dein Tirette mit, Leo?«

Ein dunkler junger Mann mit sanften Hundeaugen holte einen kleinen Metallstab aus der Tasche und beugte sich über die Kugeln. »Der Punkt geht an Mary«, stellte er fest.

Die Spieler machten Platz und warteten auf Freds letzten Wurf. Marys Kugeln stoben auseinander, aber entscheidend für die Partie würde ihr letzter Wurf sein.

»Das ist die Hitze. Fred hat noch niemals Fanny verloren. Er ist der beste Tireur am Platz.« Micha konnte den Punktestand nicht fassen.

»Hähä, Fanny rauf und runter«, kreischte Captain Rosé und schwankte mit seiner Schnapsbuddel auf die Boule-Spieler zu. »Verpisst euch«, schnauzte er zwei bierflaschenbewehrte Gruftis an, die seinen Weg kreuzten.

Auf der Roonstraße heulte ein Wagen auf, direkt vor der Synagoge kreischten Bremsen. In die schlaffe Wachmannschaft kam Bewegung, aber der Wagen fuhr ohne Vorkommnisse weiter. Mary hatte mit ihrem Wurf gewartet. Ihr Gesicht war merkwürdig schmerzverzerrt. Die Hitze, dachte ich. Langsam bückte sich Mary nach ihrer Kugel. Kaum hatte sie den Boden berührt, sackten ihr die Beine weg, und sie brach zusammen. Orlando und ich waren sofort bei ihr. Micha zwängte sich zwischen uns.

»Lasst mich nach ihr sehen«, befahl er. »Ich bin Arzt.« Er ergriff Marys Arm und fühlte den Puls. Sein Blick verhieß nichts Gutes. Langsam drehte er den Körper um, und Mary starrte uns aus seelenlosen Augen an.

»Tot?«, stammelte Orlando fassungslos.

Ich sprang auf, wählte die 110 und schrie: »Keiner verlässt den Platz!«, was ziemlich schwachsinnig war, denn der größte Teil des Parks lag im Dunklen, und jeder, der verschwinden wollte, konnte es.

Die Kripo brauchte zehn Minuten. Zum Glück war Orlandos alter Freund Paffrath als Gerichtsmediziner dabei.

»Ich tippe auf Herzstillstand, Herr Kollege«, begrüßte ihn Micha.

Paffrath nickte verschwommen und zog sich die Gummihandschuhe über. Nachdem er Mary untersucht hatte, zeigte er auf eine schmale Wunde zwischen den Rippenbögen: »Der Stich wurde präzise geführt. Scheint jemand mit anatomischen Kenntnissen zu sein.«

»Alles wegen Fanny, Fanny«, krakeelte Captain Rosé, der in seinem versoffenen Kopf nichts mitbekommen hatte.

»Mord!« Orlando sog die Luft ein, und ihr Gesicht verhärtete sich.

Rund um mich sah ich in die entsetzten Gesichter der Boule-Spieler. Die Kripo begann ihre Routinearbeit, und ich packte mir Orlando und schleppte sie über die Beethovenstraße zu dem Café, das so hieß wie sie. Orlando mochte nicht sitzen, nicht stillstehen, und so schlurften wir mit zwei Coffee-to-go weiter durchs Viertel. Der Mörder musste einer der Boule-Spieler sein, der den Lärm vor der Synagoge genutzt hatte, um Mary den tödlichen Stich zu verpassen. Aber welcher? Und warum?

»Was ist mit diesem Fisch?«, fragte ich. »Ist er durchgedreht, weil er dabei war, zu verlieren?« Orlando starrte durch mich hindurch und zuckte mit den Schultern. »Kennst du die anderen Boule-Spieler?«, fragte ich weiter.

»Den einen oder anderen vom Sehen. Aber Micha, der kennt die ganze Rathenauplatz-Mischpoke«, entlockte ich ihr mühsam. In Zeitlupe griff sie zum Handy und wählte eine Nummer. Sie stand echt unter Schock. »Wir treffen ihn im ›Stiefel‹«, sagte sie, nachdem sie zu Ende telefoniert hatte.

Es war jetzt weit nach Mitternacht. Hinter Herz Jesu zerfranste ein milchiger Vollmond, und auf der Zülpicher war die Hölle los. Vor dem Büdchen neben dem Mexikaner lungerten die Punks mit ihren Hunden herum, auf der Straße kreischte eine Linie 9, Bergheimer Landeier ließen ihre Mantas aufheulen, und auf dem Gehweg kämpften wir uns an einem Trupp neuer, erlebnisgeiler Studenten vorbei, die sich hier ihr erstes Großstadtfeeling abholten. Micha hatte im ›Stiefel‹, der so angestaubt wie eh und je wirkte, zwei Plätze frei gehalten.

»Schreckliche Sache«, meinte er. »Zudem trifft es mich als Mediziner hart, dass ich den Einstich nicht bemerkt habe. Muss ein winziges Messer gewesen sein.«

»Paffrath geht von einem schmalen, scharfen Metallstück aus«, meinte Orlando, und ich sagte: »Wir vermuten den Mörder unter den Boule-Spielern. Jemanden mit anatomischen Kenntnissen.«

Micha lächelte unbestimmt. »Da kann ich ja froh sein, dass ich nicht in Marys Nähe war. Aber im Ernst: Es gibt Boule-Spieler, für die das Spiel zum Lebensinhalt wird. Der Kreis wird für sie zur Bühne, Erfolg oder Niederlage treffen sie ins Mark.«

»Ist Fred Fisch so ein Typ?«, fragte Orlando, jetzt wieder etwas munterer.

»Ein besessener Spieler, zweifellos, aber … Nun ja, bei der Hitze. Da dreht mancher durch.« Micha versank in Gedanken, und nach einiger Zeit fragte ich:

»Wo kann ich diesen Fred finden?«

»Wahrscheinlich sitzt er im ›Blue Shell‹ und kippt sich ein Weizen. Der war fix und fertig.«

»Ich bleibe noch«, sagte Orlando.

Allein warf ich mich erneut in das Getümmel der Zülpicher, kämpfte mich an Falafel futternden Erstsemestern vorbei in die etwas ruhigere Hochstadenstraße. Im »Blue Shell« herrschten trotz des kühlen Blaus Temperaturen wie in einem Whirlpool. Ich bestellte auch ein Weizen und platzierte mich neben Fred an der Theke.

»Totale Scheiße«, murmelte er.

»Du standst direkt neben ihr«, sagte ich.

»Und?« Fred sah mich an. »Ich war's aber nicht.«

Eine Weile saßen wir stumm nebeneinander. Vor meinem inneren Auge lief die Szene auf dem Rathenauplatz noch einmal ab.

»Was hat Captain Rosé mit Fanny rauf und runter gemeint?«, fragte ich.

»Wenn Mary den letzten Punkt gemacht hätte, hätte ich an diesem Abend zweimal Fanny gespielt. Einmal gewonnen, einmal verloren«, nuschelte Fred.

»Und gegen wen hast du gewonnen?«

»Leo. Er hat das 12:0 gemessen. Guter Spieler, sehr ehrgeizig. Arbeitet als Filmvorführer im ›Off Broadway‹.«

Ich musste mit Captain Rosé sprechen, ich war mir sicher, dass er etwas Entscheidendes gesehen hatte. In einem Büdchen auf der Zülpicher kaufte ich eine Flasche Schnaps und lief damit durch die Heinsbergstraße. Der bullige Türsteher des »LaLic« starrte mich missmutig an, und aus dem »Feynsinn« torkelten zwei angeschickerte Blondinen. Der Rathenauplatz ruhte im Dunkeln. Die Biergartenstühle waren zusammengestellt, die Polizisten vor der Synagoge abgezogen, die Kripo und die Boule-Spieler nach Hause gegangen.

Captain Rosé schnarchte auf seiner Parkbank. Ich öffnete die Schnapsflasche und hielt sie ihm unter die Nase. Er machte die Augen auf und griff gierig zu. Ich zog die Flasche zurück.

»Was hast du gemeint mit ›Alles-wegen-Fanny‹?«, wollte ich wissen.

Erst stierte er mich verständnislos an, dann tippte er sich an den Kopf. »Ist abgehauen, der Fanny-Junge. Bevor die Frau die Kugel nahm, hat er was weggeschmissen«, nuschelte er und griff nach der Flasche.

Mehr erfuhr ich nicht. Ich rief Orlando an und lief zurück auf die Zülpicher. Aus der Hofeinfahrt des

»Off Broadway« tröpfelten die letzten Besucher der Spätvorstellung. Ich fand Leo beim Filmspulen in der Vorführkabine. Das Thermometer an der Wand zeigte 43 Grad.

»Warum bist du weggelaufen, bevor Mary ihre letzte Kugel spielte?«

Seine Augen flackerten. Mir rann der Schweiß den Rücken hinunter.

»Wie konnte Fred gegen diese Anfängerin verlieren?«, brach es aus ihm heraus. »Fred ist der Beste! Nur der Beste kann mich abzocken!«

Plötzlich stolperte Orlando die Treppe hoch. »Die Mordwaffe, ich weiß, was es ist«, sagte sie zu mir und fragte Leo: »Wo ist dein Tirette?«

Das Flackern in den Augen verstärkte sich.

»Du hast es ihr zwischen die Rippen gestoßen, weil du nicht ertragen konntest, dass Mary gewinnt«, fuhr Orlando ihn an.

»Die Hitze, ich wusste nicht mehr …«, stammelte Leo, und Tränen rannen aus seinen Hundeaugen.

Zwei Stunden später saßen wir mit einem lauwarmen Kölsch im Hinterhof des Kinos. Ein heftiger Wind kündigte ein Gewitter an. Wäre es nur ein paar Stunden früher gekommen.

Frage: In welcher Straße des Kwartier Latäng liegt das Café, das wie eine der beiden Detektivinnen heißt?

Erschienen am 10./11. Juli 2004

Dauerregen in Dellbrück

Das Feuer hatte ein kopfgroßes Loch in die Eingangstür gefressen. Drum herum zierte ein schwarzes Rauchmuster den Hausputz.

»Zum Glück wurde der Brand im Keim erstickt«, Strundts Adamsapfel zuckte nervös, »aber es hätte alles abbrennen können. Ich habe gerade eines der Häuser gekauft. Grauenvoll, wenn das nur noch Asche wäre.«

Wir standen im strömenden Regen vor einem Karree schlichter, gelb gestrichener Einfamilienhäuser aus den fünfziger Jahren. Strundt machte keine Anstalten, Orlando und mir unter seinem großen Schirm Schutz zu gewähren. Belgische Militärs hatten hier gewohnt, erzählte er. Nachdem diese vor einigen Jahren abgezogen waren, übernahm der Bundesgrenzschutz die große Kaserne an der Bergisch Gladbacher Straße, und die Offiziershäuser an der Untereschbacher und Von-Quadt-Straße wurden vom Bundesvermögensamt zum Kauf angeboten.

»Eindeutig Brandstiftung«, fuhr Strundt unter seinem Schirm fort, »die Polizei hat aber nicht die winzigste Spur. Die anderen Eigentümer haben mich beauftragt, hier für Sicherheit zu sorgen. Kurzum, ich möchte, dass Sie das Gelände bewachen.«

»Vierundzwanzig Stunden Bewachung können wir nicht leisten mit unserem Zweifraubetrieb«, warf Orlando eilig ein. Sie hasste solche langweiligen Aufträge, aber ich hatte ihr vorgerechnet, dass wir das Geld brauchten, um unsere Gehälter zahlen zu können.

»Decken Sie die Kernzeiten ab«, entschied Strundt.

Erstaunlicherweise übernahm Orlando freiwillig die Nachtschichten, und so parkte ich tagsüber meinen Alfa auf der Von-Quadt-Straße. Nur grauer Himmel, viele Schauer. In den Regenpausen sah ich junge Mütter mit Kinderwagen in Richtung Dellbrücker Hauptstraße eilen und Bewohner des nahen Altenheims zu kleinen Promenaden aufbrechen.

»War bestimmt ein Einzelfall«, murrte Orlando, immer noch bemüht, den Auftrag schnell wieder loszuwerden.

Aber Strundt bestand dank meiner Überzeugungskraft auf weiterer Überwachung. Ereignislos und regenreich zerflossen die Tage. Es war ein Sommer, um in den Süden zu ziehen. Wenn man es sich leisten konnte. Am fünften Regentag schreckte ich aus meinem Alfa hoch, als jemand an die Scheibe klopfte.

»Auf wen warten Sie?«, fragte eine Alte, deren andere Hand einen Stock umklammerte.

»Ich pass ein bisschen auf die Häuser auf«, antwortete ich, nicht unglücklich über die Unterbrechung.

»Ach, die Häuser«, sagte sie und schüttelte Wassertropfen von der Plastikhaube auf ihrem Kopf. »Wissen Sie, hier war früher der große Kirmesplatz von Dellbrück, die Leute kamen von weit her, um zu feiern. Das Schubkarrenrennen in der Von-Quadt-Straße war berühmt! So gerne würde ich noch mal eine solche Kirmes erleben.« Die alten Augen leuchteten. »Wo Sie doch nichts zu tun haben«, fuhr sie fort. »Können Sie mir nicht helfen, Otto zu suchen? Er hat mich zwei Tage nicht besucht, das macht mir Sorgen. Vielleicht ist er im VHS-Garten, aber das ist zu weit für mich.« Bedauernd wies sie auf den Stock.

Hier passiert eh nichts, dachte ich, lud die Alte in den Alfa und fuhr mit ihr über die Kemperbachstraße, durch die Wiesenstraße, wo Pferdekoppeln regennass glänzten.

»Otto ist noch ganz gut zu Fuß, nur ein bisschen vergesslich«, plauderte sie. »Manchmal bringt er mir Blumen. ›Für dich, Luise.‹ Ich glaube, er ist ein bisschen in mich verliebt …« Sie kicherte lustig.

Der üppige VHS-Garten triefte vom Dauerregen. Von Otto keine Spur. Auch auf dem nahen Reiterhof wusste man von nichts.

»Da!« Luise deutete mit dem Stock auf die Reste einer weggeworfenen Zigarre. »Die ist von Otto.«

Eine weitere Suche wurde von meinem Handy unterbrochen.

»Wo steckst du?«, polterte Orlando. »In der Siedlung brennt es wieder!«

Ich hievte Luise zurück in den Wagen und prügelte den Alfa durch die Dellbrücker Hauptstraße. Die Feuerwehr löschte bereits, und Strundt tobte.

»Was ist das denn für eine Bewachung? Noch so ein Brand, und die Häuser sind nichts mehr wert!« Nervös hüpfte der Adamsapfel, Regen drückte seine Föhnfrisur zusammen.

»Nachmittags um drei ist keine Kernzeit«, wies Orlando Strundt direkt nach ihrem Ankommen zurecht und besah sich mit mir den Schaden.

Immer noch aufgebracht brauste Strundt wenig später mit seinem Volvo davon.

»Dem sein Großvater ist mit Schwarzmarktgeschäften reich geworden«, meinte Luise, die immer noch im Auto saß, »hat einen Bungalow auf dem Millionenhügel, der Vater hat's ins feine Thielenbruch geschafft, und der Sohn …«

»Das Bundesvermögensamt verkauft die Häuser nur an Privatpersonen. Vielleicht legt er die Feuer selbst«, spekulierte Orlando, »damit die anderen Besitzer abspringen und ihm ihre Häuser billig verkaufen.«

»Und warum sollen wir hier aufpassen?«, fragte ich skeptisch.

»Als Alibi. Denk an den Wirt aus Ehrenfeld«, erinnerte sie mich.

Zunächst nährte nichts ihre Spekulation. Dellbrück versank weiter im Dauerregen.

»Otto ist zurück«, verkündete strahlend Luise, als sie wieder mal an den Alfa klopfte. »Er plant eine große Überraschung zu meinem Achtzigsten.«

Orlando überraschte mich mit der Nachricht, dass der Verkauf der Wohnungen seit den Bränden nur schleppend voranging, und bat mich, die Nachtschichten zu übernehmen. Es regnete weiter. Eines abends klopfte Luise.

»Otto meint, Sie sollten zumindest einen heißen Kaffee trinken, wo Sie jetzt auch nachts arbeiten.« Sie reichte mir eine Thermoskanne.

Ich nahm dankbar an. Die Offiziershäuser verschwammen hinter einem Wasservorhang. Der Kaffee weckte nicht, schläferte ein. Ich träumte von sonnenüberfluteten Mittelmeerstränden, als ein beißender Geruch mich weckte. Ein Rauchfähnlein züngelte aus einem Fenster der links stehenden Häuser. Schlaftrunken sah ich davor einen Zigarre rauchenden Alten unter einem Schirm stehen. Otto! Unschlüssig, was zuerst zu tun war, packte ich den Autofeuerlöscher und stürmte zu dem Brandherd.

Als das Feuer gelöscht war, war Otto verschwunden. Ich eilte zu Luises Apartment. Bereits im Flur roch es nach Zigarrenrauch. Der Alte saß in Luises Lehnstuhl und sah mich unbeteiligt an.

»Er ist ein bisschen wirr im Kopf«, sagte Luise und legte schützend die Hand auf seine Schultern. »Es sollte eine Überraschung sein, zu meinem Achtzigsten. Der Kirmesplatz, wie er früher war. Dazu mussten die Häuser verschwinden. Wo sonst hätte man die Schiffschaukeln und den Platz fürs Tanzorchester aufbauen können?«

Nass, müde und durcheinander ließ ich mich in den anderen Lehnsessel sinken. Was sollte ich mit den beiden Alten machen? Morgen, dachte ich, morgen würde vielleicht der Regen aufhören und heller Sonnenschein Klarheit bringen.

Frage: Neben welchem alten Dellbrücker Hof liegt der Garten der VHS?

Erschienen am 11./12. September 2004

FC

Mord in Müngersdorf

Schlecht gelaunt radelte ich neben Orlando durch den Grüngürtel. Der Himmel über der Stadt drückte grau auf die gelb gefärbten Bäume, feuchtes Laub machte das Radfahren zur Rutschpartie.

»Einmal im Leben muss jeder Kölner den FC spielen sehen! Und Gisela hast du seit Weihnachten nicht mehr getroffen«, rief Orlando zu mir herüber, die genau wusste, dass ich mich für Fußball nicht die Bohne interessierte und es mir völlig ausreichte, meine Schwester einmal im Jahr zu sehen.

Im Roman-Kühnel-Weg parkten wir die Räder, und der Wind trug die ersten Klänge eines Höhner-Lieds vom Stadion zu uns herüber. Langsam schoben wir uns mit der Menge am verlassenen ASV-Stadion und an menschenleeren Tennisplätzen vorbei. Auf dem Hockeyplatz vom THC Rot-Weiß trieben verschwitzte Piefkes in roten Hosen mit ihren Schlägern den Ball über den Rasen. Ich warf den Kleinen einen sehnsüchtigen Blick zu. Warum musste Giselas Jüngster Fußball spielen? Hockey war eindeutig der schönere Sport.

»Da seid ihr ja endlich«, begrüßte mich meine Schwester nach einem strafenden Blick auf die Uhr. Ihr Mann Kurt drängte uns schwer atmend zu unseren Plätzen. Seit Weihnachten war sein Bauch noch dicker geworden.

»Viereckig«, meinte Orlando und sah sich interessiert im neuen Stadion um.

Wortkarg harrte ich der Dinge, die da kommen würden. Zwanzig Minuten später war es so weit. Die Cheerleader brachten die Südkurve zum Kochen, und als das ganze Stadion das FC-Lied sang, tropfte Kurt ein Tränchen von der Backe. Dann liefen die Spieler ein, jeder mit einem kleinen Fußballer an der Hand. Gisela und Kurt sprangen auf, um genau zu sehen, neben welchem Kicker ihr Jüngster einlief.

»Da!«, rief Gisela. »Er läuft neben Springer!«

»Das darf nicht wahr sein«, regte Kurt sich neben ihr auf.

Mit hochrotem Kopf und ohne Freude verfolgte er das Spiel. Erst als Ebbers zum zweiten Mal am gegnerischen Tor vorbeischoss, kam mit einem schmerzvollen Seufzer seine FC-Leidenschaft zurück.

»Was für eine Bolzerei«, wetterte er nach dem Spiel. »Und dann ein Trainer, der sich über pfeifende Fans aufregt, anstatt sich um die Leistung der Spieler zu kümmern. Wenn ich da an die glorreichen Zeiten unter Daum denke …«

»Es hätte gereicht, den Lienen machen zu lassen, den haben sie zu früh geschasst«, widersprach ihm Orlando.

Wir schlenderten rüber zu den Jahnwiesen, wo Giselas Jüngster mit seiner Fußballmannschaft ein paar Dribbelübungen vorführte. Inmitten der Kleinen ihr Trainer, sonnengebräunt und sportgestählt, mit Trillerpfeife um den Hals.

Abrupt brach Kurt seine Fachsimpelei mit Orlando ab, fixierte mit wütendem Blick den jungen Mann und zischte: »Den Hülzer schnapp ich mir jetzt!« Erfolglos versuchte Gisela ihn aufzuhalten, Kurt schritt schon mit energischen Schritten auf den Sportsmann zu.

»Kannste mir mal sagen, warum mein Jüngster nicht neben Podolski einmarschiert ist?«, fuhr Kurt ihn an.

»Da hatte ich keinen Einfluss drauf, ehrlich!«, rechtfertigte sich der Trainer.

»Erzähl nicht so einen Schwachsinn«, ereiferte sich Kurt mit überschlagender Stimme und begann, den jungen Trainer mit seinem dicken Bauch zu schubsen.

»Los, geh dazwischen«, zeterte Gisela. »So was machst du doch in deinem komischen Beruf!«

Während ich auf Kurt zulief, verkeilten sich die zwei schon ineinander. Ich drängte mich zwischen die Streithähne und empfing als Begrüßung einen harten Schlag auf den linken Wangenknochen. Es gelang mir nur mit Orlandos Hilfe, den aufgebrachten Kurt von Hülzer wegzuzerren.

»Eine Drecksau ist das«, tobte er. »Ich hab ihm einen Hunni dafür bezahlt, dass mein Jüngster neben Podolski einlaufen kann!«

»Du spinnst ja!« Der Trainer schüttelte ungläubig den Kopf und suchte schnell das Weite.

»Ich krieg dich noch!«, brüllte Kurt ihm hinterher, schnappte sich seinen wie versteinert wirkenden Fußballsohn und zog ihn vom Platz.

Froh darüber, dass dieser unsägliche Fußballnachmittag zu Ende war und ich meine Schwester und ihre Sippe frühestens Weihnachten wiedersah, radelte ich wenig später mit Orlando im Nieselregen zurück.

Leider dauerte es nur zwei Tage, bis Gisela wieder anrief.

»Hülzer ist ermordet worden«, kreischte sie hysterisch ins Telefon. »Man hat seine Leiche aus dem Adenauerweiher gefischt. Kurt wird verdächtigt, weil er doch nach dem FC-Spiel den Streit mit ihm hatte. Ihr müsst was unternehmen. Kurt hat ihn nicht umgebracht.«

Ich seufzte schwer, versuchte halbherzig, Gisela zu beruhigen, und fragte sie über den Trainer aus. Hülzer war erst erschlagen und dann in den Weiher geworfen worden. Die Leiche lag zwei Tage im Wasser, er musste also kurz nach dem FC-Spiel umgebracht worden sein.

»Sieht nicht gut aus für Kurt!«, folgerte Orlando.

»Jetzt mach mal einen Punkt. Kurt ist immerhin mein Schwager.«

»Und deshalb kann er nicht der Mörder sein?«

Ich holte tief Luft. Orlando war immer so furchtbar rational und analytisch. Das konnte einem echt auf den Wecker gehen.

»Hast du noch was über den Trainer erfahren?«, wollte sie dann wissen.

»Sportstudent. Er wohnte mit seiner Freundin und einem Kommilitonen zusammen.«

Eine halbe Stunde später standen wir auf dem leicht bergigen Dorfplatz von Alt Müngersdorf. Über der wuchtigen Fassade von Sankt Vitalis trieben dunkle Wolken. Vor dem Tor zum Innenhof des Kirchhofes wirbelte der Herbstwind Blätter auf, trieb sie über den Platz in Richtung Belvederestraße, in der einst Heinrich Böll gelebt hatte. Abgesehen von einem kleinen, verstaubten Haushaltswarenladen waren hier wie überall in den Vororten die Einzelhandelsgeschäfte verschwunden. Orlando suchte die Hausnummern ab. Hülzer/Jens/Steinhage lasen wir auf dem Klingelschild.

»Lass mich reden«, wies ich Orlando an, die immer dazu neigte, mit der Tür ins Haus zu fallen.

Eine langbeinige Brünette mit verheulten Augen öffnete die Tür einen Spaltbreit. Behutsam erläuterte ich der jungen Frau unser Anliegen, und sie ließ uns tatsächlich eintreten. Durch einen Flur, den Inlineskater, Surfbretter und Skier noch viel enger machten, als er eh schon war, führte sie uns in eine kleine Küche, in der ein bebrillter Lockenkopf und ein gefärbter Rotschopf über einem Text brüteten.

»Zwei Detektivinnen, die den Mord an Timo aufklären wollen«, erklärte sie den beiden. »Wir sollten ihnen helfen. Ich finde, sie wirken viel sympathischer als der Kommissar, der heute Morgen hier war.«

»Ricky Steinhage«, murmelte der Lockenkopf. »Ich geh dann mal!« Der Rotschopf stand auf. »Will noch 'ne Runde Beachvolleyball spielen.«

»Britta Jens«, stellte sich die Langbeinige vor. Beide räumten Bücher und Texte von den Stühlen und baten uns, Platz zu nehmen. »Die Entstehung der Sportanlagen Müngersdorf in den 1920er Jahren«, las ich auf einem der Manuskripte.

»Timo Hülzers Diplomarbeit«, erklärte uns Steinhage, »wegen der er ziemlichen Ärger hatte. Sein Prof hat ihm unterstellt, dass er aus einer anderen Arbeit abgeschrieben hat.«

»Timo war stinksauer«, ergänzte Britta Jens.

»Kann nichts mit dem Mord zu tun haben«, folgerte Orlando.

»Vielleicht doch«, meinte Steinhage, »weil Timo herausgefunden hatte, dass sich Professor Holzhauer bei seiner Dissertation ebenfalls bei anderen bedient hatte.«

»Hat Hülzer das schon publik gemacht?«, fragte ich.

»Vorgestern war er zum Gespräch bei Holzhauer«, nuschelte Britta Jens und fing an zu weinen. Unbeholfen legte Steinhage seinen Arm um sie, den sie aber sofort wegstieß.

»Na dann«, räusperte sich Orlando, der Gefühlsausbrüche ein Gräuel waren. »Schauen wir uns mal den Professor an.«

Sie verabschiedete sich schnell. Ich blieb noch.

»Was war er für ein Mensch, der Timo?«, fragte ich. Das Schluchzen von Britta Jens steigerte sich.

»Lassen Sie sie in Ruhe«, mischte sich Steinhage ein. »Sie sehen doch, dass sie nicht darüber reden kann. Soll ich was zu essen machen, Britta?«, wandte er sich mitfühlend an die junge Frau. Die nickte dankbar. »Das beruhigt sie immer!«, erklärte er mir, nahm eine Bratpfanne aus dem Schrank und klopfte ein Ei hinein. »Timo war einer, der immer bekam, was er wollte. Ein Glückspilz auf allen Ebenen. Deshalb hat ihn das mit seiner Arbeit so aufgeregt«, beantwortete er meine Frage, während er Schnittlauch über das Ei streute und es dann auf den Tisch stellte. Britta Jens aß jetzt tatsächlich mit gutem Appetit.

»Wieso hast du nicht die gusseiserne Pfanne genommen? Die nimmst du doch sonst immer für Eier«, fragte sie schon wieder ohne Schluchzen.

Froh darüber, dass sie wieder an simple Alltagsdinge denken konnte, verabschiedete ich mich. »Wenn Ihnen noch etwas einfällt, rufen Sie uns an!«, sagte ich und schlängelte mich durch den vollgestopften Flur nach draußen.

Orlando stand neben einem Schaukasten, in dem der Bürgerverein Müngersdorf zu einem Ideenwettbewerb zur Neugestaltung des Dorfplatzes aufrief, und telefonierte.

»Holzhauer ist an der Sporthochschule. Er erwartet uns in der Mensa! Lass uns zu Fuß gehen«, schlug sie vor und hakte sich bei mir unter.

»Du bist wirklich ein Trampel«, sagte ich. »Da fängt die Frau an zu heulen, und du haust sofort ab.«

Schweigsam liefen wir dann durch den Grüngürtelstreifen Richtung Aachener Straße. Die Cologne Cardinals Baseballer trainierten in ihrem Stadion, und vom nahen Reit- und Turnierplatz wehte der Geruch von Pferdeäpfeln zu uns herüber.

»Jetzt hör auf, beleidigt zu sein. Du weißt doch, dass ich Tränen nicht abkann!«, knurrte Orlando auf der Höhe des Carl-Diem-Wegs, als wir die Aachener überquerten.

»Aber ein bisschen anstrengen könntest du dich schon!«

»Okay«, meinte sie und grinste.

Wir arbeiteten schon so lange zusammen, dass wir uns manchmal wie ein altes Ehepaar verhielten. Mein Handy klingelte am Pförtnerhäuschen der Sporthochschule.

»Habt ihr schon was rausgefunden?«, wollte Gisela wissen. »Kurt ist kurz vor 'nem Herzinfarkt.«

»Der Mörder läuft hier nicht rum und zeigt mit dem Finger auf sich. So was dauert«, meinte ich.

»Sag ihr, sie soll Kurt ans Telefon holen«, schaltete sich Orlando ein. »Frag ihn, ob Hülzer noch andere über den Tisch gezogen hat.«

»Dass der gern die Hand aufhielt, das wusste jeder«, erzählte Kurt. »Weiß nicht, wie viel Geld Metzgermeister Klütsch bezahlt hat, damit sein schwerfälliger Sohn im Sturm spielen darf.«

Orlando nickte und betrachtete dabei die nüchterne Bürofassade der Sporthochschule. Die Spoho-Mensa lag hinter diesem Gebäude am Ernst-Jokl-Platz, wo aufeinandergestapelte Holztische und eine bayrische Weißbierwerbung an Sommer und Biergarten erinnerten. Holzhauer saß an einem der kargen Plastiktische und winkte uns zu. Er stach aus der Masse der sportgestählten Studenten weniger durch sein Alter, sondern mehr durch seinen gewaltigen Bart heraus.

»Natürlich habe ich Hülzer niemals ein solches Ende gewünscht«, begann er ohne Vorrede, nachdem er uns einen Kaffee geholt hatte. »Aber es wundert mich letztendlich nicht. Ich habe selten einen Studenten gehabt, der mit so wenig eigener Arbeit und unter größtmöglicher Ausbeutung von Kommilitonen sein Studium betrieben hat. Seine Diplomarbeit war eine einzige Frechheit. Ganze Kapitel waren aus einer anderen Arbeit zu dem Thema Wort für Wort abgeschrieben.«

»Oh, er behauptete ja, Sie hätten das Gleiche getan«, warf Orlando ein.

Der Professor lachte trocken. »Ich habe meine Dissertation über Carl Diem und seine unrühmliche

Rolle im Faschismus geschrieben. Sie wissen schon: Das Stadion als Vorhof zum Schlachtfeld. Sport ist eine Schule der Vaterlandsverteidigung, die wir auf uns nehmen, bis uns der Ruf der Waffen erreicht. Das war damals ein hochbrisantes Thema. Schließlich demontierte ich das Bild des Gründers dieser Sporthochschule. Sie können sicher sein, dass ich mich niemals der Gefahr des Plagiats ausgesetzt hätte.«

»Hülzer hatte also keine Anhaltspunkte für seine Behauptung?«, wollte ich wissen.

»De facto nicht. Er meinte sie zu haben, weil er die Magisterarbeit meiner Frau über Adenauers Kommunalpolitik in den 1920er Jahren gelesen hatte. Darin nennt sie eines ihrer Kapitel genau wie ich in meiner Arbeit, aber sie beleuchtet völlig andere Aspekte. Mein Gott, er sollte ja keinen großen Wurf schreiben, aber ein bisschen eigenes Denken verlange ich schon! Das habe ich ihm versucht klarzumachen, als er vor zwei Tagen hier war.«

»Wenn Sie ihn nicht umgebracht haben, wer dann?«, fragte Orlando.

Holzhauer lachte wieder sein trockenes Lachen, bevor er sagte: »Sie wissen, dass Sie meine Arbeit und die meiner Frau jederzeit einsehen können, falls Sie mir nicht glauben. Ansonsten fragen Sie bei seinen Kommilitonen nach! Mit Steinhage und Kunz hat er viel zusammen gemacht.«

»Kunz?«

»So ein Rotschopf, hat jetzt einen Job in der Jugend-Fußball-Schule.«

Fünf Minuten später überquerten wir den Carl-Diem-Weg. »Sollte der Weg nicht umbenannt werden?«, fiel mir ein, nachdem Holzhauer Diems NS-Vergangenheit erwähnt hatte.

»Man hat es mal erwogen«, erinnerte sich Orlando. »Aber dann haben sie das Radstadion hier nach diesem kleinen Radrennfahrer benannt, der in den frühen 1930er Jahren erfolgreich war ... Du weißt schon: Auf der einen Seite ein bisschen an den Widerstand erinnern, auf der anderen ein bisschen die Täter und Mitläufer vergessen, das passt doch zur kölschen Geschichtsmentalität. Verdammt, mir fällt einfach der Name von diesem Radfahrer nicht ein. Ein Ehrenfelder Jung, der lieber Europäer als Deutschnationaler war und den die Nazis deshalb umgebracht haben ...«

Wir ließen das Radstadion links liegen und standen kurze Zeit später vor einem Flachbau, dessen Fenster Pokale zierten. Gegenüber, auf zwei kleinen Fußball-Übungsfeldern, trainierten zehnjährige Jungs Tore schießen.

»Wo ist euer Trainer?«, fragte Orlando.

»Welcher?«, fragte ein sommersprossiger Junge zurück.

»Kunz, der mit den roten Haaren.«

»Der trainiert uns nicht«, mischte sich ein o-beiniger Kicker ins Gespräch ein.

»Hat man uns aber gesagt«, erklärte Orlando perplex.

»Der wollte gerne hier Trainer werden!« Der Sommersprossige schoss lässig ein paar Bälle ins kleine Tor. »Aber dann haben sie Timo Hülzer genommen.«

»Hülzer hat den Rotschopf ausgetrickst«, ergänzte der O-Beinige, bevor er sich wie die anderen wieder dem Spiel zuwandte.

Schon wieder klingelte mein Handy.

»Am Abend nach dem FC-Spiel ist Kurt noch mal raus. Er hat mir nicht gesagt, wohin er gegangen ist«, heulte Gisela.

»Das hättest du mir wirklich früher sagen können«, pflaumte ich sie an.

»Besser, wir hätten Kurt erst mal durch die Mangel gedreht«, meinte Orlando.

»Hülzer hat Kunz den Job weggenommen. Das wiegt schwerer als hundert Euro«, konterte ich.

In der Zwischenzeit waren wir am ehemaligen Club »Oud Belgie« angelangt. »Playa in Cologne, öffentliche Beachsportanlage«, lasen wir auf einem Schild. Orlando erinnerte sich sofort, dass Kunz Beachvolleyball spielen wollte. Schnell betraten wir die Anlage. Kaum hatte der Rotschopf uns gesehen, trat er die Flucht an. Er sprintete an uns vorbei. Ich hetzte hinterher. Er hechtete über die Jahnwiesen in Richtung Adenauerweiher. Kunz war dreißig Jahre jünger als ich, und beim alten belgischen Offizierscasino hatte ich ihn aus den Augen verloren. Schwer atmend kehrte ich zum Stadionvorplatz zurück, wo Orlando auf mich wartete.

»Irgendwann kriegst du noch einen Herzinfarkt. Für so was bist du einfach zu alt«, meinte sie kopfschüttelnd und fügte hinzu: »Kunz wohnt in dem Studentenwohnheim an der Aachener. Lass uns dort auf ihn warten!«

Im »Doping«, der Kneipe, die ein bisschen Leben in den ansonsten trostlosen Wohnheimbau brachte, spendierte sie mir zwei Mineralwasser. Danach warteten wir auf der vierten Etage auf Kunzes Rückkehr. Es dauerte keine halbe Stunde, bis Gisela wieder anrief.

»Ich bin kurz vor einem Nervenzusammenbruch«, schluchzte sie.

»Entweder ich komme Händchen halten, oder ich suche einen Mörder«, meinte ich genervt.

Es war weit nach Mitternacht, als Kunz aus dem Fahrstuhl torkelte. Er hatte sich schwer was in die Birne geknallt.

»Scheiße«, murmelte er, als er uns entdeckte, redete dann aber wie ein Wasserfall. »Timo war ein großes Arschloch, ein Abzocker. Bei meinem Zimmernachbarn rechts hat er die Diplomarbeit abgeschrieben, bei dem links tausend Euro gepumpt, Steinhage hat er die Freundin ausgespannt, mir den Job weggeschnappt. Die Litanei könnte ich endlos fortsetzen. Kein Mensch an der Spoho weint dem eine Träne nach.«

»Haben Sie ihn deshalb umgebracht?«, fragte ich.

»Hab ich nicht«, nuschelte er. »Auch wenn Sie mir nicht glauben, weil ich kein Alibi habe.«

»Wer dann?«, fragte Orlando.

»Keine Ahnung. Es gibt mindestens hundert, die ein Motiv gehabt hätten.«

Er sackte zusammen und fing an zu schnarchen. Wir schafften ihn in sein Zimmer.

»Bleib du bei ihm«, befahl ich Orlando und suchte das Zimmer nach einer Taschenlampe ab. »Ich muss was überprüfen.«

Durch die Dunkelheit eilte ich zurück auf die andere Seite der Aachener. Immer noch hing der Geruch von Pferdemist in der Luft. Ich stolperte durch den nachtschwarzen Grüngürtelstreifen nach Alt Müngersdorf. Verschlafen lag der Dorfplatz da, als ich mich in dem Haus, in dem Steinhage und Jens wohnten, in den Hinterhof schlich und die Mülltonnen durchsuchte. Ich watete schon kniehoch in Essensresten, als ich die Bratpfanne entdeckte. Gusseisern, schwer. Ein Schlag mit ihr auf den Hinterkopf konnte tödlich sein. Ich war mir sicher, dass sich daran Spuren von Blut und Gehirnmasse von Timo Hülzer finden würden.

Mit der Pfanne in der Hand klingelte ich bei Jens/Steinhage Sturm. Eine verschlafene Britta Jens öffnete die Tür. Dahinter sah ich das viel wachere Gesicht von Steinhage.

»Lassen Sie uns nach unten gehen«, sagte er, als er die Pfanne erblickte, und drängte die junge Frau zurück in die Wohnung.

»Warum jetzt?«, fragte ich ihn, als wir auf dem menschenleeren Dorfplatz standen. »Warum nicht, als er Ihnen das Mädchen ausgespannt hatte?«

»Er wollte mich aus der Wohnung rausschmeißen, jetzt, wo er einen neuen Job hatte«, wehklagte Steinhage. »Ich wusste, dass er Britta bald fallen lassen würde, er war kein Mensch, der sich wirklich binden konnte. Ich musste immer in ihrer Nähe sein. Nach der Trennung wäre sie zu mir zurückgekommen …«

Ich seufzte schwer ob dieser merkwürdigen Vorstellung von Liebe und rief erst Orlando, dann Gisela und zum Schluss die Polizei an.

Morgens um drei fuhren wir todmüde über die Aachener zurück in die Stadt. »Ist ja gut gegangen für deine Sippschaft«, gähnte Orlando. Ich nickte und hoffte inständig, dass mich diese wenigstens für den Rest des Jahres in Ruhe ließ.

Frage: Nach welchem Kölner Radfahrer ist die Radrennbahn in Müngersdorf benannt?

Erschienen am 20./21. November 2004

Bedroht in Porz

Orlando fing schon an zu heulen, als der Engel James Stewart die Sache mit dem zweiten Flügel erklärte. Bei Filmen wie diesem Weihnachtsklassiker war sie nah am Wasser gebaut. Ich schob den Autositz weit nach hinten und postierte das kleine Heizöfchen zwischen meine kalten Füße.

»Wirf wenigstens ab und zu mal einen Blick auf das Gelände«, unterbrach ich ihr Geschluchze. Schließlich froren wir nicht freiwillig Heiligabend im Porzer Autokino.

»Dass sich Kapke ›Ist das Leben nicht wunderbar?‹ ansieht, macht ihn mir regelrecht sympathisch«, schniefte Orlando und schnäuzte sich.

Kapkes weinroter Passat parkte zwei Reihen vor uns. Direkt daneben ein kleiner weißer Punto, ansonsten verloren sich auf dem riesigen Areal an der Frankfurter Straße vielleicht noch zehn weitere Wagen.

Wer ging schon Heiligabend ins Autokino? Knut Kapke, unser Auftraggeber, tat das. Seit er vor ein paar Wochen aus einem fast perfekten Autogeschäft mit einem Russen ausgestiegen war, fühlte er sich bedroht. Merkwürdige Telefonanrufe, zerstochene Reifen. Wenigstens über die Weihnachtstage wollte er sich sicher fühlen und hatte uns als Bodyguards engagiert. Ich hatte ihm einen kräftigen Feiertagszuschlag aufs Auge gedrückt, aber unglücklich waren weder Orlando noch ich, Weihnachten arbeiten zu müssen. Orlando ersparte es einen deprimierenden Besuch bei ihrem dementen Vater in Riehl und mir die Sehnsucht nach den Zeiten, als ich noch mit meinem inzwischen flügge gewordenen Sohn zusammen gefeiert hatte.

Auf der Leinwand irrte jetzt James Stewart durch Schneegestöber, und vor der Leinwand stapfte Kapke durch Nieselregen. An dem gelben Flachbau in der Mitte des Platzes glänzte regennass ein Sion-Kölsch-Reklameschild.

»Der geht bestimmt nur Popcorn holen«, murmelte Orlando, ohne den Blick von der Leinwand zu wenden.

Schnaubend stieg ich aus und folgte Kapke. Ein dürrer, unscheinbarer Kerl um die sechzig, der sich frierend einen grauen Schal um den Hals wickelte und ängstlich um sich blickte. Die Snackbar, die er betrat, strahlte den Charme einer kalten Garage aus. Kapke kaufte zwei Glühwein und schlidderte langsam zurück. Vorsichtig stellte er einen Becher auf dem Passatdach ab, mit dem anderen klopfte er zögernd an die Fahrertür des Puntos. Die Wucht, mit der die Fiattür aufgerissen wurde, schleuderte dem Männlein den Glühwein aus der Hand. Aus dem kleinen Italiener hievte sich eine breite Rothaarige. Ein Schwall erbostes Russisch ergoss sich über Kapke, dann verpasste ihm die Riesin rechts und links eine Ohrfeige und begann, ihn mit seinem Schal zu würgen.

Das alles geschah so schnell, dass ich erst reagierte, als Kapke anfing, nach Luft zu japsen.

»Lassen Sie sofort den Mann los!«, schrie ich die Rothaarige an.

»Schnauze«, bläffte sie, schubste Kapke zur Seite, wuchtete sich zurück in den kleinen Wagen und fuhr, nachdem sie den Heizkörper aus dem Fenster geworfen hatte, mit quietschenden Reifen davon.

Ich drängte Orlando aus dem Alfa und befahl ihr, auf Kapke aufzupassen. Es gefiel ihr gar nicht, aus ihrem Lieblingsfilm in den Nieselregen gestoßen zu werden, aber Job ist Job. Zum Glück hatte der Fiat an der roten Ampel Ecke Theodor-Heuss-Straße und Frankfurter Straße warten müssen. Ich klemmte mich dahinter. Die Frau fuhr weiter in Richtung Porz-Zentrum. Am Hotel Terminal vorbei eierte sie in leichten Schlangenlinien an den Hochhäusern des Demo-Gebiets entlang. Sie ignorierte die vielen Weihnachtsmänner, die per Strickleiter versuchten, durch lichterkettenerleuchtete Fenster ins Innere der Betonburgen zu gelangen.

Mein Handy klingelte an der Steinstraße.

»Kapke sitzt zitternd in der Snackbar«, berichtete Orlando. »Sagt, dass er die Russin noch nie gesehen hat.«

Ich schlug vor, ihn nochmals nach seinem Autogeschäft zu löchern, und konzentrierte mich wieder auf die Rothaarige. Am Leinpfad ließ sie den Wagen stehen und ging zu Fuß weiter. Nach einem Blick auf die wuchtige alte Rathausuhr hetzte sie eilig hinunter zur Rheinpromenade. Der Regen hatte aufgehört, und ein blasser Wintermond beschien den ruhigen Fluss und die kahlen Felder des »Weißen Bogens« auf der anderen Seite. Ein einsamer Kohlefrachter mit einem kleinen Weihnachtsbaum am Bug zog leise vorbei.

»An Wochenenden wird der Parkplatz des Autokinos zu einem großen Automarkt«, meldete sich Orlando wieder. »Hier kannst du Transitplaketten kaufen, um Autos nach Russland zu überführen. Kapke ist überzeugt, mit seinem Auto an einen von der Russenmafia geraten zu sein«, berichtete sie.

Der Mond verschwand hinter dichten Wolken, und in den wieder einsetzenden Nieselregen mischten sich erste Schneeflocken. Die Rothaarige nestelte eine Flasche aus der Jackentasche und nahm einen kräftigen Schluck. Russenmafia, das kann ja heiter werden, dachte ich, als die Riesin sich zu mir umdrehte. Zu spät suchte ich hinter einem der zurechtgestutzten Bäumchen Schutz. Aber die Rothaarige nahm mich gar nicht wahr, mit stierem Blick stolperte sie an mir vorbei. Spätestens da registrierte ich, dass sie sturzbesoffen war. Unter den Arkaden der VHS stimmte sie ein russisches Trinklied an.

»Ich finde heraus, was die Russin vorhat, dann sehen wir weiter«, sagte ich zu Orlando, bevor ich das Handy ausstellte.

Der Schneeregen wurde heftiger, und ich fror wie ein Schneider. Die Rothaarige schien die Kälte nicht zu stören. Mit offenem Mantel, immer wieder einen Schluck aus der Flasche nehmend, wankte sie durch die Wilhelmstraße und bog dann links in die Josefstraße. Sie stolperte über eine im Rinnstein vor sich hin gammelnde Nikolaus-Mütze, fing sich aber noch. Außer uns zwei Frauen war niemand auf der Straße.

»Irgendwas stimmt da nicht«, meldete sich Orlando wieder. »Kapke ist richtig gut gelaunt. Der Zwischenfall mit der Rothaarigen hat ihm keine Angst gemacht. So reagiert doch keiner, der sich bedroht fühlt, oder?«

Ich verstand gar nichts mehr. So merkwürdige Aufträge kamen nur an Weihnachten. Mit meinen eiskalten Fingern konnte ich kaum mehr das Handy halten. Hoffentlich war die Rothaarige bald am Ziel!

Zum Glück beschleunigte sie ihr Tempo und stolperte, so schnell es ihr Zustand erlaubte, in das Parkhaus an der Karlstraße. Einsam hallten ihre Schritte in dem kalten Gebäude. Gehörte sie zu einer Autoschieberbande? Holte sie in dem menschenleeren Parkhaus ein Auto ab? Mit besoffenem Kopf? Sie schlingerte von Etage zu Etage. Ich hinterher. Über mir klirrte Glas. Ich beeilte mich.

Sie stand vor einem nagelneuen 300er Mercedes SE, dessen silbriger Kotflügel mit zarten roten Punkten gemustert war. Den Flaschenhals, mit dem sie sich die Pulsadern aufgeschnitten hatte, hielt sie noch in der Hand. Langsam färbte sich ihr beiger Mantel rot. Glasig stierte sie an mir vorbei zu den hell erleuchteten Fenstern der trostlosen Papageiensiedlung. Vom dunklen, kalten Parkhaus aus betrachtet wirkten diese fast heimelig.

Ich riss mir den Schal vom Hals und umwickelte ihre Handgelenke, dann eilte ich mit ihr im Schlepptau, so schnell es ging, zurück zu meinem Auto.

»Was hat Kapke Ihnen angetan, dass Sie sich die Pulsadern aufschneiden?«, fragte ich auf dem Weg ins Krankenhaus.

»Kapke?«, nuschelte sie verständnislos und sackte in sich zusammen.

In der Notaufnahme war der Teufel los. Alkoholdunst und hysterisches Schluchzen füllten den Raum. Nachdem der Notarzt ihre Handgelenke fachgerecht verbunden hatte, schleppte ich sie zurück in den Warteraum. Dort staunte ich nicht schlecht, mitten in dem Gewusel Orlando im Rollstuhl zu entdecken.

»Knöchel im Schneeregen gebrochen«, knurrte sie mürrisch. »Kapke hat mich hergefahren.«

Wortlos ließ sich die Rothaarige auf den letzten freien Stuhl neben Kapke plumpsen. Der betrachtete besorgt die bandagierten Hände.

»Jetzt packen Sie endlich aus«, herrschte ich ihn an. »Was läuft zwischen Ihnen und der Russin?«

»Ich kenn sie überhaupt nicht«, stotterte das Männlein. In diesem Moment fiel der Kopf der eingeschlafenen Rothaarigen auf seine Schultern. Kapke schien das nicht unangenehm.

»Und der Glühwein?«, hakte ich nach.

»Es ist Weihnachten, ich wollte nur nett sein.«

Eine Krankenschwester rief nach Orlando. Ich rollte sie zum Gipsen. Stunden später humpelte sie an meinem Arm zurück. Kapke saß immer noch da, mit der schlafenden Russin im Arm.

»Es ist mir peinlich, aber ich muss es Ihnen sagen«, flüsterte er, »das mit der Russenmafia und dem Autohandel, das habe ich erfunden. Weihnachten bin ich immer so einsam … Und so wusste ich, dass Sie mich beschatten, immer in meiner Nähe sind. Jetzt war der Abend so erlebnisreich, und ich habe Ninotschka kennengelernt …« Liebevoll strich er über den Arm der Russin.

Heilfroh, den Ort der einsamen und verlorenen Seelen verlassen zu können, holte ich am Urbacher Weg tief Luft.

»Grad hat die Spätvorstellung angefangen«, meinte Orlando nach einem Blick auf die Uhr und humpelte zu meinem Alfa. »Wenn wir Glück haben, können wir da wieder einsteigen, wo Kapke uns rausgerissen hat.«

Natürlich tat ich ihr den Gefallen. Obwohl ich den rührseligen Capra-Film nicht mochte. Mein liebster Weihnachtsfilm war mit Humphrey Bogart und hieß »Wir sind keine Engel«.

Erschienen am 24./25. Dezember 2004

Frage: In welchem Jahr wurde Porz von Köln eingemeindet?

Kölsch
Kölsch
Kölsch
Kamelle
Kamelle
Kamelle
Kamelle

Sucherei in der Südstadt

Im Glas sprudelte die vierte Aspirin, als Orlando an der Wohnungstür klingelte. Schnell steckte ich den Zettel ein, der auf dem Küchentisch lag.

»Bekommt an Weiberfastnacht das Portemonnaie geklaut!«, schnaubte sie, und in meiner noch alkoholgeschwängerten Küche machte sich holländische Nordseeluft breit. Bestimmt hatte sie mein Anruf bei einem ihrer Strandspaziergänge in Domburg erreicht.

»Hallo«, krächzte ich mühsam. Das stundenlange Singen und Saufen vom Vortag forderte seinen Tribut, und von einem klaren Gedanken war ich weit entfernt.

»Wenn du jetzt so ein achtzehnjähriges Landei aus der Eifel wärst und von Tuten und Blasen keine Ahnung hättest«, fuhr Orlando fort, riss die Vorhänge auf und öffnete das Küchenfenster, »aber du machst diesen Wahnsinn jedes Jahr immer wieder mit! Hast du schon deine Kreditkarten sperren lassen?«

Das helle Licht und die frische Luft schmerzten genauso wie Orlandos Vorwürfe. Ich wankte zur Kaffeemaschine. An der Wand dahinter klebte die letzte Postkarte von Pepe. »Treib's nicht so wild, Mama!«, hatte er geschrieben. Mit Mühe gelang es mir, eine Filtertüte aus der Packung zu ziehen und den Kaffee in den Filter zu schaufeln. Orlando nahm mir die Kanne ab und füllte sie mit Wasser.

»Wie kannst du nur so blöd sein und dein Portemonnaie mitnehmen? Du weißt doch, was für ein Eldorado die Enge und das Gehopse für Taschendiebe ist.«

Dafür brauchte ich sie wirklich nicht. Nur um mir am laufenden Band Vorwürfe zu machen, hätte sie ihren Hollandurlaub nicht unterbrechen müssen.

»Natürlich hatte ich das Portemonnaie nicht mit!«, wehrte ich mich, soweit man sich mit diesem Rest von Stimme noch verteidigen konnte. Orlando stockte und sah mich irritiert an. »Es ist mir hier geklaut worden, hier, in meiner Wohnung! Ich hatte es auf die Kommode im Schlafzimmer gelegt.«

Orlando ließ sich neben mich auf den Stuhl plumpsen und sagte: »Jetzt mal langsam und ganz von vorne. Wart ihr wieder als Quartett unterwegs?«

Mit Weiberfastnacht ist es wie mit Weihnachten. Entweder man liebt es oder man hasst es. Während meine Zehen am Donnerstagmorgen beim Klang der ersten Trommeln vor Vorfreude kribbeln, packt Orlando eilig ihren Koffer, um aus Köln zu verschwinden. All meine Versuche, sie zum Mitmachen zu bewegen, waren kläglich gescheitert. So machte ich mich auch dieses Jahr wieder allein auf den Weg zu Gaby und Iris, die sich wie immer um die Kostüme gekümmert hatten. Als Kopfschmuck mit Kopfsalat, Radieschen und Möhren gefüllte Salatsiebe, als Kostüm mit Kunstrasen beklebte Müllsäcke. Irmi stattete uns mit Tamburin, Rassel und dem ersten Flachmann aus. So begrüßten wir als »junges Gemüse« gut gelaunt Jan und Griet bei der Severinstorburg, bevor wir uns auf einen Gang durch die Gemeinde machten.

Der »Spielplatz« war nachmittags schon so voll, dass wir keine Lust hatten, dafür Eintritt zu bezahlen. Im »Litho« fanden wir Platz und schunkelten zwei Stunden. Im »Backes« verloren wir unser letztes Gemüse. Nach einem kurzen Intermezzo im »Fertig« zogen wir mit einem kleinen Trupp »Ahl Säu« in den »Mainzer Hof« weiter. Dort, inmitten einer wogenden Masse aus Federn, Schaumstoff, Glitter und Pappe, fand ich meinen Karnevalsprinzen. Als Mohrrübe verkleidet schenkte er mir ein Lächeln, wie ich schon lange keines mehr geschenkt bekommen hatte. Bei »Meiers Kättsche« lehnte sich mein Salatsieb eng an seine Schultern, und sein Rübenkraut kitzelte mir die Nase.

Es dämmerte bereits, als wir Stunden später eng umschlungen den Ubierring nach einem Taxi absuchten. Vor uns schob ein einzelner Lappenclown müde sein Kinderwägelchen mit dem Kölschfass über den Bürgersteig und hieb manchmal, wie um sich selbst wach zu halten, auf die decke Trum.

Am Chlodwigplatz fanden wir dann ein Taxi, und ich konnte endlich mit meinem Prinzen ins Bett sinken. Als ich aufwachte, war er weg, aber auf dem Küchentisch lag ein Zettel: »Es war wunderschön mit dir.«

»So schön, dass er direkt dein Geld mitgenommen hat!« Orlando goss jeder von uns einen Becher Kaffee ein. »Was weißt du über ihn?«

»Er heißt Toni«, seufzte ich und sah wieder dieses wundervolle Lächeln vor mir. »›Lost in Translation‹ ist sein Lieblingsfilm.«

»Na prima«, spottete Orlando. »Mit den Informationen finden wir ihn bestimmt.«

Zwanzig Minuten später stiegen wir am Chlodwigplatz aus der 15 und trabten auf den Ubierring zu. Auf dem Bürgersteig klebten Konfettireste, und am Straßenrand hatten die Müllmänner die Spuren der Nacht in Haufen sortiert. Haufen von Plastikbechern, Haufen von Bierflaschen, Haufen von Kostümfetzen, Haufen von verlorenen Träumen. Bis zur Mainzer Straße waren sie noch nicht vorgedrungen. Dort wateten wir durch aufgeweichte Fritten, Glassplitter und Luftschlangen, es stank nach schalem Bier und Pisse.

»Hier hast du ihn kennengelernt«, meinte Orlando und verzog angewidert die Nase. »Und dann?«

Arm in Arm waren wir in Richtung Römerpark geschlendert und hatten über Kino und die Lust, im Dunkeln zu sitzen, erzählt. In einem der Bäume hing ein verschrumpelter Herzluftballon. Darunter hatte er mich zum ersten Mal geküsst.

»Seine Augen waren blau, und er hatte ein Grübchen im Kinn«, sagte ich.

»Herrgott, List, geht es nicht ein bisschen konkreter? Wie alt? Was arbeitet er? Ist er verheiratet? Wo wohnt er? Ist er ein Kölner?« Orlando kickte den vom Baum gefallenen und auf Faustgröße geschrumpften Ballon zur Seite.

Ich seufzte. Um solche Dinge ging es im Karneval nicht, aber das würde Orlando nie kapieren. Da prüfte man keinen Mann auf seine mögliche Tauglichkeit als Ehegatten, es war nicht wichtig, womit er sein Geld verdiente, ob er zuverlässig war oder Verstand hatte. Was zählte, war der Augenblick, die Magie eines Lächelns, der korrespondierende Rhythmus, der wohlige Geruch eines fremden Körpers.

»Er roch leicht pfeffrig«, sagte ich, wohl wissend, dass Orlando gleich an die Decke gehen würde, weil mir nichts Verwertbares einfiel, »und seine Hände waren kräftig und weich zugleich.«

»Er hat in deiner Wohnung deinen Geldbeutel gestohlen«, knurrte Orlando. »Wenn er clever ist, kann er dein Konto plündern. Auf alle Fälle hast du in den nächsten Tagen viel Rennerei und viel Warterei, bis du deine Papiere wieder zusammenhast, und die Gebühren dafür sind auch nicht von Pappe. Pfeffrig! Vielleicht schaltest du langsam mal dein Gehirn ein und förderst irgendwas zutage, womit wir diesen Mann finden können. Was habt ihr gemacht, nachdem ihr euch geküsst habt?«

»Geküsst« sprach Orlando aus, als wäre das Wort von einer ansteckenden Krankheit befallen. Sie hielt sich die Männer vom Leibe, seit ihr Mann tot war. In den letzten zehn Jahren kein winziges Fisternöllchen, nicht mal ein One-Night-Stand. Ihr Kontakt zu Männern erschöpfte sich neben denen, mit denen wir beruflich zu tun hatten, in wöchentlichen Schach-Abenden mit Paffrath. Ich fand, dass sie dadurch viel vom Leben verpasste. Sie sah das anders. Jedes Mal, wenn bei mir wieder eine Beziehung oder Affäre zu Ende ging, fühlte sie sich in ihrer Haltung bestätigt.

»Wir sind in den ›Spielplatz‹. Der Wirt und Toni kannten sich«, sagte ich dann.

»Na, das ist ja endlich mal was«, antwortete Orlando und zog mich durch die Trajanstraße in Richtung Ubierring.

Im »Spielplatz« türmten sich die Stühle auf den Tischen, und die Fenster standen sperrangelweit auf, dennoch nahm mir der Gestank von kaltem Rauch, schalem Bier und altem Schweiß fast den Atem.

»Wenn ihr was verloren habt, schaut in der Kiste auf dem Tresen nach«, erklang es von hinten.

»Nee«, begann ich, »ich war gestern mit Toni hier.«

»Welcher Toni?«, fragte der Wirt.

»Er war als Möhre verkleidet.«

»Ach der, der trinkt hier manchmal ein Bier.«

»Mehr wissen Sie nicht über ihn?«, hakte Orlando nach.

»Trinkt lieber Weizen als Kölsch«, antwortete der Wirt.

Keine von uns sagte etwas, als wir wieder auf der Straße standen. Quietschend bog eine 15 vom Rheinufer in den Ubierring ein, und das Rautenstrauch-Joest-Museum warb mit seinen Schätzen.

»Du kannst eine Kleinanzeige aufgeben«, schlug Orlando dann vor, und zum ersten Mal an diesem Tag kicherte sie. »Salat sucht Möhre!«

Erleichtert kniff ich sie in die Seite und schlug vor, uns mit einem Kaffee am Chlodwigplatz aufzuwärmen. Der Kaffee dampfte in den Bechern, und draußen fuhren die Müllwagen die Überreste der Nacht weg, als mein Handy klingelte.

»Hast du gut geschlafen?«, fragte er, und seine Stimme klang so weich wie heute Nacht. »Mit meinem Kostüm habe ich versehentlich deinen Geldbeutel eingepackt. Habe ihn in deinen Briefkasten geworfen, weil du nicht da warst. Ich hoffe, du hast ihn noch nicht vermisst?«

»Nicht der Rede wert«, säuselte ich. Orlando rollte mir gegenüber mit den Augen.

»Schull- und Veedelszöch«, fuhr er fort. »Gehst du dahin?«

»Na klar«, gluckste ich.

»Sollen wir uns treffen?«, fragte er. »Auf der Severinstraße, in der Kneipe, wo man sich immer beim Zug trifft, wo diese Berliner Jazzer spielen …«

Ich hauchte ein »Ja« ins Handy. Orlando grinste mich unverschämt an und summte: »Am Aschermittwoch ist alles vorbei …«

Erschienen am 5./6. Februar 2005

Frage: Wie heißt die Kneipe auf der Severinstraße, wo man sich immer beim Zug trifft?

Ratten in Raderberg

Gerade mal sechs Minuten brauchten wir von der Innenstadt bis zur Bonner Straße, trotz der dicken KVB-Baustelle. Morgens um fünf sind selbst Kölns Straßen leer. In dem grauen Betonklotz Ecke Schönhauser brannte noch nirgendwo Licht. Gegenüber auf dem Gelände des Großmarktes dagegen herrschte bereits Hochbetrieb. Holländische Lkws spuckten ihre Ladungen aus, Gabelstapler kurvten in aberwitzigem Tempo zwischen den einzelnen Hallen hin und her. In den Rinnsteinen verfaulten aussortierte Salatköpfe, platt gefahrene Tomaten klebten auf dem Straßenbelag.

Orlando dirigierte mich und den Alfa zu einem Parkplatz und dann zur großen Markthalle. Wir marschierten an Bergen von Rhabarber und Spitzkohl und meterhohen Paletten mit Erdbeeren vorbei und mussten immer wieder einer der wendigen Eidechsen ausweichen, mit denen hier in der Halle die Waren hin und her transportiert wurden. Das geschäftige Treiben täuschte nicht über viele verwaiste Marktstände hinweg, die schon seit Längerem leer zu stehen schienen.

Orlando lotste mich zu einem großen Stand auf der linken Seite der Halle, auf dem mit dicken roten Lettern »Orlando & Berger« stand.

»Wie lang biste nicht mehr hier gewesen, Lore? Zwanzig Jahre? Weißte, ich seh dich immer noch, wie du mit unserer alten Eidechse Slalom um Rotkohlkisten fährst!« Ein kleiner Mann mit grauem Lockenkranz kam auf uns zu und begrüßte uns herzlich. Orlando schmunzelte.

»Hat sie mal erzählt, dass sie faule Zitrusfrüchte auf zehn Meter Entfernung riechen konnte?«, wandte sich der alte Mann an mich. »Sie wäre eine prima Obsthändlerin geworden, aber sie wollte lieber Detektivin werden! Deshalb hat ihr Vater mir seinen Stand überlassen.«

»Jetzt hör auf, Süßholz zu raspeln, Fritz!« Orlando griff sich eine Erdbeere und verzog das Gesicht. »Bäh. Viel zu hart, viel zu sauer. Was ist mit dem Mattes?« Sie deutete auf den Nachbarstand.

»Seit drei Tagen nicht bei der Arbeit«, Berger schnupperte an einer Kiwi-Kiste und nahm vorsichtig eine Frucht heraus. »Wie vom Erdboden verschluckt. Bin schon bei ihm zu Hause gewesen. Dabei sagt er mir immer Bescheid, wenn was ist.«

»Seit wann das denn?« Orlando runzelte die Stirn und testete ein Stück Kiwi, das Berger abgeschnitten hatte. »Früher konntet ihr zwei euch nicht ausstehen.«

Auch ich bekam ein Stück. Die Frucht schmeckte toll.

»Für Erdbeeren ist es noch viel zu früh. Aber Ostern wollen die Leute Erdbeeren und Spargel essen, also besorgen wir ihnen welche, auch wenn sie nach nichts schmecken«, erklärte er mir eifrig und sagte dann: »Die Zeiten ändern sich, Lore. Mit dem Alter wird man versöhnlicher. Vorsicht!« Schnell zog Fritz mich zur Seite, um eine Eidechse vorbeizulassen. Tausende kleiner Kressebeete mit Osterhäschen in der Mitte wurden an uns vorbeikutschiert. »Aber«, wandte sich Berger erneut an Orlando, »das Alter machte dem Mattes zu schaffen. Mit achtundsechzig wurd's ihm schwer, jeden Morgen um drei Uhr aufzustehen. Deshalb wollte er seinen Stand verkaufen.«

»Gab's dafür überhaupt Interessenten?« Orlando pulte jetzt eine Kapstachelbeere aus ihrer getrockneten Blüte und sah sich um. »Es tut mir in der Seele weh, wenn ich die leeren Stände sehe. Wo sind Schmitz und Kronenberg? Wo ist der alte Zerres mit seinem Schlapphut? Das gibt's doch nicht!« Orlando sah entsetzt nach oben. »Hat etwa die Galerie dichtgemacht?«

Der alte Berger nickte bekümmert. »Hat sich nicht mehr gelohnt. Jetzt kannste hier morgens um vier keine Pommes und Schnitzel mehr futtern und runter auf die Stände gucken ... Bei uns geht schon lange nicht mehr die Post ab, Lore«, seufzte er. »Die Globalisierung ... Wir bedienen hier nur noch die kleinen Zwischenhändler und die Gastronomie, die Discounter kaufen nicht bei uns, die gehen direkt zu den großen Versteigerungen in Straelen oder Venlo. Deshalb gibt's – wenn überhaupt – nur noch Türken, die leere Stände übernehmen wollen.«

»Und? Hat jemand Interesse?«, wollte Orlando wissen.

»Ibrahim«, Fritz deutete auf einen Stand mit Bergen von Paprikas und Auberginen, »wollte gestern mit Mattes den Kaufvertrag fertig machen, aber auch der Holländer«, jetzt ging sein Finger in die andere Richtung der Halle, »war an seinem Stand interessiert. Seltsam, oder?«

»Und mehr weißt du nicht?«, hakte Orlando nach. Der alte Mann schüttelte den Kopf. »Wir hören uns mal um«, versprach Orlando, während ich mir die Namen notierte.

Ein laues Frühlingslüftchen hing über der Stadt, als wir ein paar Stunden später auf Mattes' Klingelschild in der ruhigen Manderscheider Straße drückten. Niemand öffnete. Wir klingelten die anderen Hausbewohner durch, und eine kurzbeinige Alte mit grauem Dutt öffnete uns die Tür. Wir hatten Glück. Sie kannte Mattes und besaß sogar einen Ersatzschlüssel, mit dem sie uns in seine Wohnung ließ.

Die zwei Zimmer blitzten vor Sauberkeit, nichts deutete auf irgendetwas Außergewöhnliches hin. Auf dem Couchtisch lag ein aufgeschlagener Lexikonband, in den sich Orlando vertiefte. Ich sah ihr über die Schultern. Mattes hatte den Buchstaben C aufgeschlagen. C wie Cannabis. Auf dem Foto der Pflanze lag ein getrocknetes Cannabisblatt.

»Scheiße«, murmelte Orlando. »Der Mattes hat entdeckt, dass einer Gras verkloppt. Der Großmarkt war schon immer für alle Arten von Geschäften gut, da wird nicht nur mit Obst und Gemüse gehandelt …«

In der Wohnung fanden wir nicht einen weiteren winzigen Hinweis, also suchten wir erst mal die zwei Interessenten an Mattes' Stand auf. Ich lenkte den Alfa auf die Brühler Straße und ließ Orlando Ecke Gürtel aussteigen. Sie verschwand in einem pissgelben Plattenbau, gegen den das rot-blau gekachelte Hochhaus der Deutschen Welle auf der anderen Gürtelseite eine Augenweide war.

Ich fuhr über die Automeile des Raderberggürtels durch die Firmenanlagen von Spies/Hecker zur Neuenahrer Straße, wo der Holländer wohnte. Er war nicht zu Hause, und seine Frau wollte nicht mit mir reden. Im Vorgebirgspark auf der anderen Straßenseite zwitscherten die Spatzen, und an einzelnen Sträuchern knospte das erste Grün. Ich setzte mich gerade auf eine Bank in den noch kahlen weißen Rosenrankgängen, als Orlando anrief.

»Ibrahim Özal wollte den Stand für seine Söhne mieten, er hatte schon alles mit Mattes klargemacht. Hat sich furchtbar aufgeregt, weil der nicht da war, um den Vertrag zu unterzeichnen.«

»Tja«, meinte ich, »vielleicht hat der Holländer ihm einen besseren Preis geboten, aber der ist erst morgen wieder im Lande. Scheint, wir kommen im Moment nicht weiter.« Der Fall interessierte mich nicht besonders, außerdem war ich hundemüde.

Nachts um fünf weckte mich Orlando. »Wir müssen noch mal nach Raderberg.«

Vor einer der beiden Müllhallen des Großmarktes, in denen Kartons zusammengepresst und Kisten zerkleinert werden, parkten zwei Polizeiwagen, in der Halle tummelte sich ein Knäuel Menschen. Schnell fanden wir Fritz Berger.

»Sie haben Mattes erschossen«, stammelte er. »Und dann hier zum Müll gelegt.«

Orlando blieb bei ihm, während ich mich durch die Menge kämpfte. Ich erkannte Toni Beltz und machte ihm ein Zeichen.

»Hab schon zwei Mordfälle gehabt, in die du dich nicht eingemischt hast, List«, knurrte der Kripomann. »Dachte schon, ich bin dich losgeworden. Also, woher kennste den Toten?«

Ich erzählte, was ich wusste, und erfuhr im Gegenzug, dass Mattes aus nächster Nähe, aber auf keinen Fall hier in der Halle erschossen worden war.

Eine halbe Stunde später stand ich mit Orlando und Fritz beim Stehimbiss in der großen Halle. Unter den Gästen wurde ein Hut herumgereicht, in dem man für Mattes' Beerdigung sammelte. Orlando lehnte stumm an einer ausrangierten Eidechse, die als Tisch diente, und dachte nach.

»Warum sind zwei Leute ausgerechnet auf Mattes' Stand scharf, wo so viele andere leer stehen?«, murmelte sie. Fritz nahm den Kaffeepott mit zittrigen Fingern und schniefte. »Fritz«, sagte Orlando lauter. »Was unterscheidet Mattes' Stand von deinem?«

»Er ist einen Meter kürzer, und im hinteren Teil gibt es noch 'ne Tür zum Keller.«

»Das ist es!« Orlando war elektrisiert. »Der Keller!«

»Dort hausen drei Sorten Ratten, sonst nichts, da geht seit Jahren keiner mehr runter«, seufzte Fritz müde. Aber ich war jetzt genauso wach wie Orlando und überzeugte Beltz, sofort herzukommen.

»Wehe, ihr irrt euch«, drohte er, als er das Schloss an Mattes' Stand aufbrechen ließ.

Schnell waren wir im Keller. Was wir da entdeckten, machte uns alle sprachlos. Erwärmt von unzähligen Infrarotlampen, bewässert mit gelben Schläuchen standen wir auf einer riesigen Hanfplantage, mitten in Köln, direkt unter dem Bauch der Stadt.

»Mattes ist noch mal hier runter, weil er seinen Stand verkaufen wollte. Dabei hat er das Zeugs gefunden«, murmelte Orlando, und Beltz nuschelte: »Und ist selbst entdeckt worden. Ich ruf die Drogenfahndung.« Mit dem Satz »Ich schulde euch einen Gefallen, Mädels« bugsierte er uns nach draußen.

Es war sieben Uhr morgens, als wir in den Alfa stiegen. Es dämmerte. Auf der Bonner Straße schwoll der tägliche Strom der Pendler, die sich mit ihren Blechkisten in die Kölner Innenstadt drängten, stetig an. Ich reihte mich ein. Beim langsamen Stop-and-go hingen wir den besseren Tagen des Großmarktes nach, in denen man die Keller noch als Lagerraum brauchte und dort kein Platz für Shit und Ratten war …

Erschienen am 26./27. März 2005

Frage: In welchem Jahrzehnt wurde der Kölner Großmarkt erbaut?

Wut in Worringen

Ein blauer Himmel und weiße Schäfchenwolken begleiteten uns, als wir auf der Neusser Landstraße in den äußersten Norden Kölns fuhren. Ein leichter Wind glitt durch die Langeler Wiesen, und die Rübenäcker im Worringer Bruch glänzten in frischem Frühlingsgrün.

»Ein Lehrer und Zinnsoldaten«, maulte Orlando, als ich langsam durch das ehemalige Fischerdorf fuhr, »das ist doch Kinderkram.«

»Pitschke zahlt den üblichen Satz«, antwortete ich und besah mir die Klinkervielfalt deutscher Baumärkte an den Tagelöhnerhäuschen und Bauernhöfen in den verbauten Dorfsträßchen. »Da kann es uns egal sein, nach was wir suchen müssen.«

Der pensionierte Lehrer lebte in einem umgebauten Gutshof auf der Alten Neusser Landstraße. Durch ein großes Holztor traten wir auf einen weiten Innenhof. Die alten Scheunen waren in Wohneinheiten unterschiedlicher Größe mit kleinen Gärtchen vor den Haustüren umgewandelt worden. Mitten in einem mächtigen Kastanienbaum klebte ein Baumhaus, zwei etwa zehnjährige Jungen versuchten kreischend, an einem dicken Seil nach oben zu klettern.

»Lasse, Bosse! Seid nicht so laut!«, rief ihnen eine junge Frau zu.

Pitschke wohnte in Nummer drei im ersten Stock. Er führte uns sofort in seine Schatzkammer, einen verglasten Balkon, wo er auf großen Holzplatten seine Schlachten nachbaute. Zinnsoldaten zu Fuß und zu Pferde, in größeren und kleineren Formationen.

»Ist das die berühmte Schlacht von Worringen?«, fragte ich.

Pitschke sah mich so strafend an, wie er wahrscheinlich jahrzehntelang seine Schüler angesehen hatte. »Sind das etwa mittelalterliche Soldaten? Sehen Sie irgendwo die Wappen der Overstolzen oder Lyskirchens oder des Kölner Erzbischofs? Das sind preußische Soldaten, aus der Zeit, als Köln Garnisonsstadt –«

»Was ist jetzt mit den Soldaten?«, unterbrach ihn Orlando, bevor er ein längeres Geschichtsreferat halten konnte.

Pitschke räusperte sich und rückte seine Brille zurecht. Er wirkte so preußisch wie seine Soldaten, als er berichtete, dass erst ein Gardegeneral, dann ein Major, dann ein Reichsmarschall, immer nur Offiziere, nie gemeines Fußvolk, verschwunden waren.

»Wer macht so etwas?, fragte er. Die Arme auf dem Rücken verschränkt, wippte er nervös mit den Fußspitzen.

Ich öffnete das Schiebefenster und blickte mich um. Man sah auf den idyllischen Hinterhof und die Nachbarbalkone, die alle nicht verglast, sondern mit üppiger Blumenpracht und kleinen Sitzgruppen bestückt waren.

»Was ist mit dem Schiebefenster? Verriegeln Sie das über Nacht?«, fragte ich.

»Geht nicht«, antwortete er knapp, »meine Frau hat eine Katze.«

»Eine lange Leiter reicht«, stellte Orlando fest, als sie sich ebenfalls aus dem Fenster lehnte.

Selbstverständlich habe er dies überprüft, stellte Pitschke klar, aber im Garten keinerlei Abdrücke der Leiter in der Erde gefunden. Und natürlich habe er auch alle Lausebengels der Gegend ins Gebet genommen.

Lehrer bleibt Lehrer, dachte ich, und war mir sicher, dass die Jungs bei der Befragung nichts zu lachen gehabt hatten.

»Und?«, fragte Orlando nach dem Ergebnis.

»Was meinen Sie, warum ich Sie engagiert habe?«, konterte Pitschke pikiert. Er holte aus seiner grauen Strickweste ein Blatt Papier, auf dem er alle gestohlenen Zinnfiguren mit Foto und Preis aufgelistet hatte. Nicht billig, die kleinen Dinger, aber keine Summen, für die sich ein Einbruch lohnte.

»Gibt's Ärger mit den Nachbarn?«, fragte ich.

»Ach Gott, das Übliche«, meinte Pitschke, die Teenager in der Anlage seien manchmal laut, aber bisher sei es ihm immer gelungen, für Ruhe zu sorgen.

»Bist du da, Erwin?«, hörten wir plötzlich eine Stimme aus der Wohnung.

Pitschke wechselte die Gesichtsfarbe. »Meine Frau«, nuschelte er, »kein Wort, weshalb Sie hier sind.« Er drängte uns in Richtung Tür. Eine aufgequollene, halslose Frau mit listigen Augen stellte sich uns in den Weg.

»Du hast Besuch?«, fragte sie inquisitorisch.

»Zwei ehemalige Kolleginnen«, log Pitschke. »Wollen sich in Worringen eine Wohnung kaufen.« Schnell brachte er uns nach unten. »Ich melde mich bei Ihnen«, flüsterte er und drückte uns hastig die Hand.

»Elli, ich habe es satt, du und dein Zirkus«, schimpfte an der Tür eine Mutter mit ihrer vielleicht sechzehnjährigen Tochter, »heute bleibst du hier und putzt die Küche!«

Aus dem Baumhaus drang das Kriegsgeheul von Lasse und Bosse, und hinter uns schlug Elli wütend die Haustür zu. Wir beeilten uns, den Innenhof zu verlassen.

»Lass uns ein bisschen gehen«, schlug Orlando vor, und so marschierten wir aus dem Dorf hinaus, am mächtigen Turm von Alt Pankratius vorbei, über die Neusser Landstraße hinweg zum Rhein. Der floss träge und silbrig glitzernd gen Düsseldorf, vorbei an den riesigen Industrieanlagen von Bayer Dormagen. Auf der gegenüberliegenden Rheinseite blitzte der Monheimer Kirchturm.

»In der Schlacht bei Worringen haben übrigens die Düsseldorfer an der Seite der Kölner Bürger gekämpft«, belehrte mich Orlando.

Ich glaubte es nicht! Wollte mir heute jeder Geschichtsunterricht erteilen?

»Beschäftige dich lieber mit den Zinnsoldaten«, knurrte ich. »Ich tippe auf die Gattin. Bei Pitschkes werden nicht nur Zinnsoldaten-, sondern auch Ehe-Schlachten geschlagen.«

Orlando nickte versonnen und warf mit einem flachen Stein Kreise in den Rhein. »Aber warum wir und nicht die Eheberatung?«

Langsam schlenderten wir in den Ort zurück, liefen auf der St.-Tönnis-Straße an billigen Imbissbuden vorbei, bis wir hinter dem Kirchplatz von Sankt Pankratius ein Eiscafé mit Tischen im Freien entdeckten. Hier grüßte jeder jeden. Auch die Jungs aus dem Gutshof gelüstete es an diesem Frühlingstag nach einem Eis. Als Lasse sein Geld aus der Hose kramte, fiel eine kleine Figur zu Boden. Bevor er es bemerkte, bückte sich Orlando danach. Irritiert sahen die zwei Orlando an.

»Habt ihr das Pitschke geklaut?«, fragte sie streng.

»Nein! Das ist doch Gimli aus ›Herr der Ringe‹«, erklärte Lasse empört. »Pitschke hat nur Zinnsoldaten!«

Natürlich hatte der Lehrer die zwei ins Gebet genommen, sogar einen Blick in ihr Baumhaus hatten sie ihn werfen lassen müssen, damit er ihnen glaubte, der alte Pauker! Dann fegten sie schnell davon, und Orlando und ich waren nicht schlauer als vorher.

Auf dem Rückweg sahen wir Ellis Mutter und auch Frau Pitschke, die aus einem Fischladen trat. Worringen war wirklich ein Dorf! Frau Pitschke kam direkt auf uns zu.

»Dass Sie keine Lehrerinnen sind, wusste ich sofort. Hat Erwin sie etwa wegen seiner blöden Figuren engagiert?«

Ich grinste ertappt, aber Orlando fragte ungerührt: »Stört es Sie nicht, dass Ihr Mann den schönen Balkon mit seinen Zinnsoldaten blockiert?«

»Hat er etwa behauptet, ich klau die Soldaten?« Ihre listigen Augen funkelten uns angriffslustig an. »Eins kann ich Ihnen versichern: Ich halte mich nicht mit ein paar Figürchen auf. Wenn ich zum Angriff blase, gehen seine Armeen mit Mann und Maus zugrunde.« Damit drehte sie sich um und walzte mit ihrem Einkaufskorb die Straße hinunter.

»Glaub ich ihr«, meinte Orlando. »Die ist ein Dampfross, die hält sich nicht mit Nadelstichen auf.«

»Die Jungs nicht, die Frau nicht, wer dann? Die Katze?«, fragte ich.

»Lass uns noch mal zurück zum Gut gehen«, murmelte Orlando.

Kurze Zeit später standen wir wieder in dem schmucken Innenhof. Lasse und Bosse versuchten, an einem Seil zu ihrem Baumhaus hochzuklettern, Zirkus-Elli betrachtete sie verächtlich. Bevor sie im Haus verschwand, nahm sie das Seil zwischen ihre Beine und zeigte den Jungs, wie sie sich hochziehen mussten.

Orlando wandte sich an die Jungs und fragte: »Wohnt Elli in dem Zimmer über Pitschkes Balkon?«

Die beiden nickten.

»Bingo!«, flüsterte ich, und gemeinsam stiegen wir die Treppe zu Ellis Wohnung hoch. Elli öffnete sofort.

»Du hast dich an einem Seil zu seinem Balkon runtergelassen und dich dann wieder hochgezogen. Alle Achtung, gute akrobatische Leistung. Hat er dich nie verdächtigt?«, fiel Orlando mit der Tür ins Haus.

»Nee«, blaffte Elli, »so weit hat sein altes Lehrerhirn nicht denken können.«

»Warum hast du sie überhaupt geklaut?«, wollte ich wissen.

»Hab eine Sauwut auf den Alten. Jedes Mal, wenn ich später als elf nach Hause komme, motzt er mich an, egal wie leise ich im Treppenhaus bin. Neulich hat er mich vor meinem Freund runtergemacht. Da habe ich mich gerächt.« Sie sah uns lange herausfordernd an.

Orlando konnte ein Schmunzeln nicht unterdrücken. »Hat funktioniert. Das Ganze hat ihn sehr geärgert. Jetzt seid ihr quitt. Wenn du die Figuren in den nächsten zwei Tagen auf die gleiche Weise zurückbringst, erfährt er von uns nichts«, schlug Orlando vor, und Elli war einverstanden.

Auf der Alten Neusser Landstraße kehrte ein buckliger Mann den Hof, und eine Frau in Hemdschürze zupfte welke Geranienblüten aus dem Balkontopf.

»Kannst du dir vorstellen, dass dieses friedliche Dörfchen mal ein Ort der Rebellion war?«, fragte Orlando auf dem Weg zum Auto. »1848 haben sich hier die Aufständischen vor den in Köln herrschenden Preußen zurückgezogen. Und aus dieser Zeit stammt der wunderschöne Spruch: Heissa, vivat Republik! / Wöre mer doch die Preuße quick. / Jon se nit jedöldig fott / trecke mer inne et Fell üvver der Kopp!«

Frage: Wann war die berühmte Schlacht von Worringen?

Erschienen am 4./5. Juni 2005

Kummer in Sankt Kunibert

Mein Sohn Pepe belagerte mit Petersburger Studienkollegen meine Wohnung, und Orlando war schon gestern zu ihrem Imkerkurs in die Eifel aufgebrochen.

»Tut mir in der Seele weh, dass zigtausend Jugendliche so einem erzkonservativen Knochen zujubeln. Will nichts mitkriegen von diesem Weltjugendtag!«, hatte sie gemurrt und ihren Rucksack geschnürt.

Auch ich wollte weg aus Köln, ein bisschen frische Nordseeluft tanken. Der Kühlschrank für die Jungs war gut gefüllt, und meine Tasche schon gepackt, als Günther Bause anrief.

»Hey List, gut, dass ich dich erreiche!« Seine Stimme klang nervös und bekümmert. »Scarlett ist verschwunden. Hat seit zwei Tagen kein Lebenszeichen von sich gegeben.«

»Kann die schon gehen?«, fragte ich. Das letzte Mal, als ich das Mädchen gesehen hatte, steckte sie noch in den Windeln.

»Sie ist vierzehn, List!«

Ich betrachtete meine Reisetasche und zögerte. »In der Stadt wimmelt es vor Jugendlichen. Wo soll ich nach ihr suchen?«

»Du kannst mir wenigstens ein paar professionelle Tipps geben, um der alten Freundschaft willen«, flehte er.

Die Freundschaft war schon sehr lange her und hatte eher seiner Frau gegolten. Julius, der Sohn der beiden, war Pepes Kindergartenfreund.

»Okay«, gab ich seufzend klein bei, »wo wohnst du jetzt?«

»Im Kunibertviertel. Soll ich einen Kaffee kochen?«

Wenig später parkte ich meinen Alfa Unter Krahnenbäumen direkt vor der Musikhochschule. Auf der Nord-Süd-Fahrt, die das alte Viertel auseinandergerissen hatte, bremste ein Lkw. Über die Krahnenhofstraße huschte eine kleine Gruppe indischer Weltjugendtagsbesucher, deren farbenfrohe Saris die himmelblauen Rucksäcke blass wirken ließen. Günther wohnte in einem weitläufigen Dachgeschoss, das nach frisch gebrühtem Espresso roch.

»Ich lasse ihr alle Freiheiten«, lamentierte er. »Aber wenigstens Bescheid geben muss sie.« Vor zwei Tagen habe sie bei einer Freundin übernachtet und danach nicht mehr angerufen.

»Handy?«, fragte ich.

»Hat sie hiergelassen, die Karte war leer.«

»Und wie heißt die Freundin?«

»Elsa irgendwas. Wohnt ganz in der Nähe.« Günther schritt unruhig auf und ab. Durch die breite Glasfront blickte man über die Dächer des Viertels bis runter zum Rhein.

»Mehr weißt du nicht?«

»Nein«, kam es unwirsch zurück, »man kann doch nicht alles gleichzeitig machen!« Er deutete auf den überladenen Schreibtisch in der Mitte des Raumes. Weil er sich vor allem darum und selten um seine Kinder kümmerte, hatte ihn Gerda, seine Frau, schon vor Jahren verlassen.

»Und jetzt traust du dich nicht, bei Gerda anzurufen, weil sie dir sonst die Hölle heißmacht?«

»List, ich bitte dich, du weißt, wie schnell sie hysterisch wird.«

Würde ich auch, wenn mein Kind zwei Tage nicht auftauchen würde. »Wenn ich Scarlett bis heute Abend nicht gefunden habe«, sagte ich, »sagst du Gerda die Wahrheit und gehst zur Polizei!«

Versehen mit einem Bild von Scarlett machte ich mich auf den Weg. Ich telefonierte gegen die laut läutenden Glocken von Sankt Kunibert an, die zu einer der unzähligen Veranstaltungen des Weltjugendtages einluden, und erzählte Gerda eine Lügengeschichte, um die Telefonnummer von Scarletts Freundin zu erfahren. Die wohnte am Thürmchenswall, und ihre Mutter berichtete, dass Elsa an einem Workshop »Gold/Weihrauch/Myrrhe« in Sankt Kunibert teilnehme, sie aber keine Ahnung habe, was Scarlett mache. Diese habe weder diese noch die vorige Nacht bei ihnen übernachtet.

Scheiße!, dachte ich auf dem Weg zur Kirche, Scarlett hatte ihren Vater angelogen. Wo steckte sie? Machte sie bei einer der unzähligen Veranstaltungen des Weltjugendtages mit? Da konnte ich wahrscheinlich lange nach ihr suchen. Beim Büdchen neben Elsas Zuhause stachen mir Lollis mit Papstbildchen ins Auge, und die Bäckerei Engel auf der Ecke hatte »Seelen« im Angebot. Auf dem weiten Kirchhof von Sankt Kunibert beteten Nonnen und Mönche unterschiedlicher Orden leise miteinander. An einem Infostand fragte ich nach Gold/Weihrauch/Myrrhe und wurde in ein Seitenschiff verwiesen, wo Jugendliche mit bunten Tüchern eine Art Tanz einübten.

»Heißt eine von euch Elsa?«, fragte ich in die Runde hinein.

Ich erntete empörte Blicke, aber immerhin löste sich ein kräftiger Lockenkopf aus der Runde und kam auf mich zu.

»Sie stören hier eine rituelle Handlung«, wies sie mich flüsternd zurecht und zog mich hinter einen der Seitenpfeiler.

Ich erklärte ihr, was ich von ihr wollte.

»Scarlett hat einen Freund, macht Musik, Tim oder Tom … grüne Haare …« Elsa hatte keine Ahnung, weshalb Scarlett ihrem Vater nichts davon erzählt hatte.

Mehr erfuhr ich nicht, es drängte sie zurück zu ihrer Gruppe. »Und wie ist Gold/Weihrauch/Myrrhe so?«, fragte ich zum Schluss.

Sie schenkte mir einen mitleidigen Blick. »Ihr Altachtundsechziger wollt einfach nicht kapieren, dass es mehr gibt als diese Welt, die ihr mal so gründlich ändern wolltet!«, erklärte sie mir. »Gott existiert, und es gibt viele Wege zu ihm. Spiritualität ist einer davon!« Dann schlich sie leise zu den Tüchern und den rituellen Handlungen zurück, und ich verstand nicht mehr als vorher.

Als ich durch das Seitenschiff der Kirche nach draußen trat, drangen vom Rhein Gesprächsfetzen des »Gegrüßet seist du, Maria« herüber, und ich sah den breiten Pilgerstrom, der sich in Richtung Dom bewegte. »Benedikt, mach uns für Jesus fit!«, skandierte eine Gruppe pfadfinderähnlich gekleideter Jugendlicher, die sich von der Marienstraße kommend dem Zug anschloss. Ich wollte nur noch weg, meine Füße in Nordseesand verbuddeln und das Rauschen der Wellen hören, als stattdessen mein Handy klingelte.

»Bist du noch in Köln, Mama?« Pepe war sehr erleichtert, dass dem so war. »Unangenehme Sache. Wir waren bei einer Veranstaltung von ›Heidenspaß statt Höllenqualen‹, du weißt schon, die machen so ein paar Gegenveranstaltungen zum frommen Programm. Na ja, dabei sind wir mit einigen Legionären Christi zusammengerasselt, heftige Diskussionen, ein Wort gab das andere, ein Schubser den nächsten, kurzum, die Sache hat die Ordnungshüter auf den Plan gerufen, und jetzt sitze ich mit Boris und Nadeshda in der Südstadt im Polizeirevier, weil die beiden ihre Ausweise zu Hause gelassen haben. Kannst du die mal schnell vorbeibringen und uns hier rausholen?«

Nicht nur Köln, auch mein Leben war an diesem Tag von Jugendlichen bestimmt. Die verschwundene Scarlett, die tücherschwingende Elsa und jetzt mein Sohn und seine russischen Freunde! Ich fuhr also nach Hause, holte die Ausweise und mühte mich im Schneckentempo, vorbei an unzähligen italienischen, spanischen, polnischen Bussen, die weitere jugendliche Pilger in die Stadt spuckten, in Richtung Südstadt.

Die Sache bei der Polizei erwies sich wirklich als reine Formalität, und Pepe war, sowie wir wieder auf der Straße standen, guter Dinge.

»Aber du fährst doch heute noch an die Nordsee, Mama?«, erkundigte er sich sofort. »Weißt du, wir haben zwei peruanische Mädchen und einen netten Typen aus Thailand kennengelernt. Die Mädchen können doch in deinem Bett schlafen, oder? Und der Thailänder auf dem Sofa.«

»Köln sehr interessante Stadt«, meinte Boris begeistert. »Wird sein Eindruck für ganzes Leben!«

Kein Wort über den Streit, der die Polizei auf den Plan gerufen hatte. Dazu musste ich sie ein anderes Mal befragen. Ich sah den erwartungsfrohen Blick meines Sohnes und versuchte, mir nicht vorzustellen, wie meine Wohnung aussehen würde, wenn ich zurückkam. Dann fuhr ich noch einmal ins Kunibertviertel.

In der Kirche herrschte jetzt Stille. In den Bänken saßen vereinzelte Jugendliche mit ihren blauen Rucksäcken in Gedanken oder im Gebet versunken. Elsa fand ich nicht mehr. So wie ich wahrscheinlich Scarlett heute nicht finden würde.

Ich strich noch ein wenig im Viertel herum, trank ein Kölsch bei Max Stark, hörte in der Dagobertstraße einen Musikstudenten Rachmaninow spielen. Mit den sehnsüchtigen, schweren Klängen des Klavierkonzerts im Ohr dachte ich über Scarlett nach.

Warum hatte sie ihren Vater angelogen? Natürlich wollte ein verliebtes Mädchen Zeit mit ihrem Freund verbringen, aber anrufen könnte sie. Vielleicht aber hatte sie die Nase voll von einem Vater, dem die Arbeit wichtiger war als sie, und meldete sich deshalb nicht? Oder aber …?

Ich konnte nicht mehr allein weitersuchen. Das Mädchen war vierzehn, die Polizei musste eingeschaltet werden. Das sagte ich Günther. Nach einem heftigen Disput über Scarlett im Besonderen und Kindererziehung im Allgemeinen telefonierte der erst mal mit seiner Frau. Der tiefe Seufzer der Erleichterung, den er danach ausstieß, verriet mir sofort, dass Scarlett inzwischen bei ihrer Mutter gelandet war. Ebenfalls erleichtert verabschiedete ich mich.

Natürlich machen Kinder verrückte, unverständliche Dinge, dachte ich auf dem Weg zum Auto. Verschwinden, suchen Gott in merkwürdigen Aktionen, prügeln sich, alles an einem Tag. Wer behauptet, dass der Weg in die Erwachsenenwelt einfach sei? Das war er noch nie …

Wieder läuteten die Glocken von Kunibert, wieder kreuzten himmelblaue Rucksäcke meinen Weg. Während ich darüber sinnierte, was die vielen Jugendlichen wohl wirklich in Köln suchten und was sie finden würden, rief Orlando an.

»Und?«, meinte sie gut gelaunt, und ich hörte im Hintergrund Bienensummen.

»Wie ist die Nordsee? Hast du schon die erste Sandburg gebaut?«

Erschienen am 20./21. August 2005

Frage: Welcher berühmte Fotograf hat die Straße Unter Krahnenbäumen verewigt?

Metzelei in Merheim

Krähen hüpften über ein steiniges Feld, und Novembernebel hing über den kahlen Vorgärtchen des Aloewegs. Die neu erbauten Einfamilienhäuser wirkten wie ein Ort im Niemandsland.

»Sie hat Angst, diese Tristesse drückt ihr aufs Gemüt! Es gibt keinen Stalker. Der existiert nur in ihrem Kopf. Ines Zeeh sollte ihr Geld lieber in ein paar Stunden beim Psychologen als in zwei Privatdetektivinnen investieren.« Orlando bekräftigte ihre Meinung durch ein energisches Nicken, als ich den Alfa vor einem der gelb gestrichenen Häuser parkte. »Lichtdurchflutete Frische über drei Etagen«, stand davor auf einer Werbetafel. Hubschraubergeräusche erfüllten die Luft, ein Notfall für das Klinikum Merheim. Vom Aloeweg aus wirkte der Klinikbau wie ein riesiger grauer Legostein. Nach einer Woche Observierungsarbeit neigte ich dazu, Orlando recht zu geben. Nachts war die Gegend hier noch toter als tagsüber, und um das Haus der Zeehs waren in der Zeit zwei Füchse und ein paar streunende Katzen gestreift, aber kein menschliches Wesen. Die Autos, die nach zweiundzwanzig Uhr in der Siedlung vor- und abfuhren, konnte man an einer Hand abzählen.

Ich drückte auf den Klingelknopf. Ines Zeeh bat uns in den großen Wohnraum. Im offenen Kamin brannte ein Feuer, aus dem Kinderzimmer in der ersten Etage drang kräftiges Getrampel nach unten.

»Und?«, fragte sie erwartungsvoll, während sie hektisch einen Stapel Bügelwäsche vom Sofa entfernte. »Haben Sie ihn gefunden?«

Orlando berichtete ihr von unseren Ermittlungen und schloss mit dem Satz: »Es gibt nicht den winzigsten Hinweis, dass Sie jemand verfolgt.«

»Sie glauben mir nicht!« Das schmale Gesicht der jungen Frau zitterte vor Empörung. »Sie halten mich für so eine durchgeknallte Hausfrau, der die Decke auf den Kopf fällt, weil sie wegen der Kinder nicht mal abends rauskommt, weil der Mann die Woche über auf Montage ist, weil sie es nicht aushält, dass rechts und links von ihr noch die Häuser leer stehen.« Sie zitterte am ganzen Körper, und die viel zu weite Hose schlackerte um ihre Beine. So dünn, wie sie war, musste sie wahrscheinlich in der Kinderabteilung einkaufen. »Aber es gibt diesen Typen, die nächtlichen Anrufe habe ich nicht erfunden, zweimal habe ich ihn nachts vor der Wohnzimmertür gesehen, ich spüre, dass er in der Nähe ist. Er macht mir Angst, so viel Angst, dass ich abends schon ein Küchenmesser mit ins Bett nehme.«

Es gelang uns nicht, sie zu beruhigen.

»Sie sollte wirklich zum Psychologen gehen«, seufzte Orlando, als wir auf dem Rückweg in die Ostmerheimer einbogen. Vor dem großen Klinikkomplex stand ein Mann in Trainingsanzug und blauen Schlappen und häufelte und zerstreute sinnlos heruntergefallenes Laub.

»Und wenn es den Typen doch gibt?«, fragte ich.

»Manchmal fehlt dir wirklich die Distanz«, meinte Orlando. »Du lässt dich zu schnell in die Geschichten von anderen hineinziehen.«

Ines Zeeh riss mich zwei Tage später aus dem Schlaf.

»Er ist da!«, weinte sie. »Ich habe …« Der Rest des Satzes erstickte in einem verzweifelten Schluchzen.

Ich klingelte Orlando aus den Federn und trieb dann den Alfa mit hundertsechzig Stundenkilometern über die Zoobrücke. Ines öffnete uns die Tür. Ihr Gesicht sah wie eine Maske aus, und das Kaminfeuer stank nach verbranntem Stoff.

»Im Keller«, sagte sie tonlos. »Neben der Waschmaschine.«

Orlando erbleichte, und ich würgte beim Anblick der Leiche. Das Messer steckte noch zwischen zwei Rippen. Ob dieser Stich oder einer der vielen anderen tödlich gewesen war, ließ sich nicht sagen. Der Körper war regelrecht zerfleischt, vor allem im Lendenbereich. Jede Wunde war genau zu sehen, denn der Mann, der da auf dem kalten Betonboden lag, trug nicht ein einziges Kleidungsstück. Orlando wählte die 110.

»Ich habe ein Geräusch gehört«, stammelte Ines Zeeh, die uns gefolgt war. »Da bin ich mit dem Messer nach unten. Er hat mir von hinten den Hals zugedrückt, da habe ich zugestochen, immer wieder, bis er losgelassen hat.« Sie zitterte am ganzen Leib, und ihre Augen blickten irre.

»Gehen wir nach oben«, sagte ich. »Ich mache Ihnen einen Tee.«

»Aber leise«, flüsterte sie. »Die Kinder dürfen nichts merken. Wenigstens schlafen sie fest.«

Zum Glück wurden die Kinder auch nicht wach, als wenig später Toni Beltz, der bei der Kripo Nachtschicht hatte, mit seinen Leuten klingelte. Er schickte mir den üblichen missbilligenden Blick, bevor er nach unten stieg.

Ich deutete auf den Kamin. »Was haben Sie verbrannt?«, fragte ich Ines.

»Meinen Schlafanzug. Alles voller Blut. Die Kinder, sie dürfen das nicht sehen!«

Als Toni zehn Minuten später nach oben kam und Ines Zeehs Geschichte hörte, war deutlich zu spüren, dass der alte, misstrauische Bulle ihr kein Wort glaubte. Er wollte sie mit aufs Präsidium nehmen, aber ich intervenierte.

»Sie hat zwei kleine Kinder, und ihr Mann ist auf Montage. Sie läuft dir nicht weg.«

Er ließ einen seiner Mitarbeiter da. Als wir durch die feuchtkalte Nachtluft zu den Autos gingen, meinte er: »Die hat euch schwer an der Nase herumgeführt. Erzählt was von einem anonymen Bedroher, damit es dann Notwehr ist, wenn sie ihren Liebhaber umbringt. Oder wie erklärt ihr euch sonst, dass der Typ nackt war?«

»Du gehst ja ganz schön unvoreingenommen an deine Ermittlungen«, machte Orlando ihn an.

»Jetzt behaupte bloß noch, dass du ihr glaubst«, konterte Toni. »Bestenfalls ist sie ein Fall für die Klapse.« Er deutete mit dem Kopf in Richtung Klinik, hinter der die Psychiatrie lag, und befahl uns, uns nicht in seine Ermittlungen einzumischen.

»Liebenswürdig wie immer«, knurrte Orlando, und ich sagte: »Was, wenn sie recht hat? Wenn der Typ bemerkt hat, dass Ines sich beschützen lässt? Gewartet hat, bis wir verschwinden?«

Orlando seufzte tief und hatte nichts dagegen, dass ich in den nächsten Tagen der Sache nachging. So streifte ich bei grauem, feuchtem Novemberwetter durch die Siedlung. Fast überall spielten Kinder in noch graslosen Vorgärten, durch verglaste Verandatüren blickte man auf Couchgarnituren und Kinderspielzeug. Familienglück versank im tristen Alltag. Keiner hatte abends einen Mann herumschleichen sehen, weder angezogen noch nackt. Aber Einbrüche habe es gegeben, sogar mehrere, Baumaterial vor allem. Viele Häuser seien noch nicht bezogen, das wirke auf Diebe anziehend.

Ich wärmte mich bei einem Kaffee im Imbisscontainer »Merheimer Gärten« auf, dem einzigen öffentlichen Ort in dieser Gegend. Einsam stand er auf einer Brache, vielleicht zweihundert Meter von der Siedlung entfernt, und lockte mit Pommes und Currywurst.

»Wissen Sie, woran ich sofort denken musste, als ich von der Bluttat gehört habe?«, erzählte die Bedienung bereitwillig. »Vor zwei Wochen habe ich hier auch so einen Flitzer gesehen, es war schon dunkel, ich machte grade die Bude dicht, da ist er an mir vorbeigepest, schnell wie der Blitz. Hab gedacht, der kommt bestimmt aus der Klapsmühle. Man muss doch ziemlich ballaballa sein, um im November nackig durch die Gegend zu rennen, oder?«

So führte mich mein nächster Weg zur Psychiatrie. Im Eingangsbereich schienen die roten Fahrradständer der einzige Farbtupfer zu sein. Ich plauderte etwas mit der gelangweilten Pförtnerin, weil ich genau wusste, dass kein Arzt mir Auskunft geben würde.

»Nee«, meinte sie kopfschüttelnd in breitestem Kölsch. »Mir han he vill Verdöttschte, ävver eine, dä mit bläcker Futt durch de Jäjend rennt, han mir nit.«

Nicht klüger als zuvor lief ich zu meinem Auto zurück. Orlando rief mich an, als ich gerade einstieg.

»Du brauchst jetzt eine warme Mahlzeit. Ich erwarte dich Ecke Ostmerheimer/Rüdigerstraße.«

Von der Olpener Straße aus fuhr ich durch den älteren Teil von Merheim, bis die Bebauung plötzlich aufhörte und Schaf- und Pferdeweiden den Blick auf den wuchtigen Turm von Sankt Gereon freigaben. Orlando wartete gegenüber in einem alten Fachwerk-Gasthaus.

»Idyllisch, nicht?«, meinte sie mit Blick auf Pferde und Kirche. »Früher stand da eine der ältesten Kirchen des Rechtsrheinischen, die musste aber im späten Neunzehnten abgerissen werden.«

Dann schob sie mir einen Zeitungsartikel zu. Ein Interview mit dem russischen Regisseur Timur Bekmambetow. Ich sah sie verständnislos an.

»In Moskau gehen manche Diebe nackt auf Beutezug, so eine Mischung aus Schreck, Überraschung und Wahnsinn«, sagte sie. »Vielleicht hat Ines Zeeh doch recht. Wir müssen die Klamotten des Toten finden! Allzu weit weg kann er sie nicht versteckt haben. Bei der Kälte.«

Zwei Tage lang suchten wir jeden möglichen Ort der Siedlung nach den Kleidern ab, bis wir sie in einem bunten Gartenhaus fanden. Es war sogar eine KVB-Monatskarte dabei. Toni rümpfte die Nase, als wir ihm das Zeug brachten, schickte dann aber schnell den Namen durch den Computer.

»Läuft wohl doch auf Notwehr hinaus«, meinte er, nachdem der Rechner die Ergebnisse ausgespuckt hatte. »Der Typ hatte schon mehrere Anzeigen wegen Diebstahl. Saß deswegen schon zweimal im Knast.«

Wir fuhren direkt zum Aloeweg, aber Ines Zeeh öffnete nicht.

Von einer Nachbarin erfuhren wir, dass sie in der Psychiatrie war. Ich lud Orlando zu einem Kaffee in die Merheimer Gärten ein.

»Wenn wir die Observierung noch zwei Tage fortgesetzt hätten …«, begann ich. Orlando seufzte und sah den Krähen zu, die sich auf dem steinigen Feld beharkten. Warm schienen die Lichter des Aloewegs zu uns herüber. Ich fror bei dem Gedanken, welches Grauen sich dahinter verbarg.

Frage: Wie heißt der alte Gasthof, in den Orlando List zum Essen einlädt?

Erschienen am 10./11. Dezember 2005

Fuck
Rondof Sucks

Randale in Rondorf

Aus den Scharten des wuchtigen Kirchturms drang dünnes Licht in den grauen Wintertag. Das Wasser im Dorfbrunnen an der Rondorfer Hauptstraße floss träge über vereiste Steine. Ein paar Jugendliche warfen Eisklumpen auf die Wappenschilder der örtlichen Vereine, die schutzlos vor zwei kahlen Bäumen hingen.

»Fahr rechts in die Hahnenstraße«, befahl Orlando. Links tauchte die nächste Kirche vor uns auf. »Wahrscheinlich die jüngste von ganz Köln!« Orlando kannte sich in solchen Dingen aus. »1987 erbaut, wegen der ganzen Neubaugebiete.«

In ein solches lotste sie mich jetzt, und ich parkte den Alfa vor einem der vielen gleich aussehenden Einfamilienhäuser. Drei kräftige Jungen hieben schwitzend den Ball in einen Basketballkorb am Nachbarhaus. Der Jungmännerschweiß ließ mich an meinen Sohn Pepe denken. Orlando klingelte, und zwei Minuten später saßen wir in einem überhitzten Wohnzimmer.

»Dreiundzwanzig Brandstiftungen in den letzten zwei Monaten«, stöhnte Dr. Nadir Khan und bot uns frisch frittierte Pakoras an, die den Raum mit einem sanften Curryduft erfüllten. »Eigentlich ist das hier eine friedliche Gegend, und unsere kleine indische Gemeinde hatte bisher nie Ärger mit den deutschen Nachbarn.« Mit einer Pakora in der Hand deutete er nach draußen auf den Merlinweg. Schmucke Vorgärten, eine Straße, durch die selten ein Auto und dann nie schneller als mit dreißig fuhr. »Aber das kann sich ändern. Wenn die Brandserie nicht bald aufgeklärt wird, sind irgendwann wir Inder dran. Denn«, ein bitteres Lächeln huschte über sein Gesicht, »die Deutschen scheren gern alle Fremden über einen Kamm!« Schnell wischte er sich mit einem Papiertuch die fettigen Finger ab. »Und ich selbst befinde mich in einer besonders prekären Situation. Sie wissen schon!« Dr. Khan tätschelte kurz das rechte Knie von Orlando, das er ihr vor vier Jahren vorbildlich operiert hatte. »Finden Sie heraus, wer hinter diesen Brandanschlägen steckt, bevor Rondorf für uns zum Pulverfass wird.«

Draußen waren die Basketballer zum nächsten, im holländischen Stil errichteten Straßenzug weitergezogen, wo sie jetzt zu sechst auf den Ball eindroschen.

»Was für 'ne prekäre Situation?«, fragte ich und warf den Jungs den ausgebüxten Ball zurück.

»Khan junior hat vor zwei Jahren mit einem selbst gebastelten Feuerwerk ein Häuschen in Brand gesetzt. Ein Grund, weshalb Dr. Khan nach Rondorf gezogen ist.«

Zwei sich wechselseitig verfolgende Mountainbiker sausten an uns vorbei und wendeten ihre Drahtesel unter Gejohle mitten auf der Straße.

»Da!« Orlando deutete auf die rußverschmierte Wand eines Holzhäuschen hinter den beiden Jungen. Daneben lag ein ausgebrannter Müllcontainer. Besonders der verkohlte Kotflügel eines nagelneuen Citroëns ein Stück weiter wirkte wie ein Fremdkörper in dieser properen Wohngegend. Orlando schwieg lange.

»Wie alt ist denn der Sohn?«, fragte ich irgendwann. Wir waren jetzt bei einem Grünstreifen zwischen zwei kleinen Siedlungen angelangt.

»Achtzehn. Steckt mitten im Abitur«, sagte Orlando und ließ den Blick über einen verwaisten Sandkasten schweifen.

»Und weil er so einen Stress mit dem Lernen hat, zündet er ab und zu ein Auto an?«, fragte ich. »Dreiundzwanzig Brandanschläge in zwei Monaten, ein bisschen viel für einen allein.«

Orlando deutete auf zwei Teenager-Pärchen, die auf einer Bank neben dem Sandkasten knutschten. »Hier toben die Hormone«, stellte sie fest. »Lauter junges Gemüse in Rondorf!«

Ich nickte, Jugendliche gab es hier wirklich zuhauf. Erst auf der Rodenkirchener Straße trafen wir auf andere Altersgruppen. Dort eilten Hausfrauen in den Supermarkt, und in einem kleinen Buchladen leuchtete phantasievolles Kinderspielzeug im Fenster.

Durchgefroren tranken wir im Eiscafé Van der Put eine heiße Schokolade. Neben uns kicherte eine Mädchengruppe über ihren Milchshakes.

»Sieht schwer nach jugendlichem Vandalismus aus!«, meinte Orlando und klemmte die Finger um die warme Tasse.

»Wenn hier vor zehn, fünfzehn Jahren junge Familien hergezogen sind, haben die jetzt alle Kinder in dem Alter«, antwortete ich. »Aus dem Sandkasten sind die raus, und Köln ist weit. Wo gehen sie hin? Was können sie hier tun, außer Milchshakes trinken?«

»Mal aus jugendlichem Leichtsinn einen Container anzünden, okay«, Orlando trank vorsichtig und in kleinen Schlucken, »aber dreiundzwanzig? Da muss Aussichtslosigkeit, Zukunftsangst, Verzweiflung dazukommen. Denk an Paris!«

»Vielleicht ist es ein psychopathischer Feuerwehrmann«, meinte ich. »Oder gelangweilte, reiche Bürgersöhnchen. Hahnwald ist nicht weit! Es gibt viele Möglichkeiten.«

Orlando schlug vor, ihre Polizeikontakte zu nutzen, um mehr über die Brandanschläge zu erfahren.

Am nächsten Tag wussten wir, wo und wann die Feuer gelegt worden waren: Container, Autos, Holzhütten, eine Frittenbude, scheinbar wahllos ausgesucht, mal mit, mal ohne Benzin in Brand gesteckt.

»Keine heiße Spur von den Tätern«, erzählte Orlando. »Wahrscheinlich kein Einzeltäter. Bei den GAG-Häusern, wo viele russische Spätaussiedler wohnen, wird verstärkt Streife gefahren.«

»Die Russen und nicht die Inder im Visier der Schmier«, blaffte ich. »Das wird Dr. Khan aber freuen!«

»Jetzt mach mal halblang«, entgegnete Orlando. »Seit du deinen Pepe in Petersburg besucht hast, würdest du am liebsten jeden einzelnen Russen in Watte packen. Denk an die Russenmafia!«

»Die hat bestimmt Besseres zu tun, als in Rondorf Autos und Container anzuzünden!«, gab ich zurück, und dabei fiel mir ein, dass Pepes Schulfreund Pjotr in Rondorf wohnte. Während Orlando Tatzeiten und -orte auf der Suche nach einem System durchforstete, rief ich Pjotr an. Er erkundigte sich nach Pepe, ich mich nach dem Fortgang seines BWL-Studiums. Danach fragte ich nach den Brandanschlägen.

»Böse Sache«, meinte er. »Man verdächtigt ein paar von unseren Jungs, wie immer, wenn so was passiert. Seit Wochen patrouillieren deutsche Rentner des Nachts mit Schäferhunden, und die Bullen fahren hier so oft Streife, dass sich unsere Alten an russische Zustände erinnert fühlen.«

»Scheint die Täter nicht abzuschrecken«, meinte ich.

»Im Gegenteil«, antwortete Pjotr. »Dabei spielen sie in doppeltem Sinn mit dem Feuer, vor allem seit sie Autos anzünden. Nichts liebt der Deutsche so sehr wie sein Auto.«

Der Deutsche, der Russe, der Inder! Ich konnte die dämlichen Allgemeinplätze nicht mehr hören!

»Sag Bescheid, wenn du was erfährst!«, sagte ich zum Schluss.

Orlando hatte zwischenzeitlich ein kompliziertes Linienbild auf den Rondorfer Stadtplan gemalt.

»Hier wird das nächste Feuer lodern.« Sie deutete mit dem Bleistift auf eine Stelle in der Nähe der A 555. »Dann ergeben alle Anschläge das Bild von zwei sich drehenden Ellipsen.«

Ich starrte ungläubig auf das Liniengewirr. Orlando liebte solche mathematischen Spielereien. Bei dem einen oder anderen Fall hatten sie uns schon geholfen. Aber bestimmt nicht oft.

»Hast du eine bessere Idee?«, fragte sie, als sie meinen zweifelnden Blick sah.

Hatte ich nicht. Also kurvten wir zwei Nächte Am Moosberg und Am Kirchweg entlang. Wir waren nicht die Einzigen. Andere Autos fuhren langsam durch Rondorf, Hundebesitzer beobachteten beim

Gassigehen aufmerksam ihre Umgebung. Aber: kein Feuer, keine Randale. In der dritten Nacht konnte ich vor Müdigkeit kaum mehr das Lenkrad halten.

»Ich hol mir einen Kaffee an der Tanke am Bonner Verteiler«, erklärte ich Orlando. »Entweder du kommst mit oder vertrittst dir die Beine, bis ich zurück bin.«

Murrend zog sie ihre Fellmütze auf und stieg aus.

Es war Zufall, dass ich genau in dem Augenblick in die Hahnenstraße einbog, als ich links in der Dreikönigenstraße ein Feuer auflodern sah. An einer ganz anderen Stelle als von Orlando vermutet. An der nächsten Kreuzung hetzte ein Junge im Kapuzenshirt über die Straße. In der Ferne hörte ich ein Martinshorn. Der Junge hastete die Reiherstraße entlang. Bevor er in einer Tiefgarage verschwand, rief ich Orlando an, dann folgte ich ihm. Langsam fuhr ich die Parkplätze ab, ohne den Jungen zu entdecken. Ich parkte den Wagen und ging zu Fuß auf die Suche.

Das Schlagen einer Metalltür hallte durch den kalten Keller. Ich suchte das Treppenhaus und stieg leise nach unten, öffnete eine weitere Tür und stand plötzlich vor einem Matratzenlager. Als ich mich umdrehte, starrte mich der Junge an. Irgendwie kam mir das Gesicht bekannt vor. Erst beim zweiten Blick sah ich, dass er ein Messer in der Hand hatte.

»Hau ab!«, befahl er. »Verschwinde! Sofort!« Die Art, wie er das R rollte, verriet mir, wer er war.

»Du bist Pjotrs Bruder«, sagte ich. »Was hast du mit dem Feuer zu tun?«

»Gar nichts!« Seine Augen glühten vor Angst.

Beide hörten wir in der Garage einen Wagen bremsen und dann schnelle Schritte. Orlando kam nicht allein, sie hatte die Streife direkt mitgebracht. Der Junge stieß mich zur Seite und stürmte nach oben, ich folgte ihm, hörte ihn verzweifelt brüllen, dass er nichts mit dem Feuer zu tun habe, als die Streife ihn festnahm. Orlando kam mir entgegen. Alles okay?, fragte ihr Blick.

»Wer weiß, ob er wirklich etwas damit zu tun hat? Er kann doch nicht allein dreiundzwanzig Brandanschläge verübt haben!«, fuhr ich sie an.

»Scheißspiel, Scheißjob«, murmelte sie und rieb sich die klammen Finger.

Von draußen fegte eisige Winterluft in die Tiefgarage. Rondorf war kalt in diesem Winter. Sehr kalt.

Erschienen am 4./5. Februar 2006

Frage: Was befindet sich heute im alten Rondorfer Kirchturm?

Unruhe im Ursula-Viertel

Noch eine Stunde!

Lebhaftes Getuschel füllte das Seitenschiff von Sankt Ursula, als sich die »mörderischen Schwestern« vor deren steinernem Sarkophag den Ursula-Mythos erzählen ließen. Besonders die Autorinnen historischer Kriminalromane, und damit auch Sonja Sawatzky, wirkten höchst interessiert am Schicksal der Kölner Schutzpatronin. Ich dagegen sah nervös auf die Uhr. Wenn die Täterin noch zuschlagen wollte, dann hier und in der nächsten Stunde. Denn um 11.50 Uhr würden wir Sonja Sawatzky am Hauptbahnhof in den Zug setzen, und allen Drohungen zum Trotz würde sie Köln lebend verlassen. Man hatte der Krimiautorin in mehreren anonymen Briefen gedroht, sie in Köln beim Treffen der »Sisters in Crime« zu ermorden. Eigentlich waren Orlando und ich schon zu alt für Personenschutz.

»Ich kann doch die Sisters nicht mit zwei gestählten, jung-dynamischen Bodyguards nervös machen!«, wehrte Sonja Sawatzky diese Bedenken ab und versicherte uns, dass zwei gestandene Detektivinnen wie wir genau das Richtige zu ihrem Schutz seien.

»›Sisters in Crime‹?« Orlando runzelte verständnislos die Stirn. »Ist das die Frauenorganisation der Mafia?«

Die Sawatzky bedachte den Kommentar mit einem scharfen Mae-West-Lächeln, der sie auch in Statur und Haarfarbe ähnelte, bevor sie uns erklärte, dass die »Sisters in Crime« ein weltweiter Zusammenschluss von Krimiautorinnen seien und das zehnjährige Bestehen der deutschen Sektion im März in Köln mit einem großen Fest gefeiert werden solle.

»Wir sind ein bunter Haufen«, führte sie aus, »es gibt welche, die basteln jahrelang an einem Kurzkrimi und sind froh, wenn sie den mal in der örtlichen Leihbücherei vortragen können, andere haben Buchauflagen von über hunderttausend und können einen Tausender als Lesehonorar nehmen. Dazwischen tummeln sich etliche Zwei-minus-Autorinnen, die im Gegensatz zu Agatha Christie mehr schlecht als recht von ihrer Schreiberei leben können. Es ist ein hartes Geschäft!«

Sie brauchte nicht zu erwähnen, zu welcher Kategorie von Autorinnen sie zählte. Ihre Bücher lagen stapelweise in den Buchhandlungen. Auch ich hatte schon mal was von ihr gelesen, Orlando natürlich nicht, die interessierte sich nicht für Krimis, sah man mal von ihrem merkwürdigen Faible für Sherlock-

Holmes-Geschichten ab. Aber obwohl sich die Sawatzky professionell mit menschlichen Abgründen, krimineller Energie, Plots und deren Aufklärung beschäftigte, hatte sie nicht die leiseste Idee, wer ihr nach dem Leben trachten könnte.

»Wissen Sie, Erfolg schafft Neider«, meinte sie, »Schriftsteller zeigen das ungern offen, die legen lieber so ein ›Wir-freuen-uns-mit-dir‹-Solidaritätsmäntelchen um. Und darunter brodelt bei manchem ein giftiges Gebräu aus Frust und Wut.«

Keine leichte Aufgabe für uns. Von Elly Droll, der Konkurrentin im gleichen Verlag, bis zur unbekannten Provinz-Autorin konnte jede der über hundert kriminellen Schwestern die potenzielle Mörderin sein.

Die Führerin des Frauengeschichtsvereins lotste die Gruppe jetzt am Ursula-Schrein vorbei in Richtung Kindersarg, nachdem sie zuvor auf die für Ursula magische Zahl Elf, die auch in der Anzahl der Chorfenster wiederkehrte, hingewiesen hatte. Sonja Sawatzky trödelte beim Kerzentisch.

»Vielleicht sollte ich mir eine Marienkerze als zusätzlichen Schutz kaufen«, meinte sie und besah sich die Preisliste. »Bei der heiligen Ursula! So eine MK 2 kostet achtundachtzig Euro! Gesalzene Preise!«

»Heute verdienen die ihr Geld nicht mehr mit Knöchelchen, sondern mit Kerzen«, knurrte Orlando und deckte der Sawatzky geschickt den Rücken, als sich Miss Smiley, eine ewig lächelnde, ewig plappernde Sister, wie Orlando sie getauft hatte, den Kerzen näherte. Noch fünfzig Minuten bis zur Abfahrt des Zuges.

Gestern hatten wir mit Sawatzky auf der jährlichen Mitgliederversammlung der Sisters gesessen, dort die anderen Rampensäue des Vereins in Aktion erlebt, wohl wissend, dass sich die mögliche Täterin wahrscheinlich unter der schweigenden Mehrheit verbarg. Miss Smiley suchte auffällig oft Sawatzkys Nähe. Elly Droll, die neben Sawatzky saß, fuhr dieser Plappertüte ein paarmal kräftig übers Maul, was sie mir auf Anhieb sympathisch machte. Abends auf der großen Jubelfete genoss unser Schützling seine Berühmtheit beim Small Talk mit Nordlichtern und Österreicherinnen, lieferte sich einen bissigen Schlagabtausch mit der Droll und warf der weiterhin um sie herumscharwenzelnden Miss Smiley den einen oder anderen Knochen zu.

Nach der dritten Flasche Sekt brachten wir sie um vier Uhr morgens ziemlich angesäuselt, aber ansonsten gesund ins Bett.

Ich sah auf die Uhr. Noch vierzig Minuten bis zur Abfahrt des Zuges. Wir wollten zu Fuß zum Hauptbahnhof gehen, über die Marzellenstraße waren es höchstens zehn Minuten bis dorthin.

»Und jetzt«, hörte ich die Kirchenführerin sagen, »kommen wir zum Höhepunkt dieser Führung! Dem Besuch der Goldenen Kammer, die heute nur für uns geöffnet wird.«

Gefolgt von der Gruppe verließ sie das Hauptschiff und begrüßte vor einer niedrigen Tür im Vorraum eine hagere junge Frau mit nervösem Blick, die die Tür mit einem riesigen Schlüssel öffnete. Wahrscheinlich die Küsterin der Kirche.

»Die Gruppe ist viel zu groß«, stöhnte sie. »So viele kann ich nicht in die Kammer lassen!«

Die Geschichtsverein-Lady beruhigte sie mit einem honigsüßen Lächeln. »Sind doch keine elftausend wie bei Ursula, nur hundertzehn«, sagte sie und lotste die Gruppe an der Küsterin vorbei ins Innere der Kammer.

Die überrumpelte Frau zählte die Teilnehmerinnen und wies immer wieder darauf hin, dass in der Kammer nichts angefasst werden dürfe. Die Damen schoben sich schnatternd durch die schmale Tür. Am Hals der Küsterin sprossen rote Hektikflecken, und ihr goldenes Ursula-Medaillon hüpfte unruhig auf und ab.

»Was halten Sie von einem Abschluss-Kölsch in der Kneipe gegenüber?«, fragte ich die ebenfalls nach drinnen drängelnde Sawatzky und hielt sie mit der Hand zurück. »Wir müssen eh gleich los!«

»Nix da. Ich lass mir doch nicht die Knochensammlung entgehen!«, antwortete sie.

»Da drin ist es verdammt eng, Ihre Kolleginnen schubsen und drängeln, da können wir Sie nicht optimal schützen«, unterstützte mich Orlando.

Es nützte nichts. Die Sawatzky wollte die Goldene Kammer sehen. Sie nickte der immer noch zählenden Küsterin zu.

»Hundertzehn«, murmelte diese, als sie an ihr vorüberging.

Sie wollte schon die Tür hinter uns schließen, als sehr zu ihrem Entsetzen Miss Smiley und eines der Nordlichter angerannt kamen. Bestimmt war die arme Frau von der Waterkant von deren Geschwätz festgehalten worden. Die Kammer war jetzt gerammelt voll.

»Ist ein echtes Wunder, dass sie uns alle reingelassen hat«, hörte ich Elly Droll zu unserer Führerin sagen.

»Für die Küsterin sind Elfer-Zahlen heilig, weil sie mit der heiligen Ursula zusammenhängen. Wenn ich ihr eine Elfer-Zahl nenne, lässt sie mich immer durch, egal wie groß die Gruppe ist«, entgegnete diese.

Ich quetschte mich vor die Sawatzky. Personenschutz war hier Wahnsinn. Ich hätte ihr das Kölsch schmackhafter machen sollen!

»Reliquienhandel war eine der großen Geldquellen des mittelalterlichen Kölns«, versuchte die Führerin die Aufmerksamkeit auf sich zu lenken, hatte aber keinen Erfolg.

Die Augen der Krimiautorinnen leuchteten, manche stießen begeisterte Rufe aus, als sie die Muster aus Menschenknochen, die Reliquiare für Totenschädel und Handknochen, die Folterwerkzeuge der Märtyrer sahen: Ursula mit dem Pfeil, Sophia mit dem Morgenstern, Florentia mit dem Schwert, der Mohr mit dem Krummsäbel. Kaum eine hielt sich an die Ermahnungen der Küsterin, die ich in dem Gewühle nirgendwo mehr erblickte. Da wurden hölzerne Reliquiare befühlt, die Schärfe der Schwerter, die Zacken des Morgensterns begutachtet. Die kalte, modrige Luft der Kammer mischte sich mit einer Melange aus Parfüms und Achselschweiß, den Ausdünstungen der Kettenraucherinnen und Schnapsdrosseln. Da wurden laut und leise Mordkomplotte entworfen, Theorien über Knochen entwickelt, mittelalterliche Gebräuche debattiert.

Neben mir schubste die Droll, vor mir hüpfte der hennarote Pagenkopf von Miss Smiley, hinter mir rang die Sawatzky um Luft.

»Raus«, befahl Orlando, »wir müssen sofort hier raus.«

Wir hatten die Sawatzky schon fast bis zur Tür geschoben, als ein gellender Schrei die wogende, brabbelnde Masse für einen Augenblick zum Stillstand brachte. Orlando riss die Tür auf, und mit uns purzelte eine Reihe weiterer Frauen aus der Kammer. Sonja Sawatzky sog gierig die kühle Kirchenluft ein.

»Komm sofort zurück, Sonja«, donnerte die Droll von drinnen.

Die Sawatzky schnaufte schwer, bevor sie zurücklief. Wir hinterher. Die mörderischen Schwestern hatten einen schmalen Gang gebildet, an dessen Ende die Droll drohend wie ein Racheengel vor der auf dem Boden liegenden Miss Smiley stand. In deren Nacken steckte ein Pfeil, und ein Blick zu den Reliquiaren an der Wand genügte, um festzustellen, dass es sich um den der heiligen Ursula handelte.

»Sie war die ganze Zeit in deiner Nähe!«, stellte die Droll fest. »Hast du sie umgebracht?«

»Du spinnst!« Kurz glaubte ich, die Sawatzky wollte ihrer Konkurrentin an die Gurgel springen, aber stattdessen wendete sie sich cool den anderen zu. »Haben wir eine Ärztin unter uns?«, fragte sie in die Runde.

Von hinten kämpfte sich eine dralle Ostdeutsche nach vorne, prüfte Puls und Atmung und stellte den Tod von Miss Smiley fest.

»Die exakte Todeszeit war 11.11 Uhr«, rief eine der Kölnerinnen in die Runde.

Und dann ging es los: Zigfach wurde die Polizei gerufen, es wurden Fotografien des Tatorts gemacht, man rekapitulierte, wer wann wo gestanden hatte. Hier waren Expertinnen am Werk, Frauen, die sich Tag für Tag gedanklich mit Mord und Totschlag beschäftigten und jetzt ihr Wissen in der Praxis anwendeten.

Mit Orlandos Hilfe bugsierte ich die Sawatzky wieder nach draußen, musste dabei an der Tür eine der mörderischen Schwestern beiseiteschubsen, die partout nicht zulassen wollte, dass wir den Raum verließen.

Draußen saß die Küsterin blass und zittrig auf der schmalen Treppe zur Empore.

»Hatte das Plappermaul was gegen Sie in der Hand?«, fragte ich die Sawatzky.

»Blödsinn!«, erwiderte sie grob. »Sie war mein ›nègre‹, schrieb manchmal Passagen für mich. Das haben weder sie noch ich an die große Glocke gehängt!« Ich sah, dass ihre schwere Gestalt wankte. »Der Pfeil hat mir gegolten, nicht ihr!«, setzte sie tonlos hinzu.

»113, 113, 113«, flüsterte die Küsterin auf der Treppe, wiegte sich hin und her und küsste ihr Ursula-Medaillon.

»Der Mord hat etwas mit der Zahl 11 zu tun«, hörten wir in der Kammer eine der Kölnerinnen schreien.

Orlando horchte auf und ging langsam zu der Küsterin hinüber.

»113 ist keine Elfer-Zahl«, meinte sie.

Die Küsterin nickte eifrig und sagte: »Keine Elfer-Zahl, keine Elfer-Zahl. Schlimm. Schlimm.«

»Was war schlimm?«, fragte Orlando sanft.

»Die 113 hat die Ursula-Büste angefasst, das durfte sie nicht, keiner darf das, aber die 113 auf gar keinen Fall!« Sie schluchzte jetzt hysterisch auf.

»Sie mussten sie bestrafen?«, fragte Orlando weiter, die Küsterin konnte nur noch unter Tränen nicken.

Vor der Kirche hielten die ersten Polizeiwagen. Die Sawatzky würde ihren Zug verpassen. Wir würden noch ein paar Stunden auf sie aufpassen und wahrscheinlich nicht erfahren, ob die Morddrohungen gegen sie überhaupt einen realen Hintergrund hatten …

Durch die offene Tür sah ich auf dem Vorplatz die Kölner Fahne wehen: drei Kronen für die Heiligen Drei Könige und elf Blutstropfen für Ursula und ihre Jungfrauen …

Frage: Wie heißt die traditionelle Kölschkneipe gegenüber von Sankt Ursula?

Erschienen am 18./19. März 2006

Dreckswäsche in Braunsfeld

Tief unter der schallisolierten Glasfront des eleganten Büros im vierzehnten Stock schoben sich die Autos geräuschlos über die Scheidtweilerstraße.

»Es liegt sehr wohl im Bereich des Möglichen, dass sich Tim Lorscheid eine Auszeit in Australien nimmt«, wiederholte Dr. Kai Kant, während uns seine Sekretärin grünen Tee in japanische Porzellanschalen füllte, »und als Jurist weiß ich genau, dass mein Verdacht nicht ausreicht, um eine polizeiliche Ermittlung einzuleiten. Deshalb äußerste Diskretion, meine Damen!«

»Und wo«, fragte Orlando, der ich anmerkte, dass ihr weder der schallisolierte Raum noch Dr. Kant passten, »sollen wir Ihrer Meinung nach mit den diskreten Ermittlungen ansetzen?«

»Selbstverständlich bei unseren Frauen!« Kant bestrafte uns mit einem missbilligenden Blick, weil wir nicht selbst darauf gekommen waren, und widmete dann seine Aufmerksamkeit einem segelohrigen, zerknautschten Robbie-Williams-Verschnitt, der unbemerkt ins Zimmer getreten war. »Hier, Jiri«, sagte er und reichte ihm einen Schlüssel. »Sehen Sie zu, dass Sie in einer Stunde fertig sind!«

»Kein Prrobläm, Herr Doktor«, sagte der Segelohrige, grinste verlegen und verschwand so leise, wie er gekommen war.

»Ihre Frauen?«, echote ich.

Er nickte. »Die kennen sich seit Jahren, und die ›Ereignisse‹ der letzten Monate haben sie noch näher zusammenrücken lassen.«

Versehen mit weiteren Instruktionen entließ er uns zehn Minuten später. Mit einem geräuschlosen Aufzug fuhren wir nach unten, und Orlando atmete tief durch, als Lärm und Gestank von Scheidtweiler- und Aachener Straße an Ohren und Nase drangen. Richtung Melaten schob sich ein schwarz-lila Leichenwagen, und vor dem KVB-Gelände rutschte ein silberner BMW über die alten Straßenbahngleise.

Mit »Ereignissen« umschrieb Dr. Kant die Tatsache, dass sich nicht nur Tim Lorscheid vor kurzer Zeit von Frau und Kindern getrennt hatte, sondern auch er selbst und zwei weitere alte Freunde aus dem Pauliviertel.

»So was führt natürlich zu emotionalen Erschütterungen«, hatte er gemeint, ohne selbst sehr erschüttert zu wirken. Dagegen beunruhigte ihn das Verschwinden von Lorscheid, mit dem er regelmäßig Tennis bei

Rot-Weiß spielte. »Noch nie ist TL einem Match unentschuldigt ferngeblieben. Selbst wenn er überraschend in Urlaub fahren würde, wie seine Sekretärin erzählt, würde er selbstverständlich Bescheid geben.«

Er wolle sich nicht zu irgendwelchen Spekulationen hinreißen lassen, aber das plötzliche Verschwinden sei doch äußert mysteriös, hatte Kant seine Ausführungen geschlossen.

»Vier Paare, die alle miteinander befreundet waren, trennen sich«, fasste Orlando zusammen, während ich den Alfa aus der Parklücke auf die Aachener lenkte. »Da gibt es einen Haufen schmutziger Wäsche zu waschen.«

Ich nickte nur und bog an der Paulistraße rechts ab.

»Und es geht um Geld«, meinte ich, als ich die gepflegten Dreißiger-Jahre-Häuser mit den bildschönen Vorgärten sah, die den Pauliplatz begrenzten. In einem der Gärten schaufelte der zerknautschte Robbie-Williams-Jiri Torf unter ein paar Sträucher.

»Schlecht gehütete Geheimnisse, schlüpfrige Bettgeschichten, Dreckswäsche«, maulte Orlando. »Du weißt, wie sehr ich diese Rosenkrieg-Schnüffeleien hasse.«

Mir ging es da nicht viel anders. Aber solange kein anderer Auftrag in Sicht war, mit dem wir die nächste Miete bezahlen konnten …

Wir begannen unsere Recherchen mit Lorscheids Reise. Seine Sekretärin zeigte uns bereitwillig die Bestätigung für das First-Class-Hotel in Sydney, am Flughafen erfuhren wir, dass TL im gebuchten Flieger gesessen hatte. Seltsam blieben die überstürzte Abreise und die Tatsache, dass Lorscheid nie telefonisch erreichbar war.

Orlando entschied, dass wir als Nächstes mit seiner Frau reden sollten. So lenkte ich den Alfa erneut nach Braunsfeld und parkte ihn am Pauliplatz unter einer großen libyschen Zeder. Die kugelig geschnittenen Linden daneben dufteten nach Frühling. Zwei Seniorinnen mit Gehhilfen schlichen langsam zum Clarenbachstift zurück.

Wir drückten auf die blank gewienerte Messingklingel einer schwarz lackierten Holztür. Ein kleines Mädchen öffnete die Tür und sah uns neugierig an. Wir fragten nach seiner Mutter.

»Bitte warten Sie hier«, sagte es höflich und kam mit einer gepflegten, sportiven Blondine zurück.

»Was wissen Sie über das Verschwinden Ihres Mannes?«, fragte Orlando und fiel mal wieder mit der Tür ins Haus. »Einer seiner Geschäftspartner hat uns beauftragt, nach ihm zu suchen.«

Die Dame des Hauses hob ärgerlich die linke Augenbraue und rief dann ins Innere des Hauses: »Ein Geschäftsfreund lässt Tim suchen. Wer, denkt ihr, ist das?«

Sie führte uns in einen hellen, offenen Wohnraum, wo drei weitere Frauen bei einem Glas Grauburgunder von der Ahr zusammensaßen. Alle schienen im gleichen Alter, ähnlich attraktiv, sportiv und gepflegt. Die eine rothaarig, die andere brünett gelockt, die dritte mit einem Goldschopf. Irgendwie erinnerte mich die Gruppe an eine Fernsehserie.

»Lamberting oder Opus Dei«, schlug die brünett Gelockte vor. »Wir wissen doch alle, dass Tim bei seinen Immobiliengeschäften nicht zimperlich war.«

»Ich tippe auf Kai«, meinte die Rothaarige. »Die Kinder haben erzählt, er sei so was von beleidigt gewesen, weil Tim sein Tennisspiel nicht abgesagt hat. Hat er behauptet, Karen hat ihn umgebracht?« Sie deutete auf die Dame des Hauses. Die Schmutzwäsche war bereits im Hauptwaschgang angelangt.

»Nein, so einen plumpen Verdacht würde er nie laut äußern, dazu ist er zu sehr Jurist«, meinte die brünett Gelockte.

Dann verstummten die Damen, lächelten vielsagend und blickten in den Garten, wo Jiri jetzt ein gewaltiges Loch aushob, das für einen großen am Boden liegenden Olivenbaum bestimmt schien.

»Es gibt nichts, was er nicht kann«, merkte die Brünette an.

Die anderen Ladys stimmten zu. Parkett wachsen, Gartenhaus streichen, Waschküche kacheln, alles »kein Prrobläm« für den Segelohrigen. Ein wahrer Tausendsassa, dieser Jiri, dachte ich, und in mehreren Haushalten des Pauliviertels im Einsatz.

»Wissen Sie, wo Ihr Mann sich aufhält?«, unterbrach Orlando die Lobreden auf Jiris Talente.

»Ich habe nicht die leiseste Ahnung«, antwortete Frau Lorscheid ruhig. »Seit er vor sechs Monaten hier ausgezogen ist, hat er ein einziges Mal angerufen, um mir mitzuteilen, wohin ich seine Sachen schicken soll. Alles andere regeln unsere Anwälte.«

»Sie wissen also nichts von einer Reise nach Australien?«, hakte ich nach.

»Australien?«, empörte sich die Rothaarige. »Habt ihr nicht eure Hochzeitsreise nach Australien gemacht, Karen? Wie kann er nur so geschmacklos sein!«

»Karen hat bestimmt noch ein Eisen im Feuer«, meinte der Goldschopf und nickte Frau Lorscheid aufmunternd zu. »Hast du nicht mal was von pikanten Transaktionen im Esch-Fond erzählt?«

Frau Lorscheid nickte unbestimmt, und die restlichen Damen lächelten wieder vielsagend.

»Hören Sie«, wandte sich Frau Lorscheid dann mit fester Stimme an uns. »Das Einzige, was ich von diesem Mann noch wissen will, ist der Scheidungstermin. Den kann er mir über seinen Anwalt mitteilen.«

Im Geiste sah ich die Fetzen zwischen den beiden fliegen. Schmutzwäsche im Schleudergang.

»Name, Telefonnummer eines engen Freundes, der wissen könnte, wie man ihn erreichen kann?«, fragte Orlando, während die Hausherrin uns nach draußen drängte.

»Fragen Sie Ihren Auftraggeber!«, kam es kühl und bestimmt zurück. Dann schloss sie die Tür.

In den kugeligen Linden tschilpten die Spatzen, und ein milder Frühlingswind wehte über den Platz.

»Bin echt froh, dass ich nie geheiratet habe«, meinte ich und hakte mich bei Orlando ein.

»Hätte sich für dich auch nicht gelohnt. Von deinen Männern hatte keiner genügend Knete, um in den Esch-Fond zu investieren«, konterte sie.

Wir streunten durch die schmucken Straßen, sahen Jogger in Richtung Stadtwald traben und sinnierten erfolglos über Lorscheids Verschwinden. Auf dem Rückweg tranken wir auf der Aachener Straße bei einem persischen Kioskbesitzer einen Kaffee. Der Mann war gesprächig und kannte sich in Braunsfeld aus.

»Lorscheid ist verschwunden?«, fragte er erstaunt. »Dass die sich getrennt haben, wissen alle. Aber verschwunden?« Er schüttelte sorgenvoll den Kopf. »Wenn ein wohlhabender Mann verschwindet, ist ein Verbrechen nicht weit.«

Davon hatten wir allerdings bis jetzt nicht die geringste Spur. Ratlos liefen wir zurück zum Pauliplatz. Jiri schob eine weitere Schubkarre voll Erde in den Garten der Lorscheids.

»Wir sagen Kant, dass wir in Australien nach Lorscheid suchen müssen«, schlug Orlando vor, aber ich hörte ihr nicht recht zu, weil ich dem Segelohrigen nachsah. Sie folgte meinem Blick.

»Du denkst doch nicht etwa …«, begann sie, und ich nickte. Was, wenn »Kein-Prrobläm-Jiri« auch Leichen beseitigte? In Gedanken sah ich Lorscheids Überreste unter dem großen Olivenbaum liegen.

»Das klingt nach ganz schlechtem Krimi«, wischte Orlando die Idee vom Tisch.

Als Lorscheid nach fünf Wochen immer noch nicht aus Australien zurück war und wir andernorts keinerlei Lebenszeichen von ihm entdeckt hatten, bestand ich darauf, unserem Auftraggeber zu empfehlen, die Gärten am Pauliplatz umpflügen zu lassen.

»Tu, was du nicht lassen kannst«, meinte Orlando und reichte mir das Telefon.

»Ich bedauere, Frau List«, meinte seine Sekretärin, und ich fand, sie klang ein bisschen verstört. »Aber Dr. Kant ist nicht im Hause. Der ist gestern ganz überraschend in Urlaub gefahren.«

Frage: Woher hat Braunsfeld seinen Namen?

Erschienen am 27./28. Mai 2006

Rolling Stones

Bollwerk Buchforst

»Wolf braucht unsere Hilfe!«

Orlando riss mich aus unruhigem Schlaf. Der Wecker zeigte fünf Uhr, aus dem Fenster blinzelte ich in morgendliches Zwielicht. Wer war noch mal Wolf? Schon auf dem Weg ins Bad schwitzte ich. Ich schüttete mir kaltes Wasser ins Gesicht und kurbelte beim Zähneputzen mein Gedächtnis an.

Wolf. Ein Chemiker, mit dem Orlando mal was gehabt hatte. Ein alter Genosse aus Studientagen, als sie bei den Buchforster Jusos aktiv gewesen war. Das war ein Kapitel aus ihrem Leben, das ich nur aus ihren Erzählungen kannte. Damals hatten sie auch in Buchforst von der Revolution geträumt. Besonders stolz waren sie darauf gewesen, ihr Veedel an nur vier Stellen gegen mögliche imperialistische Angriffe verteidigen zu können, denn Autobahn und Eisenbahnstrecken umschlossen das Viertel wie ein Wall. Buchforst, ein Bollwerk der sozialistischen Utopie …

Orlando wartete vor ihrer Haustür auf mich und stieg schnell zu mir in den Alfa. »Fahr auf die Zoobrücke!«

Obwohl ich zweimal nachfragte, kein Wort über Wolf. Ärgerlich kurbelte ich das Autofenster runter und ließ mir den morgendlichen Fahrtwind um die Nase wehen. Sowie die Sonne aufging, würde wieder ein brüllend heißer Tag die Stadt lähmen. In Buchforst bogen wir ab. Die weiße Stadt lag noch im Morgenschlaf, aber im Kosmos-Hotel schimmerte in einigen Zimmern Licht.

Orlando lotste mich über die Heidelberger Straße auf den Bischofsacker und stieg sofort aus: »Wir müssen auf den Kalkberg!« Ich rührte mich nicht, wollte endlich wissen, was Sache war. Genervt sagte sie dann: »Jupp ist tot! Viel mehr weiß ich auch nicht. Wolf hat nur gestammelt. Komm jetzt!«

Eilig stapfte sie auf den Kalkberg zu und schob sich durch ein Loch im Drahtzaun zu dem schmalen Trampelpfad, der nach oben führte. So ruppig war sie nur, wenn sie sehr nervös war. Ich schloss den Alfa ab und folgte ihr.

»Jupp?«, fragte ich, als ich sie eingeholt hatte.

»Ein alter Genosse. Hat damals bei der CFK malocht. Wolf und er haben sich Mitte der siebziger Jahre zerstritten. Betonköpfe!«

Orlando hetzte weiter, und nach einigen Minuten standen wir auf dem Plateau des Schuttberges, das nur notdürftig mit einer dürren, verbrannten Grasnarbe bedeckt war und in dem unterschiedlich hohe Messlatten steckten. Aus dem Bergischen schickte die Sonne die ersten blassen Morgenstrahlen gen Köln, und von der Zoobrücke drang das schwache Rauschen der frühen Lkws auf den Hügel.

»Diesen Schutthaufen wolltet ihr als ›Kalker Alpen‹ zum Naherholungsgebiet für Buchforst machen?«, konnte ich mir nicht verkneifen zu fragen, aber Orlando reagierte nicht, sie stieg den Berg schon in Richtung Pfälzischer Ring zu einem dichten Gestrüpp hinab und rief nach Wolf.

Aus dem Gestrüpp tauchte ein dürrer Endfünfziger auf, und wenig später standen wir vor einem etwa zwei Meter tiefen Loch, in dessen marmoriertem Erdreich ein korpulenter Mann mit einer merkwürdigen Kopfhaltung lag. Er hatte sich das Genick gebrochen. Wolf wirkte käsig, und seine Knie schlackerten ordentlich.

»Luftschlacht über Buchforst! Alles wegen der blöden Erdproben!«, stammelte er.

Orlando starrte sichtlich bewegt auf den Toten und legte Wolf gleichzeitig beruhigend die Hand auf die Schulter. Es dauerte, bis wir brauchbare Informationen aus ihm herauspulen konnten. Hier oben auf dem Kalkberg sollte der zentrale Kölner Hubschrauberlandeplatz gebaut werden. Ein Projekt, gegen das Jupp und er und viele Buchforster Sturm gelaufen waren, denn Lärm hatten sie hier wahrlich genug: Stadtautobahn, S-Bahn, Güterverkehr, Einflugschneise Flughafen.

»Du und Jupp? Ihr seid wieder zusammen politisch aktiv?«, fragte Orlando ungläubig.

»Gemeinsame Interessen«, erwiderte Wolf. »Jupp hat sich immer fürs Veedel engagiert, und mein Häuschen in der Kopernikusstraße liegt direkt in der Einflugschneise des Hubschraubers.«

»War damals furchtbar für mich, dass ihr euch so verkracht habt!«, meinte Orlando. Wolf nickte unbestimmt.

»Was ist hier passiert?«, unterbrach ich die beiden und deutete auf das Loch und die Leiche.

»In allen Anhörungsverfahren wurden die Bedenken der Buchforster in den Wind geschossen«, erklärte Wolf. Das Projekt sei zwar komplett unsinnig, aber politisch gewollt. Selbst die Grünen seien dafür! »Jupp hatte sich in die Idee verstiegen, im Kalkberg gefährliche Giftstoffe nachzuweisen«, fuhr Wolf fort, »seit Tagen buddelte er hier nachts heimlich, denn der Berg war nichts anderes als eine riesige Müllhalde der CFK, und wenn er kontaminiert wäre, müsste er abgetragen werden, und der Hubschrauberlandeplatz wäre vom Tisch.«

»Typisch Jupp«, nickte Orlando. »Niemals aufgeben.«

»Gibt es da heute nicht Versiegelungstechniken?«, warf ich ein.

»Er war ein Sturkopp«, nuschelte Wolf. »Heute Nacht rief er an, sagte, er habe weißen Kalk mit besonderer Färbung gefunden, von dem ich mir sofort eine Probe abholen solle, weil dieser Vermessungsheini wieder hinter ihm her sei. Als ich ankam, war er tot!«

»Unbekannte Todesursache«, sagte ich, »das ist Sache der Polizei.«

Orlando schüttelte den Kopf. »Wer war hinter ihm her? Meinst du, dass er umgebracht wurde?«, fragte sie Wolf.

»Der Berg wird ja schon seit Wochen vermessen. Und Jupp war davon überzeugt, dass ihn einer dieser Vermessungsheinis beschattet und ihm nach dem Leben trachtet! Im Auftrag von oben, natürlich!«

»Blödsinn«, entfuhr es mir. »Ich rufe jetzt die Polizei!«

»Verdammt!«, schrie Orlando. »Jetzt lass mal den Formalkram. Jupp war ein alter Genosse!« So durchgeknallt hatte ich sie noch nie erlebt. »Hast du schon eine Probe von dem weißen Zeugs?«, fragte sie Wolf, der daraufhin irritiert in der Gegend umherblickte und wieder mit den Knien schlackerte.

Orlando zögerte kurz und ließ sich dann mit einer Schaufel zu dem Toten hinunter. »Vielleicht hat Jupp recht!« Schon scharrte sie in dem marmorierten Boden nach weißem Erdreich und ließ sich von Wolf ein Glas für eine Probe geben. »Das sind wir ihm schuldig!«

Mir blieb die Spucke weg. Da trampelte meine sehr korrekte Kollegin auf einem Tatort herum, verwischte oder vernichtete Spuren, torpedierte Polizeiarbeit.

»Hast du noch dein Labor im Keller?«, fragte sie Wolf, als sie sich von ihm aus dem Erdloch helfen ließ. Der nickte. »Gib uns eine Stunde«, bat sie mich, »dann kannst du die Polizei rufen!«

Schon drängte sie Wolf aus dem Gestrüpp, und bald waren die zwei hinter der Bergkuppe verschwunden.

Ich ging zurück zum Tatort. Die Morgensonne schien mit voller Kraft, und um die Leiche schwirrten Fliegen, die sich kaum vertreiben ließen. Zum ersten Mal betrachtete ich den Mann genauer. Er sah eher wie ein gemütlicher Rentner als wie ein Altachtundsechziger aus, aber sein Tod hatte Orlando so aus der Fassung gebracht, dass sie jegliche Professionalität vergaß. Nur, um nicht zu entscheiden, ob ich ihr die Stunde wirklich geben sollte, fing ich an, nach Hinweisen zu suchen.

Der Boden war von wochenlangem Sommerwetter knochentrocken und verriet keine Spuren, mögliche Indizien am Erdloch hatte Orlando durch ihre Aktion vernichtet. Ich erweiterte meinen Suchradius, krabbelte durch Gestrüpp, fand eine blaue Socke, einen gebrauchten Pariser und einen Glasbehälter, der dem, den Wolf benutzt hatte, aufs Haar glich.

Auf dem Rückweg brannte die Sonne schon heiß auf den Kalkberg; den Sikhs in ihren prächtigen Turbanen und bunten Saris, die auf der Heidelberger Straße meinen Weg kreuzten, schien sie nichts auszumachen, mir klebte das T-Shirt am Leib.

Die weiße Stadt mit ihrem großzügigen Grün war etwas kühler, als ich den Wagen wenig später in der Kopernikusstraße parkte. Wolf öffnete, führte mich sofort ins Labor, wo Orlando enttäuscht und zehn Jahre älter wirkend saß.

»Nichts«, sagte sie resigniert, »Wolf kann in der Probe nichts Gefährdendes finden. Jupp ist umsonst gestorben.«

Wortlos stellte ich das gefundene Glas auf den Tisch. Wolf wurde blass, und Orlando fuhr hoch wie eine Furie.

»Was war los auf dem Kalkberg?«, schrie sie ihn an. »Habt ihr da oben alte Rechnungen aufgemacht? Hast du ihn umgebracht?«

»Blödsinn«, fauchte er zurück. »Es war ein Unfall, er ist ausgerutscht und nach hinten gefallen, als er mir das Glas gegeben hat.«

»Und wieso sagst du das nicht?«, brüllte ihn Orlando weiter an.

»Hätte ich! Aber du hast mir keine Chance gelassen, hast dich sofort in die blöden Erdproben verbissen! Immer hast du dich auf Jupps Seite gestellt, immer!«

»Wegen was haben sich die zwei damals denn so in die Wolle gekriegt?«, fragte ich Orlando ein paar Stunden später, nachdem erste Polizeiuntersuchungen Wolfs Aussage bestätigten.

»Wolf wollte Hochschulpolitik machen. Für Jupp war das intellektueller Dünnschiss. Politisch tätig sein muss man da, wo man lebt. Für und mit Buchforsts Arbeitern.«

Ich fragte sie nach ihrer Position und ihrem Verhältnis zu den beiden Männern, aber sie antwortete nur einsilbig. Zum Nachhaken war ich zu müde, und das Thermometer in meinem Alfa zeigte achtunddreißig Grad.

Die Zoobrücke flirrte, und zwischen Zoo und Rheinpark ließen sich trotz Hitze Touristen über den Rhein gondeln.

»Damals hätte er mir sofort die Wahrheit gesagt!«, sagte Orlando irgendwann.

»Damals«, echote ich vieldeutig.

Orlando sagte nichts mehr und drehte das Radio an. »The Times They Are A-Changin'«, irgendeine Cover-Version des alten Dylan-Songs hüllte unser Schweigen ein.

Erschienen am 2./3. September 2006

Frage: Welcher berühmte Kölner Architekt hat »Die weiße Stadt« in Buchforst geplant?

har
har
har
Koshatnik
miau

Widerlichkeiten in Widdersdorf

Eine schwarze Katze kreuzte unseren Weg, als wir hinter den abgemähten Weizenfeldern von der Hauptstraße nach Im Buschfelde abbogen.

»Passend«, knurrte Orlando und lotste mich weiter in ein Neubaugebiet.

Haufenweise dorische Säulen und barocke Baluster vermittelten den Eindruck, dass die Bauherren Widdersdorf ihre klassische Bildung aufnötigen wollten. Das Haus unseres Auftraggebers, eine Art Ranch, erinnerte eher an Wildwestfilme, ein Bild, das der ausgestopfte Geier in einem Schaukasten vor der Eingangstür unterstrich, wo auf einem abgeflammten Holzstück »Kaul, Tierpräparator« stand.

Herr Kaul führte uns durch einen dunklen Flur, vorbei an einer Gruppe ausgestopfter Frettchen, in ein düsteres Wohnzimmer, und ich fand, dass er mit seinem kurzen, mageren Körper und den kleinen spitzen Zähnen seinen Geschöpfen etwas ähnelte.

»Hier verschwinden also Katzen?«, begann Orlando, nachdem Kaul im Wohnzimmer immer noch an Begrüßungsfloskeln herumdruckste. Kaul nickte, erleichtert darüber, dass der Anfang gemacht war.

»Kommt immer mal vor, dass 'ne Mieze die Biege macht, da steckst du nicht drin, wenn's denen in den Pfoten juckt …«

Hatte er erst gar nicht geredet, so hörte er jetzt nicht mehr auf. Was er uns mitteilte, war Folgendes: In Widdersdorf verschwanden Katzen, so viele, dass immer mehr Katzenbesitzer an organisierten Katzenklau glaubten. Ausgerechnet er wurde aufgrund seines Berufes verdächtigt, dieser Dieb zu sein.

»Kann keinem Tierchen was zuleide tun«, empörte er sich, als Präparator müsse man Tiere lieben, um sie so naturgetreu darstellen zu können.

Sein Pech sei es gewesen, dass er vor einem halben Jahr, genau zu dem Zeitpunkt, als das Katzenverschwinden anfing, hier eingezogen war, und dass er vor dem Geier eine Katze im Schaukasten stehen hatte. Kurzum, er wolle, dass wir diesen Katzendieb fanden, damit er mit seiner Familie hier in Ruhe leben konnte.

»Die Pänz sind in der Schule schon verkloppt worden deswegen«, flüsterte er uns beim Hinausgehen zu, damit es die zwei Steppkes, die zwischen den Frettchen im Flur »Fluch der Karibik« spielten, nicht hörten. »Ich bau auf Sie«, sagte er dann und zeigte uns ein letztes Mal seine spitzen Zähne.

Widdersdorf war ein überschaubarer Ort mit einem alten Dorfkern aus Kirche, herrschaftlichem Pfarrhaus und dem Burghof, einem großen alten Gut, das heute von Pferden lebte. Nicht zu vergessen die ehemalige Schnapsfabrik, wo einst der Widdersdorfer Korn destilliert wurde und nach aufwendiger Umwandlung in Eigentumswohnungen aller Alkoholdunst entwichen war. Entlang der Hauptstraße ließ sich noch das eine oder andere alte Tagelöhner-Haus ausmachen, und mit Bank, Bäcker und Sonnenstudio verfügte das Dorf über die nötige Infrastruktur.

Wir gaben uns als Mitarbeiterinnen von »Ein Herz für Tiere« aus, die eine Reportage über verschwundene Katzen machten. Der Dachdecker auf der Hauptstraße, in dessen Haus früher der Widdersdorfer Puff war, klagte sein Leid über anhängliche Kunden seiner Vorbesitzer, von verschwundenen Katzen wusste er nichts. Die Kioskfrau erzählte, dass man, bevor die Umgehungsstraße gebaut war und die Zulieferer-Lkws für Mercedes in Brauweiler mit achtzig bis neunzig Sachen durch die Hauptstraße gedonnert waren, fast täglich so ein armes Katzenvieh vom Straßenbelag hatte kratzen können.

Von der Hauptstraße aus arbeiteten wir uns durch bescheidene fünfziger Jahre-Häuschen und schlammbraun geklinkerte Flachbungalows in Richtung Unter Gottes Gnaden vor. Je näher wir dem Neubaugebiet kamen, desto mehr Katzen waren verschwunden. Eine hatte man vergiftet auf dem Spielplatz, andere überfahren auf der Straße gefunden, viele waren einfach nie wieder aufgetaucht.

Ein Chirurg, dessen Haus von hohen Palisanderwänden geschützt wurde, meinte, die Leute seien selbst schuld, wenn sie ihre Katzen frei herumlaufen ließen. Seine schneeweiße Mimou wurde mit allerlei Leckereien in sechs Fressschälchen verwöhnt und überhaupt nicht nach draußen gelassen. Ein kriegsgestählter Rentner verdächtigte die neu zugezogenen Russen auf der Esch-sur-Alzette-Straße. Die könnten alles verwerten, das wisse er noch aus Kriegszeiten. Eine dumme Blondine, die in ihrem Leben zu viele Kannibalenfilme gesehen hatte, behauptete gar, die Afrikaner aus den neuen Sozialwohnungen würden mit Katzenfleisch ihr Sonntagsragout verfeinern.

Hinter all den bescheuerten Vorurteilen schimmerte die Angst vor den Neubaugebieten durch, vor den schon gebauten und dem, das zwischen Lövenich und Widdersdorf entstehen sollte. Es schien, als ob das Verschwinden der Katzen als böses Vorzeichen für die Schrecknisse, die durch die explosive Vergrößerung auf Alt Widdersdorf zukommen würden, gesehen wurde. Neben den Russen und Afrikanern und dem einen oder anderen Nachbarn wurde tatsächlich des Öfteren unser Auftraggeber verdächtigt, schließlich war auch er ein Neu Widdersdorfer. Zudem glaubte eine schnatternde Bohnenstange aus der Habichtstraße, in der von Kaul ausgestellten Katze ihren verschwundenen Kater Pluto erkannt zu haben, eine Vermutung, die sie bestimmt gerne weitergetratscht hatte.

Auf dem Spielplatz an der Hauptstraße trafen wir eine alte Russin, die auf ihre Enkelkinder aufpasste und auf der Bank neben sich ein Körbchen mit drei jungen Kätzchen stehen hatte. Wir erzählten ihr von den verschwundenen Katzen, worauf sie in ein unverständliches Wehklagen ausbrach, auf einen alten Mann mit Schnurrbart deutete, der ebenfalls auf seine Enkel aufpasste, und dabei »Koshatnik, Koshatnik« ausrief, ein Wort, das sie uns nicht erklären konnte.

»Mir reicht's«, murrte Orlando danach und schlug vor, die Suche nach dem Katzendieb abzubrechen.

Mir war's recht, denn auch mein Kopf schwirrte vor Katzen-Verdächtigungs-Koshatnik-Geschichten. Orlando wollte mit dem Bus zurück, also schlurften wir zur Haltestelle Ecke Im Buschfelde, wo nach nur fünf Minuten tatsächlich ein Bus hielt.

»Elena!«, hörte ich da eine vertraute Stimme meinen Namen rufen, und ich sah Olga, die Mutter von Sergej, einem alten Freund meines Sohnes Pepe, voll bepackt aus dem Bus steigen. Olga freute sich so, mich wiederzusehen, dass wir sofort zum Abendessen eingeladen wurden.

So saßen wir etwas später unverhofft bei Piroggen und Blinis auf dem riesigen Sofa in Olgas Wohnzimmer, wo wir der nach und nach eintrudelnden Großfamilie noch mal unsere Katzengeschichten erzählten. Wodka wurde aufgefahren, ich wehrte nach einem Anstandsschluck ab, aber Orlando ließ ihn sich schmecken. Wir wollten wissen, was Koshatnik bedeutet, und sofort wussten alle, dass wir die alte Sveja getroffen hatten. Koshatnik ist einer, der mit gestohlenen Katzen handelt, erklärte uns Olgas Mann, und so einer hatte Sveja als Kind in ihrem Dorf in Weißrussland die Katze geklaut. Seit hier in Widdersdorf Katzen verschwinden, erzählte Olga weiter, werde die alte Frau von ihrem Kindheits-Albtraum eingeholt, meinte in jedem Schnurrbartträger einen Koshatnik zu erkennen, alles Unsinn, sie sei alt und verwirrt, kein Russe würde hier Katzen klauen.

Es war schon sehr spät, als ich Orlando volltrunken aus Olgas Wohnung schleppte und mit ihr durch die menschenleeren Vorortstraßen in Richtung Auto torkelte. Aus den Gärten war das Fauchen und Kreischen nächtlicher Katzenkämpfe zu hören, und vor den Palisanderwänden des Chirurgen sprang uns eine Getigerte direkt vor die Füße.

»Mach, dass du nach Hause kommst«, brabbelte Orlando. Die Katze sauste sofort davon, und Orlando sah ihr nach. »Komisch, die hat einen nackten Arsch«, hickste sie. »Komische Katze, alles komisch …«

Ich war froh, als ich sie endlich im Auto hatte, und hoffte inständig, dass sie mir diesmal nicht meine Ledersitze vollkotzen würde.

»Weißt du was?«, brabbelte sie mit gläsernem Blick weiter, während ich den Motor startete. »Der Arsch war nicht nackt, der war rasiert … Nass oder trocken, was meinst du?«

Ich war schon unter der Autobahn und Orlando fast eingeschlafen, als es in meinem Kopf klick machte. Ich wendete den Wagen, fuhr nach Unter Gottes Gnaden zurück und parkte den Alfa sehr nah an die Palisaden des Chirurgen. Ich kletterte aufs Autodach, sah Licht im Keller des Hauses, erkannte ein hell erleuchtetes Labor mit allen möglichen Gerätschaften, und wenn mich mein Blick nicht sehr täuschte, dann waren das Katzenkäfige, die an der Rückwand des Raumes zu sehen waren.

Dass ich da nicht früher drauf gekommen war! Die vielen Futterschälchen hätten mich stutzig machen sollen. Illegale Tierversuche für die Kosmetikindustrie oder sonst was! Erst neulich hatte ich in einem Tiermagazin gelesen, dass Katzen zum Testen neuer Schönheitsoperationen missbraucht wurden!

Orlando bekam von alldem nichts mehr mit, sie schnarchte lautstark auf dem Beifahrersitz. Der ganze Wagen stank nach Wodka, aber das nahm ich ihr nach dieser Entdeckung nicht übel.

Erschienen am 16./17. Dezember 2006

Frage: Wie heißt die Widdersdorfer Kirche, an der der Jakobspilgerpfad vorbeiführt?

Rivalinnen in Rodenkirchen

»Bürstenhaarschnitt, hager, um die siebzig«, leierte Toni Beltz gewohnt griesgrämig ins Telefon, »könnte sein, wir haben den Opa gefunden, den ihr sucht. Liegt am alten Treidelpfad, beim Steinmeler-Stein. Also schwingt die Hufe und schaut ihn euch an!«

Fünf Minuten später lenkte ich den Alfa auf die Rheinuferstraße. Ein kräftiger Wind trieb schwere Regenwolken über den Fluss und riss an den dürren Ästen der Lindenbäume. Wieder lärmte eine Spatzenschar über der »Alten Liebe«, genau wie bei unserem ersten Besuch bei Edda Rittmeister in Rodenkirchen. Damals begleiteten uns die frechen Piepmätze bei Sonnenschein bis zum Ortsende, wo die Concordia-Hochhäuser wuchtige Schatten auf die Uferstraße warfen.

Orlando ereiferte sich an diesem Tag wortreich über diese Bausünde der später 1960er Jahre; ich ließ sie reden und suchte die frisch polierten Klingelschilder der Roonstraße nach unserer Klientin ab. So hässlich der Wohnpark von außen wirkte, so grandios war der Ausblick, der sich aus Frau Rittmeisters großzügig verglastem Wohnzimmer bot.

Unter uns floss, von der Wintersonne bespiegelt, der Rhein. Die heftigen Regenfälle der letzten Wochen hatten ihn kräftig ansteigen lassen, und der berühmte weiße Sandstrand und die Badebuchten der Rodenkirchener Riviera, die im Sommer viele Kölner in den Süden der Stadt lockten, versanken unter trägen, braunen Wassermassen. Noch sah es nicht nach Hochwasser aus, von dem die Rodenkirchener immer wieder heimgesucht wurden, aber wenn es so weiterregnete, mussten sich in spätestens zwei Wochen die neu gebauten Hochwasserschutzmauern bewähren.

Frau Rittmeister goss Kaffee in geblümtes Meißener Porzellan. Mit der grauen Kurzhaarfrisur, dem altrosa Lippenstift und dem Twinset gleicher Farbe wirkte sie wie einem Rosamunde-Pilcher-Film entsprungen.

»Wie ich Ihnen bereits am Telefon sagte«, begann die alte Dame, »ist mein Bekannter verschwunden.«

Mit einem Seufzer griff sie nach ihrer Tasse und rührte mit fein manikürten Fingern etwas Sahne in den Kaffee.

»Schon mal an eine Vermisstenanzeige gedacht?«, fragte Orlando, während ihr Blick einem Kormoran folgte, der langsam über den Fluss zog.

Edda Rittmeister steigerte ihr Seufzen.

»Ich besitze sehr alten Familienschmuck, dessen Wert ich schon lange schätzen lassen wollte. Letzte Woche hat Siggi, mein Bekannter, angeboten, dies für mich zu übernehmen, weil zufällig ein alter Freund von ihm, ein Juwelier, in der Stadt war …«

Orlando und ich sahen uns kurz an. Rodenkirchen mit seinen vielen wohlhabenden Rentnern musste ein Paradies für Betrüger aller Art sein, und Frau Rittmeister schien auf einen davon hereingefallen zu sein.

Ich schenkte ihr ein aufmunterndes Lächeln und fragte: »Wie lang waren Sie beide denn ein Paar?«

»Seit dem Sommerfest des Rudervereins 1877. Meine Freundin Brunhild hat uns bekannt gemacht. Ich weiß, in meinem Alter klingt das lächerlich, aber es war Liebe auf den ersten Blick. Siggi war Oberstleutnant a.D., genau wie mein verstorbener Mann. Ein Kavalier alter Schule, es gab nicht den geringsten Anlass, an seiner Integrität zu zweifeln.«

Die Liebe zum Militär war der Wohnung anzusehen. Die Wände schmückten Säbel und alte Pistolen.

Versehen mit weiteren Informationen über Siggi Baum und den Familienschmuck verließen wir das Hochhaus. Noch in Gedanken versunken, wurden wir auf der Straße beinahe von einem großen Geländewagen angefahren, den eine alte Dame steuerte. Rodenkirchen war ein gefährliches Pflaster!

In den nächsten Tagen klapperten wir bekannte Hehler ab, meldeten Siggi im Polizeipräsidium als vermisst und trafen bei der Gelegenheit Toni Beltz, dem wir davon erzählten und der daraufhin meinte, den Verschwundenen gefunden zu haben.

Hinter der Autobahnbrücke begann es stark zu regnen. Wir parkten am menschenleeren Campingplatz und gingen zu Fuß weiter. Von den kahlen Auwald-Pappeln triefte das Wasser. Toni hatte den Fundort bereits absperren lassen.

»Issers?«, fragte er und scheuchte die Spurensicherer von der Leiche.

Sah man vom zerfetzten Brustkorb ab, so erkannte ich in dem hageren Gesicht den Mann wieder, den Edda Rittmeister uns auf dem Foto gezeigt hatte.

»Er ist hier nicht der Erste«, meinte Orlando und deutete auf ein altes Steinkreuz.

»Anno 1758, den 6. Februar, wurde an dieser Stelle Johan Steinmeler von Brühl ermordet«, entzifferte ich die verwitterte Inschrift.

»Mehrere Schüsse aus nächster Nähe«, erklärte uns Toni, bevor er von der Spurensicherung gerufen wurde, die Reifenspuren eines großen Geländewagens gefunden hatte.

Wir zwei machten uns auf direktem Weg zur Roonstraße, wo Frau Rittmeister mit ihrer Freundin Brunhild beim Scrabbeln saß.

»Ist er tot?«, fragte sie entsetzt, als sie unsere ernsten Gesichter und die durchnässten Jacken sah.

Wir nickten, und sie fing sofort an zu weinen. Es war wie in einem schlechten Film. Edda schluchzte, Brunhild tröstete, und wir zwei standen blöd herum und trieften auf den weißen Teppichboden.

»Hast du den beiden von Siggis Streit mit Hagen erzählt?«, fragte Brunhild, nachdem Edda sich halbwegs beruhigt hatte.

Wir erfuhren, dass sich Siggi und Hagen Schmitz, der Kassierer des Ruderclubs, im Traditionslokal »Treppchen« nach etlichen Kölsch lautstark in die Wolle bekommen hatten.

Den überlebenden Kontrahenten trafen wir am nächsten Tag beim Bootshaus des Ruderclubs. Hagen Schmitz war kein kühner Recke, aber sein zäher Körper und seine lederne Haut zeigten, dass er wahrscheinlich ein Leben lang gerudert war. Als wir ihm von Siggis Tod erzählten, schien er keineswegs betroffen.

»Einer, der um die Damen herumscharwenzelt und bei allen Männern den Besserwisser gibt, macht sich keine Freunde im Leben«, meinte er.

»Aber muss man ihn deswegen direkt umbringen?«, warf Orlando ein.

»Natürlich nicht! Aber Siggi konnte einen wirklich auf die Palme bringen! Seit zehn Jahren bin ich Kassierer in unserem Verein, ehrenamtshalber, versteht sich. Und da kommt dieser Neue daher und will mir sagen, wie ich meine Buchhaltung machen soll! Den habe ich zurechtgestutzt, das können Sie mir glauben!«

Orlando wollte wissen, welche Rodenkirchener Damen Siggi mit seinem Charme betört hatte. Dafür, dass der Oberstleutnant a.D. erst seit zwei Jahren hier wohnte, war die Liste erstaunlich lang. Stutzig wurden wir, als wir hörten, dass auch Brunhild Kels eine Affäre mit Siggi gehabt hatte.

»Edda hat ihn ihr ausgespannt«, erzählte Hagen, der sich als wahre Plaudertasche entpuppte. »Die Sache hat wochenlang für Klatsch im Ruderclub gesorgt. Danach haben die zwei Damen kein Wort mehr miteinander gewechselt.«

Langsam gingen wir am Rhein entlang zurück. In der Ferne hörten wir die Glocken von Sankt Maternus läuten.

»Und jetzt sind die zwei Ladys wieder ein Herz und eine Seele«, meinte Orlando.

»Du glaubst, eine der beiden hat Siggi auf dem Gewissen?«, fragte ich.

Orlando zuckte die Schultern. »Eher als Hagen Schmitz«, meinte sie und wich einem schnellen Radfahrer aus. »Der hat sich den Besserwisser durch den Streit im ›Treppchen‹ zurechtgestutzt.«

Ich dachte an Edda Rittmeister. Zwei Freundinnen, derselbe Mann. Beide werden von ihm betrogen. Sie rächen sich, indem sie ihn erschießen. Ich sah Eddas Wohnung vor mir. Vielleicht funktionierte eine der alten Pistolen an der Wand noch?

Wir waren jetzt auf der Höhe der Schiffskneipen angelangt, und Orlando schlug vor, im »Bootshaus« ein Kölsch zu trinken. Auf dem schmalen Steg balancierten wir zu der schwimmenden Kneipe. Nachdem wir eine Zeit lang stumm in das braune Wasser gestiert hatten, griff Orlando zum Handy und rief Beltz an.

Wir erfuhren, dass Siggi nicht länger als drei Stunden am Steinmeler-Stein gelegen hatte, bevor er gefunden wurde, und dies definitiv nicht der Ort war, an dem er umgebracht worden war.

»Außerdem war er schon zwei, drei Tage tot!«, ergänzte Beltz.

Zur Mordwaffe konnte er auch einiges sagen.

Wir tranken unser Kölsch leer, warfen einen letzten Blick zum alten Matrosenfriedhof hinüber und machten uns erneut auf den Weg zu den Concordia-Hochhäusern.

Der große Geländewagen, der uns bei unserem ersten Besuch fast umgefahren hatte, parkte frisch gewaschen direkt vor der Tür. Eddas Tränen waren getrocknet, die Scrabblesteine weggeräumt, stattdessen stand eine Flasche Kirschlikör vor den beiden Freundinnen auf dem Tisch. Die zwei waren überrascht, uns so schnell wiederzusehen.

»Schönes Auto, der Landrover vor der Tür«, meinte ich.

»Er fährt sich auch gut«, antwortete Brunhild geschmeichelt. »Über Stock und Stein genauso gut wie in der Stadt.«

»Am Tatort sind Spuren eines Geländewagens entdeckt worden«, warf Orlando in den Raum und ließ den Blick über die Wand mit den Waffen schweifen. Dann sah sie zu, wie sich die Gesichter der alten Damen vom erschreckten Blass zum empörten Rot verfärbten.

»Sie glauben doch nicht etwa …?«, kreischte Edda ungläubig.

»Ich bin bereits zum Frühstücken hier gewesen«, unterbrach Brunhild sie eisig. »Wir zwei haben den ganzen Tag zusammen verbracht.«

»Siggi Baum ist schon vor ein paar Tagen ermordet worden«, sagte Orlando.

Die zwei blickten sich entsetzt an.

»Wir werden hören, was die Polizei dazu sagt«, fasste sich Edda wieder.

Dann schwiegen beide.

»Gehen wir«, seufzte ich.

»Wir schicken Ihnen die Rechnung«, meinte Orlando, bevor ich die Tür hinter uns schloss.

Über dem Fluss hingen dunkle Regenwolken, die Gefahr des Hochwassers war noch nicht gebannt.

»Bin gespannt, ob Beltz ihnen die Tat nachweisen kann«, meinte Orlando, als wir wieder im Alfa saßen.

»Warum haben sie das getan? Aus Eifersucht? Aus verletztem Stolz?«, fragte ich. »Und warum haben sie uns überhaupt engagiert? Glaubten sie, wir würden ihnen helfen, die Tat zu vertuschen?«

Orlando zuckte mit den Schultern.

»Kriminalität im Alter ist ein unerforschtes Terrain«, meinte sie. »Zu Unrecht. Denn da kommt in den nächsten Jahren noch einiges auf uns zu!«

Erschienen am 3./4. Februar 2007

Frage: Welcher Heilige steht in dem Bilderstöckchen am Treidelpfad auf der Höhe der »Alten Liebe«?

Zündelei in Sülz

Nie hätte ich Xenia einen Gefallen abschlagen können!

Mütter reagieren unterschiedlich, wenn ihre Söhne die erste Freundin mit nach Hause bringen. Ich freute mich, als Pepe Xenia in unseren Haushalt einführte! Sie war ein tolles Mädchen. Ein halbes Jahr später verließ sie ihn, und nicht nur Pepe, auch ich litt unter der Trennung. Das war jetzt zwei Jahre her. Ab und an telefonierte ich mit ihr, und wir plauderten über ihr Studium, ihren Umzug nach Sülz, ihre Begeisterung für Fotografie. Sie erteilte freundlich Auskunft, rief aber ihrerseits nie an.

So ahnte ich, dass etwas vorgefallen sein musste, als sich Xenia an einem schmuddeligen Apriltag bei mir meldete. Sie berichtete stockend, dass Herr Lehmann tot war. Herr Lehmann! Ich wusste noch, wie sehr sie an ihm hing. Vorsorglich packte ich einen Spaten und einen Pappkarton in den Alfa und machte mich auf zur Ägidiusstraße.

»Vorderhaus, Mittelhaus, Gartenhaus« stand auf dem Klingelschild, und durch einen breiten Torbogen betrat ich einen verwinkelten Hinterhof mit kleinen, zusammengeschusterten Nachkriegsbauten. Xenias Schluchzen hörte ich von Weitem, sie kniete neben dem toten Herrn Lehmann und streichelte sein stumpfes Fell.

»Was ist passiert?«, fragte ich und strich ihr beruhigend über die braunen Locken.

Dann besah ich mir den toten Hund. Aus seinem Maul war weißer Schaum getreten. »Sieht nach einer Vergiftung aus«, meinte ich. »Sollen wir ihn zum Tierarzt bringen, um das festzustellen?«

Xenia lehnte mit großer Bestimmtheit ab. Sie wollte nicht, dass er seziert wurde. Ohne ein weiteres Wort holte sie aus ihrer Wohnung eine flauschige Decke, in die sie den toten Mops wickelte, und legte ihn damit in den Karton, den ich mitgebracht hatte. Xenia fügte drei zerfetzte Spielmäuse hinzu und schloss den Deckel.

Wir beerdigten ihn im Beethovenpark, hinter dem städtischen Kinderheim. Danach spazierten wir bis zum Decksteiner Weiher. Am »Sülzer Lido« promenierten nur wenige an diesem trüben Werktag.

»Wahrscheinlich hat er Rattengift gefressen«, hätte ich dann besser nicht gesagt, denn wieder begann Xenia zu schluchzen.

»Zwölf Jahre hat er mich begleitet«, schniefte sie, »ich war zehn, als ich ihn geschenkt bekam.«

Ab dann redeten wir nicht mehr über den Mops. Sie erzählte von New York, wo sie ein Auslandssemester machen wollte, und ich merkte, wie die Schwäne im Wasser und der Wind in den Bäumen Xenia beruhigten. Auf dem Rückweg holte uns Herr Lehmann in Gestalt eines Dackels, der auf dem Vorplatz der mächtigen Nikolauskirche kläffte, wieder ein, und Xenia begann erneut zu schniefen.

»Bleibst du noch auf einen Tee?«, fragte sie, nachdem ich den Wagen geparkt hatte.

Zurück in der Hinterhausgasse besah ich mir diese genauer: Xenias Häuschen war das erste auf der linken Seite, Wohnraum und Fotostudio in einem. In der Werkstatt der Goldschmiedin daneben trällerten zwei Kanarienvögel, aus dem Proberaum eines Schlagzeugers drang rhythmisches Hämmern, vor der Töpferwerkstatt hielten zwei tönerne Phantasiegestalten Wache. Dahinter erstreckte sich eine Wiese mit Apfelbäumen, in deren Mitte ein verwunschenes Gartenhäuschen stand. Ein ländliches Idyll mitten in der Stadt!

Aus dem Gartenhäuschen trat ein junger Mann, dessen Blick flackerte, als er Xenia erblickte. Sie schoss sofort auf ihn zu.

»Du hast Herrn Lehman auf dem Gewissen«, brüllte sie und trommelte mit den Fäusten auf seinen schmalen Brustkorb ein.

Erschreckt befreite sich der Mann und suchte das Weite.

»Wer war das?«, wollte ich wissen, nachdem sie sich beruhigt hatte.

»Mein Ex, Max«, sagte sie.

Vor ein paar Wochen hatte sie sich von ihm getrennt, seither machte er ihr das Leben zur Hölle. Nächtlicher Telefonterror, Szenen auf dem Hof.

»Einerseits will er mich unbedingt zurück, andererseits wünscht er mich zum Teufel«, erklärte sie mir und zischte dann: »Die Sache mit Herrn Lehmann verzeih ich ihm nie!«

Wohl wissend, dass es keinen Sinn machte, sich in die Liebeshändel junger Leute einzumischen, verabschiedete ich mich. Nur um am nächsten Morgen erneut von Xenia geweckt zu werden.

»Herr Lehmann war nur der Anfang«, sagte sie. »Du musst dir unbedingt ansehen, was heute Nacht passiert ist!«

Von Idylle konnte im Hinterhof nicht mehr die Rede sein: Die Phantasiefiguren der Töpferin lagen zerstört am Boden, die große Fensterscheibe von Xenias Fotostudio war eingeschlagen, und an ihrer Tür klebte ein Zettel, auf dem stand: »Hau endlich ab!« – Da hatte jemand seiner Wut freien Lauf gelassen! –

»Ich habe Angst«, flehte mich Xenia an, »kannst du Max ein paar Tage beschatten, damit er nicht noch größeres Unheil anrichtet?«

»Verletzte Liebhaber sind unberechenbar«, warnte mich Orlando, als ich ihr am Telefon von Xenias Bitte erzählte.

Zwei Tage handelten wir miteinander aus. Länger konnte ich Orlando nicht allein arbeiten lassen.

»Hattest schon immer einen Narren an dem Mädchen gefressen!«, sagte sie am Ende des Gesprächs.

Nachdem ich das Handy weggesteckt hatte, fragte ich Xenia, ob sie wisse, wo Max stecken könne. Sie lächelte mich dankbar und erleichtert an und erzählte, dass er ganz gern einen Caffè Latte im »Barrique« trank.

»Wenn er nach der ganzen Scheiße nicht schon was Härteres zum Trinken braucht!«

Sülz hatte sich sehr verändert, seit ich das letzte Mal hier war! Früher beherbergten die tiefen Hinterhöfe, die es in dieser Größenordnung in Köln nur hier gibt, Handwerksbetriebe und Kleinindustrie, und in den heruntergekommenen Häusern hatten Studenten eine billige Bleibe gefunden.

Die Palanterstraße war wegen ihre linken Vergangenheit besonders beliebt gewesen. In den 1930er Jahren hatten hier die Kommunisten den Nazis erbitterte Straßenschlachten geliefert. Heute interessierte das niemanden mehr. Die meisten Häuser waren saniert, die Kriegsbaulücken mit Neubauten geschlossen, und in den Hinterhöfen hatten Investoren in entkernte Industriebauten schicke Lofts gebaut. Wohnen in Sülz war teuer geworden. Xenias Hinterhof allerdings war von Veränderungen verschont geblieben.

Vielleicht ist Max die falsche Spur, dachte ich, als ich in die Gustavstraße einbog, vielleicht will der Besitzer seine Mieter loswerden und greift zu unlauteren Mitteln?

Auch die Gustavstraße mit ihren breiten Toren zu den Hinterhöfen strahlte in frischen Farben. Ganz anders als bei meinem letzten Besuch. Auf einem Straßenfest vor vielen Jahren, als die Bläck Fööss einem begeisterten Publikum einheizten, hatte ich hier Henning, Pepes Vater, kennengelernt.

Die Glocken von Sankt Nikolaus schreckten mich aus meinen Gedanken. Ich war auf der Berrenrather angelangt. Rechts neben der Kirche leuchtete über der Eckkneipe der Schriftzug »Barrique«.

Max kam mir am Eingang entgegen. Er roch nach Kakao und Cognac und erkannte mich nicht. Der schlaksige Kerl lief in Richtung Gürtel, trat neben dem Naturata-Supermarkt wütend gegen den Bankautomaten der Stadtsparkasse, weil dieser ihm zu wenig Geld ausspuckte. Dann überquerte er achtlos die Straße, kaufe in einer der unzähligen Apotheken eine Packung Tabletten und schluckte sofort eine. Wir waren am Questerhof angelangt. An den langweiligen Neubauten erinnerte nur noch der Name daran, dass hier jahrzehntelang Maschinen zur Zigarrenherstellung fabriziert wurden. Max trabte scheinbar ziellos weiter. Am Auerbachplatz betrachtete er ein paar Minuten das Treiben auf der Baustelle, überquerte dann die Zülpicher, rauchte auf einer Bank am Geusenfriedhof gierig eine Zigarette und ging weiter zur Uni, wo er im Hauptgebäude eine Vorlesung besuchte.

Den Rest des Tages verbrachte er in einem Billardsalon auf der Sülzburgstraße. Er fütterte Spielautomaten mit Münzen, trank unzählige Kölsch, sprach mit niemandem, wirkte nervös und fahrig.

Nachdem er in sein Gartenhaus gewankt war, klopfte ich bei Xenia und stellte fest, dass sie bereits einen Glaser gefunden hatte, der die Scheibe repariert hatte. Außerdem registrierte ich, dass sie sich eine beachtliche Fotoausstattung angeschafft hatte. Das Mädchen bekam, was es wollte!

»Er lenkt sich mit Automatenspielen ab und säuft wie ein Loch«, erzählte ich und sah dabei auf die im Dunkeln liegenden Fenster des Vorderhauses. »Nichts Ungewöhnliches bei unglücklichen Männern.«

»Der Typ ist spielsüchtig! Der hat schon gespielt und gesoffen, als er noch mit mir zusammen war«, erwiderte Xenia und ging nach draußen, um Bionade zu holen.

Wieder zurück versicherte sie mir noch mal, wie dankbar sie war, dass ich mich um Max kümmerte und wie sehr sie bedauerte, dass die Sache mit Pepe damals so schnell zu Ende gegangen war.

Als ich erneut aus dem Fenster blickte, erleuchtete eines der Vorderhausfenster ein sich munter bewegendes gelbes Licht. »Es brennt! Es brennt bei Ännchen«, schrie Xenia sofort, griff nach ihrem Schlüsselbund, rannte zur Hintertür, dann die Treppe hoch und öffnete die Tür.

In der Küche starrte eine hagere alte Frau verwirrt auf eine brennende Zeitung, die sich neben einem vollen Aschenbecher auf dem Tisch entzündet hatte. Xenia verschwand blitzschnell im Badezimmer, kam mit einem nassen Handtuch zurück und löschte das Feuer.

»Ich war das nicht, ich war das nicht«, flüsterte die alte Frau.

Xenia riss das Fenster auf und führte die Alte ins Nebenzimmer.

»Du musst vorsichtiger mit deinen Zigaretten sein, Ännchen«, sagte sie und streichelte ihr beruhigend die Hand.

»Nichts Max sagen«, flüsterte die Alte weiter, »der will mich wegbringen von hier!«

»Brauchst dir keine Sorgen zu machen«, beruhigte sie Xenia. »Ich rede eh nicht mehr mit ihm, nach dem, was er Herrn Lehmann angetan hat. Außerdem war er schon wieder im Billardsalon! Frag Elena List! Die kümmert sich darum, dass er keinen weiteren Mist baut!«

Die Alte schenkte mir einen dankbaren Blick.

»War so ein guter Junge, früher, war mein Augäpfelchen«, fuhr sie bekümmert fort. »Und jetzt diese Spielsucht, wie bei … – Ihr hättet euch nicht trennen sollen!«, sagte sie energisch zu Xenia, aber die ging nicht darauf ein, sondern fragte, ob sie ihr noch einen Tee kochen solle.

Die Frau nickte.

»Sie ist ein nettes Ding«, sagte sie zu mir. »Kümmert sich um alles!«

Sofort fiel ihr ein, dass Xenia den Installateur wegen der Heizung bestellen und Schrauben für den Küchenschrank bei Bosen in der Marsiliusstraße kaufen sollte.

»Aber Bosen hat schon lange geschlossen«, meinte Xenia, als sie mit dem Tee zurückkam.

»Klar, Edmund ist tot, aber Agnes steht doch noch im Laden«, beharrte die Alte.

»Normalerweise ist sie nicht so verwirrt«, erzählte Xenia, als wir eine halbe Stunde später zu ihrem Studio zurückgingen. »Bestimmt der Schock wegen des Feuers!«

Was Max mit ihr zu schaffen hatte, wollte ich wissen.

»Er ist ihr Großneffe, der einzige Enkel ihres verstorbenen Bruders«, erklärte Xenia und erzählte, dass Ännchen ihnen beiden damals die Wohnungen vermittelt hatte. »Max war immer alles zu viel! Schon lange erledige ich das eine oder andere für sie.«

Am nächsten Morgen schlief Max bis in die Puppen, und den restlichen Tag verbrachten wir im Billardsalon. Ich sah zu, wie er Geld gewann und verlor und erst aufhörte zu spielen, als er keinen Cent mehr in der Tasche hatte. Zwischendurch rief Xenia an, und ich berichtete über den Stand der Dinge.

Es war bereits abends, als Max endlich aufbrach. Er ging nicht nach Hause, sondern stolperte bis zur Luxemburger. Vor dem Brauhaus Unkelbach stockte er, ging ein Stück weiter, blieb stehen, als sein Handy klingelte. Der kurze Anruf bewegte ihn zur Umkehr. Er betrat die Traditionsgaststätte, bestellte am Tresen ein Kölsch und einen Schabau, kippte beides hinunter und orderte das Gleiche noch mal. Ich war gespannt, wie er seinen Deckel bezahlen würde.

Zwei Tage beobachtete ich ihn nun, konnte ihn aber immer noch nicht einschätzen. Er spielte, er soff, er blies Trübsal, er suhlte sich in seinem Elend. Aber ob er Xenia gefährlich werden könnte, er sie direkt angreifen würde, konnte ich nicht sagen. Seit ich ihn beschattete, war seine aggressivste Tat der Tritt gegen den Geldautomaten gewesen. Andererseits deuten sich viele Beziehungstaten im Vorfeld nicht an, und Xenia hatte mich um Schutz gebeten.

Zudem steckte in dem Leben, Tür an Tür, Dynamit. Einer müsste ausziehen, das würde die Situation direkt entspannen. Hatte Orlando nicht neulich von einer kleinen, günstigen Wohnung am Griechenmarkt erzählt?

Ich entschloss mich zum Angriff und orderte zwei Kölsch. Eines stellte ich vor ihm auf den Tresen.

Er sah mich misstrauisch an.

Ich erzählte von Xenia, davon, dass sie mich um Schutz gebeten hatte, wollte gerade zur Wohnung am Griechenmarkt ausholen, als er mich höhnisch lachend unterbrach:

»Wissen Sie, wer mich gerade angerufen hat?«, schrie er, ohne eine Antwort zu erwarten. »Xenia. ›Tante Ännchen hat ihr Testament geändert‹, hat sie gesagt. ›Ich werde das Haus erben und nicht du, weil sie Angst hat, dass du wie Winfried endest!‹ Xenia … Xenia braucht keinen Schutz! Die benutzt Leute! Bestimmt haben Sie ihr schon erzählt, dass ich heute wieder im Billardsalon war. Und ich wette mit Ihnen, sie hat das Gespräch in Ännchens Wohnung geführt, dass diese mithören konnte. Xenia hat Sie um den Finger gewickelt, genau wie mich!«

Ich verstand erst mal gar nichts. Welches Haus, welcher Winfried? Aber darüber klärte mich Max gerne auf. Das Haus in der Ägidiusstraße gehörte seiner alleinstehenden Großtante. Er sollte es erben, weil er der einzige Enkel ihres geliebten Bruders Winfried war. Winfried hatte sich erschossen, nachdem er in einer illegalen Pokerrunde zu viel Geld verspielt hatte.

Mir schwante, dass Max recht hatte. Xenia hatte mich benutzt, damit Max bei seiner Tante endgültig in Ungnade fiel und sie als würdige Erbin seinen Platz einnehmen konnte. Vorderhaus, Mittelhaus, Gartenhaus in Sülz. Dafür würde sie viel Geld bekommen! – Zwei Tage hatte sie mich hinter ihm hertraben lassen, eiskalt, berechnend.

Ich zahlte seinen und meinen Deckel und ging. Ich stapfte wütend durch das nächtliche Sülz, ließ mich von keiner Fahrradklingel, keinem Autohupen bremsen. Ecke Berrenrather Straße/Marsiliusstraße kaufte ich bei Sergio eine Pizza, verschlang sie mit hastigen Bissen, bis sie schwer in meinem Magen klumpte.

Dann rief ich Xenia an.

»Glückwunsch zu dem Haus«, sagte ich.

Das andere Ende der Leitung blieb stumm.

»Ist dir gelungen, mir Sand in die Augen zu streuen«, fuhr ich fort. »Du hast die Scheibe eingeworfen, du hast das Feuer bei der alten Dame gelegt. Sogar deinen Mops vergiftet hast du!«

»Nein!«, unterbrach sie mich scharf. »Er hat zufällig Rattengift gefressen, wie du vermutet hast.«

»Aber du hast seinen Tod benutzt, um mich in dein Spiel einzubauen!«

Xenia schwieg weiter.

»Weißt du«, sagte ich und merkte, wie meine Wut allmählich nachließ. »Ich bin doch heilfroh, dass die Sache zwischen Pepe und dir so schnell zu Ende war!«

Dann drückte ich die Off-Taste.

»Tja«, sagte Orlando am nächsten Tag. »Liebe macht blind. Auch eine Detektivin wie dich.« Wie recht sie hatte! Xenias berechnende Seite hatte ich nie sehen wollen.

Nie hätte ich Xenia einen Gefallen abschlagen können …

Erschienen am 14./15. April 2007

Frage: In welchem Jahr wurde die legendäre Eisenwarenhandlung Bosen auf der Marsiliusstraße gegründet?

Auflösungen

Not in Nippes

Tatort Veedel Nr. 1, erschienen am 7./8. Juli 2001

Frage: Wo befinden sich die erwähnten »goldenen Pflastersteine«, und wofür stehen sie?

Die »goldenen Pflastersteine« sind Teil des »Stolperstein-Projektes« des Kölner Künstlers Gunter Demnig, das die Erinnerung an Vernichtung und Verfolgung im Nationalsozialismus lebendig erhält. Vor dem letzten selbst gewählten Wohnort der Opfer lässt Demnig eine Gedenktafel in Form eines Messing-»Pflastersteins« im Trottoir ein. Für fünfundneunzig Euro kann jeder eine Patenschaft für einen solchen Stolperstein übernehmen. Seit 1997 hat Demnig in Deutschland mehr als zweitausend dieser Stolpersteine verlegt. Im August 2006 wurde er dafür mit der alternativen Ehrenbürgerschaft der Stadt Köln ausgezeichnet.

In Nippes finden sich in verschiedenen Straßen Stolpersteine. Die in der Geschichte erwähnten befinden sich auf der **Wilhelmstraße, auf der Höhe des Marktes, direkt vor der Uhlen-Apotheke**. Die Stolpersteine erinnern an die jüdischen Familien Seligmann, Marx, Freund und Voos, die in der Wilhelmstraße wohnten, bevor sie deportiert wurden.

Zoff in Zollstock

Tatort Veedel Nr. 2, erschienen am 1./2. September 2001

Frage: Wie heißt das bekannte Eiscafé am Höninger Platz?

In den 1950er Jahren schossen sie wie Pilze aus dem Boden, die italienischen Eisdielen, und auch die Kölner lassen sich seither gerne von leckerem »gelato« verwöhnen. Nur wenige alteingesessene »Eismacher« überlebten die italienische Invasion. Dazu gehört neben dem Nippeser Eiscafé Engeln das Zollstocker **Eiscafé Van der Putt**. Direkt am Höninger Platz, an der Endhaltestelle der Bahn gelegen, mit dem Haupteingang des Südfriedhofs vor Augen wird hier seit 1922 ein weit über Zollstocks Grenzen hinaus bekanntes gutes Eis fabriziert und gerne gegessen.

Keine Knete für Kalk

Tatort Veedel Nr. 3, erschienen am 3./4. November 2001

Frage: Wie heißt der kleine Park, in dem Orlando und List Benno Peschke finden?

Kaum einer weiß, dass es in Kalk, dem traditionellen Arbeiterviertel des Rechtsrheinischen, den Kalker Stadtgarten gibt. Diesen winzigen, 1912 vom berühmten Gartenbauarchitekten Fritz Encke erbauten Park erreicht man über die Kalker Hauptstraße. Der Haupteingang wird von zwei Verkaufspavillons mit spitzen, zeltförmigen Dächern eingerahmt, einer davon beherbergt heute das Bürgerbüro der spd.

Albtraumhafte Altstadt

Tatort Veedel Nr. 4, erschienen am 24. Dezember 2001

Frage: Wie heißt die dritte Marien-Kirche, in der die Milieukrippe mit dem pinkelnden Hund und dem Besoffenen steht?

Die romanische Kirche mit dem zartrosa Anstrich liegt direkt an der Rheinuferstraße vis-à-vis des Schokoladenmuseums. **Maria Lyskirchen** ist die kleinste romanische Kirche Kölns und wird gerne als »Schifferkirche« bezeichnet. Der Name wird mit der Verehrung der spätgotischen Schiffermadonna erklärt. Die zur Weihnachtszeit aufgebaute Milieukrippe ist berühmt, weil neben den klassischen Krippenfiguren eine Reihe von auf den ersten Blick sehr deplatziert wirkenden Figuren stehen: Ein Polizist, ein Besoffener, eine Prostituierte …

Ochserei in Ossendorf

Tatort Veedel Nr. 5, erschienen am 9./10. Februar 2002

Frage: Wie heißt der ehemalige Flughafen, auf dessen Gelände jetzt das Coloneum steht?

Nach dem Abzug der britischen Armee 1926 baute die Stadt Köln den **Butzweiler Hof** zügig als Zivilflughafen aus. Einige der 1926 errichteten Erweiterungsgebäude wurden seit 1936 militärisch genutzt, unter anderem von der Flugschule des Fliegerkorps der Ordensburg Vogelsang. Nach dem Krieg wurde der Flughafen stark verkleinert, von NATO-Truppen militärisch und bis 1980 von Sportfliegern genutzt. 1990 wurde der Flugbetrieb in Gänze eingestellt. In den Folgejahren wurde das Gelände gelegentlich für Musikveranstaltungen genutzt, so spielte U2 1997 im Butzweiler Hof vor sechzigtausend Zuschauern. Heute ist der Butzweiler Hof ein Industriegebiet mit dem Medienkomplex Coloneum.

Horror in Holweide

Tatort Veedel Nr. 6, erschienen am 13./14. April 2002

Frage: Wie heißt der alte Gutshof mit dem gelben Wasserschloss, in dem Pick wohnt?

Im zersiedelten, teilweise wild bebauten, von vielen Autobahnen durchschnittenen Rechtsrheinischen lassen sich immer wieder architektonische Kleinode finden. So auch die **Isenburg**, ein altes Wasserschloss mit angeschlossenem Gutshof, alles vorzüglich restauriert. Heute befindet sich dort neben einer Reihe malerischer Eigentumswohnungen ein Restaurant der gehobenen Kategorie, in dem es sich mit Blick auf den Wassergraben speisen lässt.

Ärger in Ehrenfeld

Tatort Veedel Nr. 7, erschienen am 29./30. Juni 2002

Frage: In welcher Straße liegt der Leuchtturm von Ehrenfeld?

Die **Heliosstraße** wurde nach der 1882 dort gegründeten Helios AG benannt. Die Helios AG entwickelte Meilensteine auf dem Gebiet der Wechselstromtechnik und trug durch die Umsetzung zahlreicher Erfindungen zur europaweiten Elektrifizierung bei. Das Firmenwahrzeichen der Helios AG war der vierundvierzig Meter hohe Leuchtturm, der für Versuche und Demonstrationen benutzt wurde und nie als Seezeichen diente.

1996 wurde das Lampenhaus des Leuchtturms neu installiert. Seither leuchtet der Turm als Erinnerung an eine verloren gegangene Industrie über Ehrenfeld.

Pingpong in Poll

Tatort Veedel Nr. 8, erschienen am 28./29. September 2002

Frage: Unter welcher Rheinbrücke liegen die Campingplätze?

Kölns Campingplätze sind auf beiden Rheinseiten wunderbar gelegen, mitten im Grünen, direkt am Rhein, die Plätze sind klein und heimelig, da überrascht es nicht, dass viele Kölner Dauercamper in der eigenen Stadt sind. Und es stört sicherlich nur wenig, dass die rechtsrheinischen Campingplätze fast direkt unter der **Rodenkirchener Autobahnbrücke** liegen. (Der linksrheinische in Rodenkirchen liegt ein Stück weiter in Richtung Süden.)

Burn-out im Belgischen Viertel

Tatort Veedel Nr. 9, erschienen am 30. November / 1. Dezember 2002

Frage: Wie heißt das auf fünfziger Jahre gestylte Café am Brüsseler Platz?

Schon lange ist das **Hallmackenreuther** eine der angesagtesten Kneipen im Belgischen Viertel. Im Sommer kann man unter schattigen Platanen auf alten Eisengartenstühlen vor Sankt Michael sitzen, bei Regen und den Rest des Jahres lässt es sich bequem in Fünfziger-Jahre-Möbeln Kaffee schlürfen oder Zeitung lesen. Abends kann man in der Lounge auf der Empore die eine oder andere Veranstaltung besuchen.

Tumult in Deutz

Tatort Veedel Nr. 10, erschienen am 8./9. Februar 2003

Frage: Wie heißt die legendäre Kneipe in der Siegesstraße, in der Orlando und List ein Bier trinken?

Ein eigenes Buch über diese Kneipe gibt es schon lange, und als »Tumult in Deutz« erschien, konnte man dort noch ein Bier trinken. In der Zwischenzeit ist **Lommerzheim** gestorben und seine Kneipe für immer geschlossen. Noch kann man in der Siegesstraße die wacklige Fassade des Abbruchhauses bewundern. Ob diese abgerissen und samt dem seit Jahrzehnten unveränderten Interieur in einem Museum wiederaufgebaut wird, ist noch nicht entschieden. Aber entschieden ist, dass uns der wortkarge »Lommi« nie mehr ein leckeres Päffgen, nie mehr ein tellergroßes Kotelett servieren kann. Davon können wir nur noch unseren Kindern und Kindeskindern erzählen …

Rendezvous in Riehl

Tatort Veedel Nr. 11, erschienen am 26./27. April 2003

Frage: In welcher Straße liegt der Kölner Blumengroßmarkt?

Montags bis samstags von sechs bis neun Uhr morgens ist der Blumengroßmarkt an der **Barbarastraße** geöffnet. Fachhändler, und nur diese, dürfen am Großmarkt einkaufen, können sich in der großen Halle von Schnittblumen über Topfpflanzen bis hin zu Beerdigungsschleifen und Geräten des Gartenbaubedarfs eindecken.

Blutspur durch Bilderstöckchen

Tatort Veedel Nr. 12, erschienen am 12./13. Juli 2003

Frage: Wie heißt die Institution in der Escher Straße, an der sich die Babyklappe befindet?

Direkt an der Ecke Escher Straße/Gürtel liegt **Haus Adelheid, ein Wohnheim des Sozialdienstes Katholischer Frauen** für alleinstehende Mütter und ihre Babys. An dieses Haus baute der SKF im Jahr 2000 das »Mosesfenster«, ein kleiner von der Straße aus gut zu erkennender, immer beleuchteter, silberfarbener Anbau, dennoch diskret und nicht einsehbar. Dort haben junge Mütter in Extremsituationen die Möglichkeit, Tag und Nacht anonym ihre Neugeborenen abzugeben. Sie können dies in der Sicherheit tun, dass ihr Baby sofort gefunden, bestens versorgt und weiter betreut wird.

Strandgut vor Stammheim

Tatort Veedel Nr. 13, erschienen am 13./14. September 2003

Frage: Wie heißt die Stammheimer Kirche, deren Pfarrer Orlando und List den wundersamen Fund meldet?

Über neunhundert Jahre alt ist die Pfarrkirche **Sankt Mariä Geburt** in Stammheim. Immer war sie ein Zentrum der Marienverehrung. Jahrhundertelang wallfahrten Merheimer, Mülheimer, Odenthaler, Schlebuscher und andere zum Gnadenbild der Muttergottes nach Stammheim. Der große Zulauf zum Gnadenbild von Stammheim erklärte man sich durch die »Wunderkräfte« dieses Gnadenbildes. Man führte die Errettung von Seuchen und Feuersbrünsten, die Heilung von Blindheit und Lahmheit und vieles mehr auf die Hilfe der Stammheimer Muttergottes zurück.

Angst im Agnesviertel

Tatort Veedel Nr. 14, erschienen am 1./2. November 2003

Frage: Welcher berühmte Kölner Schriftsteller wohnte im Agnesviertel in der Hülchrather Straße?

Zwischen Agneskirche und Oberlandesgericht, in der Hülchrather, der Blumenthal-, der Weißenburgstraße haben viele prächtige Bürgerhäuser des Fin de Siècle den Krieg überlebt und/oder sind restauriert worden. In einem dieser Häuser in der Hülchrather Straße wohnte lange **Heinrich Böll**.

Misstrauen in Mülheim

Tatort Veedel Nr. 15, erschienen am 3./4. Januar 2004

Frage: Wie heißt die Kirche in der Mülheimer Wallstraße?

Jahrhundertelang haben die erzkatholischen Kölner ihre protestantischen Mitbürger auf die andere Rheinseite verbannt. So ist es nicht verwunderlich, dass die älteste protestantische Kirche der Stadt aus dem Jahre 1786, die **Friedenskirche**, in der Wallstraße, auf der rechten Seite des Rheins, steht. Die Friedenskirche wird heute auch als kulturelle Begegnungsstätte genutzt. Hier finden Ausstellungen, Konzerte und so weiter statt. Auch die Mülheimer Kantorei, einer der führenden Konzertchöre Kölns, hat seine Wurzeln in dieser Gemeinde.

Harakiri in Hahnwald

Tatort Veedel Nr. 16, erschienen am 13./14. März 2004

Frage: In welcher Straße steht die englische Telefonzelle?

Im Hasengarten, Am Stiftswäldchen, Am Eichenwäldchen, **Unter den Birken**, so heißen die Straßen in Hahnwald. Hahnwald ist ein noch junges Kölner Stadtviertel. In der Hauptsache nach dem Krieg erbaut, lässt es sich dort in großzügigen Villen und Bungalows mit großen Gärten gut leben. An öffentlichen Gebäuden ist Hahnwald arm. Keine Schule, keine Kneipe, kein Kiosk, dafür eine englische Telefonzelle …

Lost in Longerich

Tatort Veedel Nr. 17, erschienen am 1./2. Mai 2004

Frage: Welche berühmte Kölner Hebamme hatte ihre Praxis in Longerich?

Nicht hatte, sondern hat ihre Praxis in Longerich, wie **Helene Schlund** selbst anmerkte. Sie war eine der ersten Hebammen, die in Köln Hausgeburten durchführten, und hat seither einen festen Platz im Herzen der vielen Mütter, die bei ihr entbunden haben.

K.o. im Kwartier Latäng

Tatort Veedel Nr. 18, erschienen am 10./11. Juli 2004

Frage: In welcher Straße des Kwartier Latäng liegt das Café, das wie eine der beiden Detektivinnen heißt?

Das kann natürlich nur das legendäre **Café Orlando** in der **Engelbertstraße** sein.

Dauerregen in Dellbrück

Tatort Veedel Nr. 19, erschienen am 11./12. September 2004

Frage: Neben welchem alten Dellbrücker Hof liegt der Garten der VHS?

Im alten **Thurner Hof** werden heute Pferde gehalten, und der über siebentausend Quadratmeter große Garten wird auf ehrenamtlicher Basis von einem Förderverein gepflegt. Unter anderem dient er der VHS als Lehrgarten. Die Gartenanlage, die um ein altes Herrenhaus im

Fachwerkstil liegt, umfasst einen Bauerngarten, eine Streuobstwiese und eine Imkerei.

Mord in Müngersdorf

Tatort Veedel Nr. 20, erschienen am 20./21. November 2004

Frage: Nach welchem Kölner Radfahrer ist die Radrennbahn in Müngersdorf benannt?

Albert Richter, der »vergessene Weltmeister«, war einer der frühen Kölner Radprofis, ein hochbegabter Sprinter, der den Internationalismus liebte in Zeiten, in denen es galt, die Nation hochzuhalten. Mit seinem Mut zur Geradlinigkeit fiel er bei den Nazis in Ungnade und kam im Januar 1940 im Gefängnis von Lörrach unter mysteriösen Umständen ums Leben.

Bedroht in Porz

Tatort Veedel Nr. 21, erschienen am 24./25. Dezember 2004

Frage: In welchem Jahr wurde Porz von Köln eingemeindet?

Die bis dahin selbstständige Stadt Porz wurde **1975** in der letzten großen Eingemeindungsphase zu einem neuen Stadtteil von Köln. Damals wurden noch insgesamt achtundzwanzig andere Orte eingemeindet, darunter Hahnwald, Rodenkirchen, Widdersdorf, Junkersdorf.

Sucherei in der Südstadt

Tatort Veedel Nr. 22, erschienen am 5./6. Februar 2005

Frage: Wie heißt die Kneipe auf der Severinstraße, wo man sich immer beim Zug trifft?

Erfahrene Karnevalisten werden mit der Antwort keinen Augenblick zögern: Es ist die Kneipe **Schmitze Lang**, wo man am Tresen zum Aufwärmen einen »Schabau«, ein Kölsch oder einen Kaffee trinkt, bevor man sich wieder ins Karnevalsgetümmel wirft.

Ratten in Raderberg

Tatort Veedel Nr. 23, erschienen am 26./27. März 2005

Frage: In welchem Jahrzehnt wurde der Kölner Großmarkt erbaut?

Die Großmarkthalle an der Marktstraße 10 wurde in der Zeit von **1936 bis 1940** erbaut. Bereits seit 1928 waren Pläne der Stadt Köln bekannt, an dieser Stelle eine neue Markthalle zu errichten. Der an dieser Stelle gelegene jüdische Friedhof wurde 1936 aufgrund drohender Enteignung zwangsweise aufgehoben. Die Gebeine wurden exhumiert und auf dem Jüdischen Friedhof in Bocklemünd beigesetzt. Nach dreijähriger Bauzeit wurde die Halle mit dem parabelförmigen Tonnengewölbe als ein bedeutendes wirtschaftliches Vorhaben fertiggestellt.

Wut in Worringen

Tatort Veedel Nr. 24, erschienen am 4./5. Juni 2005

Frage: Wann war die berühmte Schlacht von Worringen?

Im Jahre **1288** nutzten die Kölner Patrizier die Gelegenheit, den verhassten Erzbischof und Stadtherrn Siegfried von Westerburg aus Köln zu vertreiben. Westerburg hatte Streit mit dem Herzog von Brabant, dem ebenfalls große Gebiete entlang des Rheins, unter anderem Düsseldorf, gehörten. Am **5. Juni 1288** standen sich die beiden kampfbereiten Heere in Worringen gegenüber. Mit Unterstützung der Kölner Patrizier gelang Brabant der Sieg über das Heer des Erzbischofs, dessen Macht damit gebrochen war. Köln war ab diesem Zeitpunkt eine freie Stadt.

Kummer in Sankt Kunibert

Tatort Veedel Nr. 25, erschienen am 20./21. August 2005

Frage: Welcher berühmte Fotograf hat die Straße Unter Krahnenbäumen verewigt?

Ihre historischen Wurzeln reichen bis ins Mittelalter zurück, und besungen wurde diese Straße von vielen, unter anderem von Willi Ostermann. Mit seinem Bildband »Unter Krahnenbäumen«, für den Heinrich Böll die Texte schrieb und den er 1958 veröffentlichte, setzte der Fotograf **Chargesheimer** dieser berühmten Straße ein Denkmal, bevor sie von der Nord-Süd-Fahrt endgültig zerrissen wurde.

Metzelei in Merheim

Tatort Veedel Nr. 26, erschienen am 10./11. Dezember 2005

Frage: Wie heißt der alte Gasthof, in den Orlando List zum Essen einlädt?

Fährt man die Ostmerheimer Straße entlang, findet man sich plötzlich in einem ländlichen Idyll wieder. Auf der großen Wiese vor dem baumbestandenen Kirchhof von Sankt Gereon weiden Schafe und Pferde, und vis-à-vis lädt der Fachwerk-Gasthof **Zum Ahle Koberg** in seinem schattigen Biergarten den Gast zum Verweilen ein.

Randale in Rondorf

Tatort Veedel Nr. 27, erschienen am 4./5. Februar 2006

Frage: Was befindet sich heute im alten Rondorfer Kirchturm?

Mit der Eingemeindung nach Köln im Jahre 1975 wurde Rondorf zum begehrten Neubaugebiet für junge Familien und die alte Pfarrkirche für den explosionsartig wachsenden Stadtteil zu klein. Deshalb wurde in den Jahren 1987–1989 eine neue Heilige-Drei-Könige-Kirche an der Hahnenstraße erbaut, die alte Kirche wurde profaniert, in ihr befinden sich heute **Wohnungen.**

Unruhe im Ursula-Viertel

Tatort Veedel Nr. 28, erschienen am 18./19. März 2006

Frage: Wie heißt die traditionelle Kölschkneipe gegenüber von Sankt Ursula?

Leider ist die **Schreckenskammer** zu klassischen Kirchgangzeiten samstagnachmittags oder sonntags immer geschlossen, weshalb man zu diesen Terminen nicht in den Genuss des eigens für diese Kneipe hergestellten Schreckenskammer-Kölsch kommen kann. Die Traditionsgaststätte, die 1442 zum ersten Mal erwähnt wird, braut ihr Bier nach eigenem Rezept und füllt es ohne Zusatz von Kohlensäure ab.

Dreckswäsche in Braunsfeld

Tatort Veedel Nr. 29, erschienen am 27./28. Mai 2006

Frage: Woher hat Braunsfeld seinen Namen?

Mitte des 19. Jahrhunderts wurden im heutigen Braunsfeld Ziegel gebrannt, aber es gab dort keine Wohnungen. Die Arbeiter mussten aus der Innenstadt täglich kilometerlang zu Fuß zur Arbeit laufen. Dem machte der Ziegelei-Besitzer **Ferdinand Braun** ein Ende, indem er Ecke Schinkelstraße/Friedrich-Schmidt-Straße die ersten Häuser für seine Arbeiter zimmern ließ. Die Leute wohnten also auf »Brauns Feld«, und unter diesem Namen wurde der neue Stadtteil 1888 nach Köln eingemeindet.

Bollwerk Buchforst

Tatort Veedel Nr. 30, erschienen am 2./3. September 2006

Frage: Welcher berühmte Kölner Architekt hat »Die weiße Stadt« in Buchforst geplant?

1926 erwarb die GAG zwischen Mülheim und Kalk ein völlig freies Gelände, insgesamt einhundertachtzigtausend Quadratmeter Land, auf dem eine nach den neuesten architektonischen und sozialen Maßstäben geplante Siedlung für kleine Leute entstehen sollte. »Die weiße Stadt« besteht bis heute aus fünfgeschossigen Mehrfamilienhäusern mit grünen Innenhöfen und einem Balkon für jede Wohnung. An jeden Zeilenbau wurde außerdem ein »Gemeinschaftshaus« angebaut, das von Geschäften oder Vereinen genutzt wurde. Geplant hat diese Siedlung **Walter Riphan**. Riphan, der seit 1913 in Köln als selbstständiger Architekt arbeitete und mit Bauten wie der Kölner Oper berühmt wurde, arbeitete in den Jahren 1925–1931 mit dem Architekten **Caspar Maria Grod** zusammen. Grod war auch am Bauprojekt »Die weiße Stadt« beteiligt.

Hiltrud Kier hat in ihrer Zeit als Kölner Stadtkonservatorin 1988 diesen frühen, vorbildlichen sozialen Wohnungsbau, der den Krieg fast unbeschadet überlebt hat, unter Denkmalschutz gestellt.

Widerlichkeiten in Widdersdorf

Tatort Veedel Nr. 31, erschienen am 16./17. Dezember 2006

Frage: Wie heißt die Widdersdorfer Kirche, an der der Jakobspilgerpfad vorbeiführt?

Nicht erst seit Harpe Kerkelings Buch, sondern schon seit etlichen Jahren erfreut sich der alte Jakobspilgerweg wieder großer Beliebtheit. Dem Symbol der Jakobsmuschel folgen jedes Jahr Tausende zu Fuß, viele legen die weite Strecke nicht mit einem Mal zurück, sondern wandern in Etappen über Jahre den alten Pilgerweg, bis sie irgendwann in Santiago de Compostela am Grab des Apostel Jakobus angelangt sind. Ob aus Polen oder Skandinavien kommend, führt die Pilger ihr Weg durch das Rheinland. Von Köln aus gibt es mehrere Routen. Die nach Westen führt über Widdersdorf und dort natürlich an der alten Dorfkirche entlang, die **Sankt Jakobus** geweiht ist.

Rivalinnen in Rodenkirchen

Tatort Veedel Nr. 32, erschienen am 3./4. Februar 2007

Frage: Welcher Heilige steht in dem Bilderstöckchen am Treidelpfad auf der Höhe der »Alten Liebe«?

Die Legende vom **heiligen Maternus** ist eng mit Rodenkirchen verbunden. Maternus war Kölns erster Bischof, gleichzeitig stand er aber den Kirchen in Trier und Lüttich vor. Als er in Köln starb, beanspruchten sowohl die Kölner als auch die Trierer die Gebeine des Bischofs. Nach einem langen Streit stellte man die Entscheidung der göttlichen Fügung anheim. Man bahrte den Leichnam auf einem kleinen Schiff auf und übergab ihn dem Rhein. Sollte das Schiff flussaufwärts fließen, würden Maternus' Gebeine in Trier beerdigt.

Tatsächlich soll sich das Schiff 1,5 Kilometer flussaufwärts bewegt haben und im heutigen Rodenkirchen gestrandet sein. Seither liegen seine Gebeine zwar in Trier, aber Maternus ist zum Schutzheiligen von Rodenkirchen geworden.

Zündelei in Sülz

Tatort Veedel Nr. 33, erschienen am 14./15. April 2007

Frage: In welchem Jahr wurde die legendäre Eisenwarenhandlung Bosen auf der Marsiliusstraße gegründet?

Seit Jahrzehnten unverändert in der Schaufensterauslage und dem Inventar ist der Eisenwarenladen von Edmund und Agnes Bosen in der Marsiliusstraße 4 eine Sülzer Institution. Wann immer man in Sülz ein Schräubchen brauchte, ging man zu Bosen, wo man jedes einzeln kaufen konnte. Gegründet **1875** führte Edmund Bosen den Laden in der vierten Generation bis zu seinem Tod 1989. Seine Frau Agnes führte ihn bis 1998 weiter. Seit ihrem Tod ist der Laden geschlossen. Bis entschieden ist, was aus den Schätzen der Bosens wird, bleibt für jeden die Möglichkeit bestehen, im Schaufenster die alten Auslagen zu bewundern.

Quellen

Architektur der 30er/40er Jahre in Köln
Hrsg.: Hiltrud Kier u.a., Emons, Köln 1999

Köln 85 Stadtteile, Christian Schuh
Emons, Köln 2003

Der vergessene Weltmeister, Renate Franz
Emons, Köln 1998

Kirchen in Köln
Verwaltungsverlag München 2000

Auf den Spuren Kölner Geschichten: Das Kölner Wappen. Hrsg.: Freunde und Förderer des Kölnischen Brauchtums e.V. Köln 1998

Internet-Darstellungen verschiedener Stadtteile.

Dank

Für jeden Tatort Veedel bin ich durch das jeweilige Viertel gestreift, habe mich von Straßen, Geschäften, Menschen, Historie, Kneipen, Plätzen oder anderem zu meinen Geschichten inspirieren lassen. Nie konnte ich all das verwenden, was ich gesehen oder gehört habe. Denn jede Geschichte erfordert eine Festlegung auf Personen, Orte und Handlungen, sonst würde sie als Geschichte, als Krimi nicht funktionieren.

Zwei linksrheinische, ein rechtsrheinisches Viertel stricke ich meistens, wechsle zwischen Peripherie und Innenstadt ab. Es gibt keine bestimmte Reihenfolge, den ersten dreiunddreißig Geschichten werden weitere folgen, denn Köln hat insgesamt sechsundachtzig Stadtteile, und ich möchte über alle schreiben.

Viele Tatort Veedel wären nicht ohne die Menschen entstanden, die mich bei den Streifzügen durch Kölner Stadtviertel begleitet und mich mit dem Wissen über »ihre« Veedel bereichert haben.

Deshalb bedanke ich mich ganz herzlich bei

Benno, dem Wirt von »Kriescher« auf der Escher Straße, der mich in das stillgelegte Bahngelände geführt hat, das in »Blutspur durch Bilderstöckchen« eine Rolle spielt.

Beppo Behrend, der mit mir für »Rivalinnen in Rodenkirchen« durch Rodenkirchen radelte und mir die wunderbare Geschichte erzählte, wie aus der Pferdegasse die Rue de la Paix und später die Friedensstraße wurde. Die Franzosen nämlich hatten »Pääd« mit Paix übersetzt. Leider konnte ich das in der Geschichte nicht verwenden.

Boris Backfisch, Ralf Schneider, Michael Scholten und Markus Spang, die mir für »K.o. im Kwartier Latäng« das Boulespiel beibrachten und anschließend in der Kneipe gleich mehrere kriminelle Szenarien um dieses Spiel entwickelten.

Katrin Beste, Arndt Hochkirchen und seine Mutter Ruth Hochkirchen, die mich für »Zündelei in Sülz« in die unbekannte Welt der Sülzer Hinterhöfe einführten.

Hubert Deipenbrock, der mich für »Keine Knete für Kalk« an seinen Kalk-Erfahrungen teilhaben ließ.

Harald Gießen, der mir für »Angst im Agnesviertel« über das Oberlandesgericht berichtete.

Jutta Hittmeyer, die mit mir für »Lost in Longerich« durch das Quartier ihrer Jugend streifte.

Martina Kaimeier und Horst Schröder, die mich für »Ochserei in Ossendorf« in die Geheimnisse der Filmfinanzierung eingeweiht haben.

Gisa Klönne, Ulla Lessmann, Mila Lippke und Ulrike Rudolph, meine Krimikolleginnen und mörderischen Schwestern, die mit mir den Plot zu »Unruhe im Ursulaviertel« entwickelt haben.

Franz-Albert Krämer, der mir für »Bollwerk Buchforst« von seiner Juso-Zeit in Buchforst und von seinem heutigen Engagement für Buchforst erzählt hat.

Andreas Lechtenfeld, der mich für »Ratten in Raderberg« morgens um vier Uhr mit auf den Großmarkt nahm und mich mit »seinen« Händlern bekannt machte.

Cornelia Markworth, die mir für »Dreckswäsche in Braunsfeld« »ihr« Braunsfeld gezeigt hat.

Gundula Meiners, die mich für »Unruhe im Ursulaviertel« in die Kirchenhistorie von Sankt Ursula einführte.

Der Familie Opladen, die mir mit alten Stammheimer Heiligengeschichten zu »Strandgut vor Stammheim« verhalf.

Helmut Pfeiffer, der mich für »Dauerregen in Dellbrück« durch Dellbrück geführt und mich mit Erzählungen über die Kirmes-Feste seiner Jugend zu der Geschichte inspiriert hat.

Ralf Schneider, der mich für »Tumult in Deutz« in die Grundbegriffe des Eishockeys eingeführt hat und der mit einer Sightseeingtour durch Hahnwald mein Bild von diesem Stadtteil geprägt hat und damit »Harakiri in Hahnwald« möglich machte.

Irene Schoor, die mit mir für »Zoff in Zollstock« durch ihr altes Viertel radelte und mir für »Bollwerk Buchforst« ihre Juso-Vergangenheit für Orlando auslieh.

Kurt Schlechtriemen vom Bürgerverein Müngersdorf, der mich für »Mord in Müngersdorf« mit viel Material »seines« Stadtteils versorgte.

Rainer Smits, der Korrektur gelesen hat.

Ilka Stitz, mit der ich für »Widerlichkeiten in Widdersdorf« an einem schwülen Sonntagnachmittag durch Widdersdorf gestreift bin und die mich als Autorin historischer Kriminalromane auf all die dorischen Säulen an Widdersdorfer Neubauten aufmerksam machte.

Christiane Wende-Kreisel und Herr Nägel, die mir für »Randale in Rondorf« Hintergrundmaterial lieferten.

Walter Wittkämper, der nicht nur »Mord in Nippes«, sondern alle frühen Tatort Veedel Korrektur gelesen hat.

Brigitte Glaser
Leichenschmaus
Broschur, 288 Seiten
ISBN 978-3-89705-292-5

»Endlich ein kulinarischer Krimi, in dem die Beschäftigung mit der gehobenen Küche nicht nur ein Vorwand für verbrecherische Aktivitäten ist. Spannende Lektüre für Genießer.«
essen & trinken

»Ein Leckerbissen für alle Freunde des Kochens.«
Kölnische Rundschau

»Das macht Spaß zu lesen, und spannend ist es allemal.«
Kölner Stadt-Anzeiger

Brigitte Glaser
Kirschtote
Broschur, 320 Seiten
ISBN 978-3-89705-347-2

»Brigitte Glaser trifft den Tonfall der Akteure, hat wunderbare Charaktere erdacht und eine Heldin erschaffen, auf deren Rezepte man gespannt ist.«
Badische Neueste Nachrichten

»Spannung garantiert: Ein sinnliches und üppiges In-die-Töpfe-Gucken bei der Starköchin Katharina Schweizer.«
Buchhändler heute

»Witzig und spannend.«
Frau im Spiegel

Brigitte Glaser
Mordstafel
Broschur, Seiten
ISBN 978-3-89705-400-4

»Mit viel erzählerischem Schwung und Sinn für tragikomische Szenen schildert die kriminalistisch erfahrene Brigitte Glaser die Geschehnisse in einem Spitzen-Restaurant.«
Live Magazin

»Spannend, mitunter auch amüsant ist zu lesen, wie Katharina unversehens zwischen die Fronten von Kripobeamten, Schutzgeld-Erpressern und türkischer Mafia gerät.«
Rheinische Post

»Sehr zu empfehlen für Köln-Fans und Leserinnen und Leser, die gerne kochen.«
Kirchenzeitung für das Erzbistum Köln